中国语言文学文库·学人文库　吴承学　彭玉平　主编

未完成的现代性：
20世纪中国文学思想史论

胡传吉　著

中山大學出版社
SUN YAT-SEN UNIVERSITY PRESS
·广州·

版权所有　翻印必究

图书在版编目（CIP）数据

未完成的现代性：20世纪中国文学思想史论/胡传吉著. —广州：中山大学出版社，2019.6
（中国语言文学文库·学人文库/吴承学，彭玉平主编）
ISBN 978-7-306-06580-3

Ⅰ. ①未… Ⅱ. ①胡… Ⅲ. ①中国文学—文学思想史—研究—近现代 Ⅳ. ①I209.5

中国版本图书馆CIP数据核字（2018）第031318号

出 版 人：	王天琪
策划编辑：	嵇春霞
责任编辑：	陈　霞
封面设计：	曾　斌
版式设计：	曾　斌
责任校对：	高　润
责任技编：	何雅涛
出版发行：	中山大学出版社
电　　话：	编辑部 020-84110283，84111996，84111997，84113349 发行部 020-84111998，84111981，84111160
地　　址：	广州市新港西路135号
邮　　编：	510275　传　真：020-84036565
网　　址：	http://www.zsup.com.cn　E-mail：zdcbs@mail.sysu.edu.cn
印 刷 者：	广州家联印刷有限公司
规　　格：	787mm×1092mm　1/16　13.25印张　175千字
版次印次：	2019年6月第1版　2019年10月第2次印刷
定　　价：	58.00元

如发现本书因印装质量影响阅读，请与出版社发行部联系调换。

中国语言文学文库
编委会

主　编　吴承学　彭玉平

编　委（按姓氏笔画排序）

　　　　王　坤　王霄冰　庄初升

　　　　何诗海　陈伟武　陈斯鹏

　　　　林　岗　黄仕忠　谢有顺

总　序

吴承学　彭玉平

  中山大学建校将近百年了。1924年，孙中山先生在万方多难之际，手创国立广东大学。先生逝世后，学校于1926年定名为国立中山大学。虽然中山大学并不是国内建校历史最长的大学，且僻于岭南一地，但是，她的建立与中国现代政治、文化、教育关系之密切，却罕有其匹。缘于此，也成就了独具一格的中山大学人文学科。

  人文学科传承着人类的精神与文化，其重要性已超越学术本身。在中国大学的人文学科中，中国语言文学学科的设置更具普遍性。一所没有中文系的综合性大学是不完整的，也几乎是不可想象的。在文、理、医、工诸多学科中，中文学科特色显著，它集中表现了中国本土语言文化、文学艺术之精神。著名学者饶宗颐先生曾认为，语言、文学是所有学术研究的重要基础，"一切之学必以文学植基，否则难以致弘深而通要眇"。文学当然强调思维的逻辑性，但更强调感受力、想象力、创造力和语言表达能力。有了文学基础，才可能做好其他学问，并达到"致弘深而通要眇"之境界。而中文学科更是中国人治学的基础，它既是中国文化根基的重要组成部分，也是中国文明与世界文明的一个关键交集点。

  中文系与中山大学同时诞生，是中山大学历史最悠久的学科之一。近百年中，中文系随中山大学走过艰辛困顿、辗转迁徙之途。始驻广州文明路，不久即迁广州石牌地区；抗日战争中历经三迁，初迁云南澄江，再迁粤北坪石，又迁粤东梅州等地；1952年全国高校院系调整，始定址于珠江之畔的康乐园。古人说："艰难困苦，玉汝于成。"对于中山大学中文系来说，亦是如此。百年来，中文系多番流播迁徙。其间，历经学科的离合、人物的散聚，中文系之发展跌宕起伏、曲折逶迤，终如珠江之水，浩浩荡荡，奔流入海。

康乐园与康乐村相邻。南朝大诗人谢灵运，世称"康乐公"，曾流寓广州，并终于此。有人认为，康乐园、康乐村或与谢灵运（康乐）有关。这也许只是一个美丽的传说。不过，康乐园的确洋溢着浓郁的人文气息与诗情画意。但对于人文学科而言，光有诗情是远远不够的，更重要的是必须具有严谨的学术研究精神与深厚的学术积淀。一个好的学科当然应该有优秀的学术传统。那么，中山大学中文系的学术传统是什么？一两句话显然难以概括。若勉强要一言以蔽之，则非中山大学校训莫属。1924年，孙中山先生在国立广东大学成立典礼上亲笔题写"博学、审问、慎思、明辨、笃行"十字校训。该校训至今不但巍然矗立在中山大学校园，而且深深镌刻于中山大学师生的心中。"博学、审问、慎思、明辨、笃行"是孙中山先生对中山大学师生的期许，也是中文系百年来孜孜以求、代代传承的学术传统。

一个传承百年的中文学科，必有其深厚的学术积淀，有学殖深厚、个性突出的著名教授令人仰望，有数不清的名人逸事口耳相传。百年来，中山大学中文学科名师荟萃，他们的优秀品格和学术造诣熏陶了无数学者与学子。先后在此任教的杰出学者，早年有傅斯年、鲁迅、郭沫若、郁达夫、顾颉刚、钟敬文、赵元任、罗常培、黄际遇、俞平伯、陆侃如、冯沅君、王力、岑麒祥等，晚近有容庚、商承祚、詹安泰、方孝岳、董每戡、王季思、冼玉清、黄海章、楼栖、高华年、叶启芳、潘允中、黄家教、卢叔度、邱世友、陈则光、吴宏聪、陆一帆、李新魁等。此外，还有一批仍然健在的著名学者。每当我们提到中山大学中文学科，首先想到的就是这些著名学者的精神风采及其学术成就。他们既给我们带来光荣，也是一座座令人仰止的高山。

学者的精神风采与生命价值，主要是通过其著述来体现的。正如司马迁在《史记·孔子世家》中谈到孔子时所说的："余读孔氏书，想见其为人。"真正的学者都有名山事业的追求。曹丕《典论·论文》说："盖文章，经国之大业，不朽之盛事。年寿有时而尽，荣乐止乎其身，二者必至之常期，未若文章之无穷。是以古之作者，寄身于翰墨，见意于篇籍，不假良史之辞，不托飞驰之势，而声名自传于后。"真正的学者所追求的是不朽之事业，而非一时之功名利禄。一个优秀学者的学术生命远远超越其自然生命，而一个优秀学科学术传统的积聚传承更具有"声名自传于后"的强大生命力。

为了传承和弘扬本学科的优秀学术传统，从2017年开始，中文系便组织编纂中山大学"中国语言文学文库"。本文库共分三个系列，即"中国语言文学文库·典藏文库""中国语言文学文库·学人文库"和"中国语言文学文库·荣休文库"。其中，"典藏文库"（含已故学者著作）主要重版或者重新选编整理出版有较高学术水平并已产生较大影响的著作，"学人文库"主要出版有较高学术水平的原创性著作，"荣休文库"则出版近年退休教师的自选集。在这三个系列中，"学人文库""荣休文库"的撰述，均遵现行的学术规范与出版规范；而"典藏文库"以尊重历史和作者为原则，对已故作者的著作，除了改正错误之外，尽量保持原貌。

一年四季满目苍翠的康乐园，芳草迷离，群木竞秀。其中，尤以百年樟树最为引人注目。放眼望去，巨大树干褐黑纵裂，长满绿茸茸的附生植物。树冠蔽日，浓荫满地。冬去春来，墨绿色的叶子飘落了，又代之以郁葱青翠的新叶。铁黑树干衬托着嫩绿枝叶，古老沧桑与蓬勃生机兼容一体。在我们的心目中，这似乎也是中山大学这所百年老校和中文这个百年学科的象征。

我们希望以这套文库致敬前辈。

我们希望以这套文库激励当下。

我们希望以这套文库寄望未来。

2018 年 10 月 18 日

吴承学：中山大学中文系学术委员会主任、教授，长江学者特聘教授

彭玉平：中山大学中文系系主任、教授，长江学者特聘教授

前　　言

讨论"未完成的现代性"这一议题的时候，我们很容易联想到，1980年哈贝马斯在接受阿多诺奖时发表的著名演说《现代性：一个未完成的方案》。哈贝马斯针对西方现代发展中出现的一系列问题，尤其是工具理性驱动带来的现代危机，及后现代理论的冲击，提出以沟通理性重建现代之合法性，并认定现代性作为一项宏伟的历史工程，尚未完成，而且具有开放性，在不断发展。哈贝马斯对资本主义后期危机的反思虽与我们在中国语境中思考"未完成的现代性"有相关之处，但并不完全是同一个层面的问题。

关于"现代性"这个话题的讨论，首先必须面对这个术语的普遍性和不确定性。在社会伦理、科学理性、文化思潮、审美趣味、哲学思考以及日常生活的不同范畴下，对"现代性"这一概念的理解和表述都存在分歧。但是，有一点始终不可否认，"现代性"具有强烈的时间意识和历史意识。正如卡林内斯库所言，"只有在一种特定时间意识，即线性不可逆的、无法阻止地流逝的历史性时间意识的框架中，现代性这个概念才能被构想出来"[①]。

"现代"（modern）这一概念在时间上的指陈比较宽泛，从词源的角度来看，西文中"modern"来自拉丁语中的"modernus"，用来表示"最近""此刻"，与"古代"相对。从这个角度来说，中世纪之后的西方都可以被看作处于"现代"，例如，黑格尔就认为，15世纪新大陆的发现、文艺复兴和宗教改革带来了现代与中世纪之间的时代分水岭。也有人认为，历史上"现代"文化应该

[①] ［美］马泰·卡林内斯库：《现代性的五副面孔》，顾爱彬、李瑞华译，商务印书馆2003年版，第18页。

从18世纪中期法国的理性主义启蒙运动算起。在文学研究领域，更普遍的看法是19世纪后期20世纪初的科学技术的发展、新的经济结构的形成、传统理性主义思想的动摇，才是"现代"社会的发端。

然而，如果放眼世界，希望对"现代"这个概念做出统一的时间划分，无疑是徒劳的，因为各国的科技、经济、文化以及思想发展的进程不可能完全同步。

就中国社会"现代性"进程而言，学界往往会将眼光投向晚清。王德威《被压抑的现代性》一文发出"没有晚清，何来'五四'"的设问，指出中国"现代性"历史起源于晚清，和西方"现代性"的发展存在"时间的落差"，是一种被耽延（belatedness）的现代性。晚清中国社会遭遇"三千年未有之大变局"，无论是经济生活、社会结构，还是文化观念，均在西方进逼之下，不得不发生改变。国家民族之危机、市民阶层的兴起、传播技术和媒介的发展共同酝酿了晚清中国"现代性"的发源。在文学发展中，文学语言、观念、创作体式都不同程度地出现与传统的断裂，更多转向以西方现代所强调的理性、启蒙、进步、自由等人文精神作为参照。与此同时，中国"现代性"的话语又因为本土的大忧患和变局，始终包含着为国族之未来找寻出路的诉求。"现代性"的问题发轫于西方，但它已经跨越地域，而成为各个民族和国家以自身方式面对、参与以及建构的一个现象。也正是在这个意义上，中国的"现代性"具有自身的特殊性，绝不可将其理解为一种融入西方文明的定向运动，而应该看到其鲜明的本土性特征。

如果暂时搁置历史和时间的框架，我们可以将"现代性"作为一种态度和行为方式去理解。按照福柯的解说，"现代性"是一种时代的态度和精神气质，一种思想和经验的方式，一种和现实发生关联的办法。在讨论中国文学"现代性"之发生的时候，也有学者将其定位为"人的现代性体验之发生"①。人之体验,必然离不开其所处的社会现实。中国社会所面对的现实问题、中国文化所面对的迫切挑战,都和西方现代化进程中的遭遇有相似之处,但也有很多不一样的地方。中国的现代意识"既包含了我们对于新的时间观念的接受,同时又包含着大量的对于现实空间的生存体验"②。这一接受及体验之过程,是中国社会自晚清以来应对危机的过程,也是中国"人"之发现生长的过程,对于中国语境而言,具有更加实质的意义。因此,在谈论"现代性"这个话题的时候,必须看到中西话语之间的共通与错位。中国语境中的"现代性"有对西方现代价值的模仿和承袭,同时也融贯了不可剥夺的本土经验与思维。中国作家对自身生存经验的感知与积累,为丰富而复杂的中国"现代性"提供了最好的证词。

---

① 王一川:《中国现代性体验的发生》,北京师范大学出版社2001年版。
② 李怡:《中国文学的现代性:批判的批判》,秀威资讯科技股份有限公司2010年版,第18页。

目 录

第一章　20世纪中国文学思想的一种变迁 …………… 1

第二章　"群治"理想 ………………………………… 21

第三章　"人的发现" …………………………………… 51

第四章　新道德与城乡之争 …………………………… 91

第五章　现代性的追问 ………………………………… 144

后　记 …………………………………………………… 196

第一章　20世纪中国文学思想的一种变迁

　　20世纪80年代中期以后，中国文学思想发生了巨大的变化。这一变化，主要是相对"二十世纪中国广义革命文学"而言的。80年代中期以后，"活着"之道的来临，在事实上终结了20世纪中国广义革命文学所推崇的"牺牲"①之道。

　　革命文学发端于仇恨，20世纪中国广义革命文学的源头在清末。清末，尤其是在1895年《马关条约》签订以后，出现一些以革命为主题的作品，如"种族革命小说"②（或可称之为"政治小说"③的一种）、邹容等的政论文、流派之外的革命文学等，这些皆可归入广义革命文学的范畴。清末的革命文学，仇恨情绪一目了然。矛头对准"满人"④、洋人、奴隶，核心思潮是民族主义与爱国主义，其中，对奴隶的痛恨是清末革命文学异于后世革命文学的地方。总体而言，清末的革命文学，道义谴责的特征明显：虽不乏反对"排满"者，但对人种之"种"的革命，实最为突出。"排

---

　　① 本书所指的"牺牲"，主要强调其献祭之象征意味，包括舍生取义，但内涵比舍生取义要大。

　　② 阿英认为，"晚清小说活动中最激急最进步的洪流，为伴着民族革命运动而起的'种族革命小说'。这些小说，是以宣传革命思想，鼓动革命情绪，使人民同情、参加，以完成中国的种族革命为任务。当然是属于禁书之流。作品往往说教多于描写，完全反映了一种新艺术的初生形式，还不够把自己要发展的思想形象化起来。但可以断言，这些初期的作品，在艺术上虽未臻完善，在对读者的政治影响方面，一定是很巨大的。研究晚清小说，最被忽略又最不应忽略的，就是这最发展的一环"。参见阿英《晚清小说史》，人民文学出版社1980年版，第89页。

　　③ "政治小说"的范畴要比"革命文学"大，它还包括"立宪文学"等怀有政治理想的作品。

　　④ 书中关于"满人""排满""仇满""贼满"等语实为清末"种族革命小说"中的时代语言，为避免歧义，凡书中涉及此类词语，均加标双引号以示区别。

满"者的核心价值及策略是人种革命,在他们的笔下,"满人"、洋人、奴隶等斗争对象,都是按"种"来区分而不是按"人"来区分,更非按"阶级"来区分。比之人情小说、狭邪小说、侠义小说、公案小说及谴责小说等,清末革命文学确实是"最被忽略又最不应忽略的,……最发展的一环"①,它与创造社首倡的同情无产阶级的革命文学、"左翼"文学、延安文学及后延安革命文学一起,暴露黑暗,歌颂光明,渴望公有,借叙事转述观念,陆续建构以"无条件的绝对的斗争性"为重心的革命文学。以"争心"为主的革命文学,有其独特的"牺牲"之道。

清末革命文学最深层的思想资源多来自古典,尽管相关作品中不时提到卢梭、加富尔、加里波第、俾斯麦、弥勒约翰等,常用美国、法兰西、瑞士等来点缀,平等自由的说法时见于笔端,平民与民间的诉求得到展现。一些小说甚至设计了民主演练的场面(如陈天华《狮子吼》),但来自古典的天下观基本不变,骨子里仍然是顺乎天应乎时的"汤武革命"观,多数作者对世界及宇宙的理解,没能彻底摆脱朝贡体系下的天下观。尤其值得留意的是,清末革命文学里的仇恨观及乌托邦之想,以及为了实现乌托邦而不顾一切的牺牲之道,对后世的革命文学有启蒙作用。

仇恨观是清末革命文学中的重要思想。

"种族革命小说"与邹容等人的政论文可归入"种族革命文学"的范畴。一些作品,仇恨情绪强烈。托名犹太遗民万古恨著、震旦女士自由花译的《自由结婚》②,以说教的口吻,表达了强烈的仇恨感。作者在《弁言》称,"全书以男女两少年为主,约分三期。首期以儿女之天性,观察社会之腐败。次期以学生之资格,振刷学界之精神。末期以英雄之本领,建立国家之大业"。才子佳人

---

① 阿英:《晚清小说史》,人民文学出版社1980年版,第89页。
② 犹太遗民万古恨著:《自由结婚》,震旦女士自由花译,自由社1903年版。全书共2编20回,故事未完,黄祸是否得救未知。

之老套故事为虚，政治及道德教育说教为实。作者在第二回里影射痛批国人，"说来也奇怪，他国里边没有什么君主，没有什么贵族，没有什么平民。大约可分为两种：一种叫做盗贼，一种叫做奴隶"，盗者为皇，奴隶盲从顺从，改朝换代就在盗贼之间轮回。小说第三回，明白道出英雄黄祸①的使命是"替国雪耻，替父报仇"，同时借黄祸母亲之口，道出三大仇人，"第一仇人是异族政府；第二仇人是外国人；第三仇人是同族奴隶"。国耻家恨，两相权衡，又似国耻更重。《自由结婚》第三回写到关关小姐与马夫发生争执，关关执意要将马夫送官究办，乳母以国耻晓以利害，关关大梦顿醒，决心以国耻为重，不为难自己人。"满人"、洋人、奴隶究竟可恨在哪里，语焉不详，仇恨的姿态却得到充分表现，小说核心的政治用意在于弃立宪、闹革命。另有《洗耻记》②，其篇首《苦学社主人记》引岳忠武王之《满江红》，叹"女史立志之坚"，歌曰"靖康耻，犹未雪。臣子恨，何时灭"。小说讲的是报仇雪恨事，亡国恨之最恨是"野蛮民族贱牧人"亡了"汉国"，作者斗争的重点是"满人"，修辞意味是旧式的正统家国观，故事粗劣，影射显白，但恨声强烈。人种论是陈天华小说及政论文的基本出发点，达尔文的进化论与赫胥黎的竞争论是其理据。其章回体未完小说《狮子吼》③，混野史正史为一体，愤华夷混种，将革命等同于"排满"，"排满"优先于排外。其政论文《猛回头》④ 开篇亦论人种，直言华种受异种压制，世界上白、黄、黑、棕、红五种人，白

---

① "黄祸"之得名，源于父亲黄人杰之死。黄人杰祸起仇教，被定死罪，黄祸乃遗腹子，其母曰，"唉！汝生的那一天，正遇此非常大祸，所以我就替汝取了这祸的名字"（第三回）。

② 汉国厌世者著，冷情女史述：《洗耻记》，湖南苦学社发行，1903年日本印，全书共六回。

③ 小说原载《民报》，本书参考《陈天华集》（全一册，下编），陈天华遗著，民智书局1928年版。

④ 陈天华：《猛回头》，见《陈天华集》（全一册，中编），民智书局1928年版。

种最强，黄种次之，余者皆受白种压制。《中国革命史论》①及《警世钟》②等，皆视"满人"为汉人的最大威胁。邹容的《革命军》③很少被纳入文学的范畴进行考察，其文虽以政论为主，但主要以文学修辞及斗志取胜④，感性十足，影响巨大。后世革命文学擅长以情绪与说教服务于政治，虽与政治的关系不尽相同，但从表现手法来看，二者有异曲同工之处，将《革命军》等政论文纳入广义革命文学的范畴来讨论，是合适的。《革命军》"绪论"言明革命的目的是"扫除数千年种种之专制政体，脱去数千年种种之奴隶性质，诛绝五百万有奇披毛戴角之满洲种，洗尽二百六十年残惨虐酷之大耻辱"，并寄望于卢梭等诸大哲之力，助汉种文明起死回生；第二章"革命之原因"，斥"贼满人"对汉人的压制，直呼"忍令上国衣冠沦于夷狄，相率中原豪杰还我河山"；第三章"革命之教育"，痛斥国人"五官不具，四肢不全，人格不完"，要改变此状，须革命与教育同行，使人知国知平等知自由知法律；第四章"革命必剖清人种"，抒发对"满人"的仇恨；第五章"革命必先去奴隶之根性"，称"中国人无历史。中国之所谓二十四朝之史，实一部大奴隶史也"；第六章"革命独立之大义"，对共和政体及相关制度进行初步设想。有意思的是，邹容主张宪法、法律诸事，悉照美国。这一矛盾的姿态，最能代表清末革命文学的立场：

---

① 陈天华：《中国革命史论》，见《陈天华集》（全一册，上编），民智书局1928年版。

② 1903年秋，陈天华在日本写成《警世钟》，初署名"神州痛哭人"。

③ 《革命军》1903年5月初版于上海大同书局，署名"革命军中马前卒邹容"，为躲避当局的搜查，此书后曾用名《图存篇》《革命先锋》《救世真言》。本书参考版本为周永林编《邹容文集》（文集收入《革命军》），重庆出版社1983年版。

④ 若细论，《革命军》的一些细节也经不起推敲。邹容恋汉唐辉煌，实则李唐王朝亦有胡人血统，独排"满人"，独尊皇汉族，中国所治疆域则无法自圆其说，这是种族主义的根本局限。《革命军》并举卢梭《民约论》、弥勒约翰《自由之理》、孟德斯鸠《万法精理》等，实则后两者之论与卢梭的绝对自由论有相当大的差别，诸大哲并不能在同一时空让某一文明起死回生。另，邹容声称四万同胞的革命，若人口比例推论，这四四万是否包括"满人"在内呢。诸多矛盾，不能细究。以修辞取胜，文章充满口号式的道义谴责，《革命军》有其文学气质。

"排满"是首要也是主要的革命任务,在作者看来,似乎"排满"成功之后,洋人的欺负及国人的奴性就能迎刃而解,亡国灭种的危险就能解除。仇恨之情与乌托邦之想并行,《自由结婚》《洗耻记》《狮子吼》《猛回头》《革命军》等革命文学,以明天的希望加重对今天的失望,这种叙事策略增添了革命的号召力。泛而论之,在种族革命问题上,谭嗣同、章炳麟、孙中山等人激烈的"仇满"主张,亦为种族革命文学提供了思想支持。

反对种族之见的革命文学,可视为流派之外的革命文学。蔡元培发表于1904年的小说《新年梦》①值得一提。如果说上述作品种族仇恨更甚,那么,《新年梦》乌托邦之想则更强烈。蔡元培有暴力革命之举,但反对种族之见,可将《新年梦》列入"广义革命文学"的范畴。1903年4月11日、12日,蔡元培在《苏报》上发表《释仇满》,称种族之见为"无满不仇,无汉不亲;事之有利于'满人'者,虽善亦恶;而事之有害于'满人'者,虽凶亦吉",事实上,"吾国人一皆汉族而已,乌有所谓'满洲人'者哉",汉人与"满人"通婚,血液混杂,"彼其语言文字,起居行习,早失其从前朴鸷之气,而为北方稗士莠民之所同化,此其风习消灭之证据也",从血液及风习方面来看,皆无种族之别了,所谓"满洲人"的说法,不足为据。无论基于历史还是基于常识,蔡元培的《释仇满》都是有说服力的。《新年梦》不是"仇满",而是仇"冒充管账的"。作者借演讲者之口声称,"一定要有实力,把这冒充管账逐了,还要与取货的评理"②。逐了管账的,不是对"满洲人"的驱逐,而是对治理失败者及制度的批判。同时,小说又借外国人的眼,描述了奴隶的情状,"住在上面,又是些劣等动

---

① 蔡元培:《新年梦》,见高平叔编《蔡元培全集》(第一卷),中华书局1984年版,原文连载于《俄事警闻》第65、66、67、68、72、73号,1904年2月17、18、19、20、24、25日,署名"中国一民"。《俄事警闻》在日俄战争之后改为《警钟》。

② 蔡元培:《新年梦》,见高平叔编《蔡元培全集》(第一卷),中华书局1984年版,第232页。

物,好像犬马牛羊,不是替人代劳,就是受人宰割,只知道自己队里,你咬我,我咬你,从没有抵挡外人的力量"①。迫切的革命任务是恢复东三省、消灭各国的势力范围、撤去租界等。

"激进"是革命文学的共同特征,蔡元培的激进不在于"仇满",而在于其大同思想。《新年梦》里的大同思想充满矛盾。从伦理角度看,他的大同思想合乎传统儒家的"天下为公",他所主张的少有所教、老有所养、病有所医等,与《礼记·礼运》所强调的"有所养"是一致的。但从社会秩序来看,他的大同思想又反宗法制、礼治及人治,在"治"的具体执行层面,蔡元培是反儒家的。《新年梦》梦想文明社会的极顶阶段,无夫妇名目,"两个人合意了,光明正大地在公园里订定,应着时候到配偶室去"②,这是直接从仪式上否定"合二姓之好"的传统昏义,并对"齐家"之传统有所质疑。关于姓、婚姻、家庭问题,蔡元培在1930年4月曾发表一些看法,譬如姓是不要的好、以不结婚为好、以不要家庭的为好,至于家庭,若退而求其次,小家庭比大家庭好③。但蔡元培认为,大同社会要放到文明事业的"极顶",而不是现在就能实现。正是这矛盾性反映出其革命性,在伦理层面要维系人之常情,但在社会制度层面又必须以革命的方式改变国族的根本命运。蔡元培的大同思想,来源存在争议,其废家及共产之想,含无政府社会主义的痕迹,但在某些方面又与康有为之"去家界为天民"

---

① 蔡元培:《新年梦》,见高平叔编《蔡元培全集》(第一卷),中华书局1984年版,第239页。
② 蔡元培:《新年梦》,见高平叔编《蔡元培全集》(第一卷),中华书局1984年版,第241页。
③ 第二次全国教育会议、南京立法院餐叙时,胡汉民提出三个问题,即关于姓、婚姻、家庭的问题,要求会员发表意见。蔡元培的意思是最好不要姓、婚姻、家庭,详见《孑民自述》,江苏人民出版社1999年版,第196-197页。

的思想不谋而合①。康有为在《大同书》中称"有家则有私,以害姓害种""有家之害大碍于太平""欲至太平大同必在去家",去家乃有天下为公,最终可"令人无出家之忍而有去家之乐也"。其"去家"实则借助的是宗教道理,但又不想忍受"出家"之苦,于是选择"去家",最后得出来的结论是仙家的长生不老与佛家的长生不死,让道与佛在终极问题上达成和解。儒家所担心的是"天下为家"(《礼记·礼运》)以及后面的自私心,其"天下为公"的理想建立于"齐家"的基础上,"去家"实际上是对"齐家"的违逆。康有为、蔡元培二人共持"去家"之想,在功利层面有类同之处。康有为之"去家",在于去私存善保种,人人"直隶于天",公养公教,最终实现"天下为公"。蔡元培之"去家"及废婚姻,有人权方面的考虑,但最主要的担心是保种的问题。蔡元培所忧,不分汉满,但忧中国人种之存续。他之所以主张"去家",有提高男女心交可能性的考虑,他认为,"世间夫妇,体交而已耳",目交者也不多,"家道之所以仳离,人种之所以愚弱也","野合之子,所以智于家生者,此理也"②,废婚姻去家界,遇同心之人以心交,似乎有利于人种的健康与存续。若论蔡元培关于乌托邦之想的思想来源,西学无疑为其提供了灵感,但其深层忧虑,是对儒家之"齐家"的反思,这是基于中国经验所得出来的反应。之所以皆在"家"上面做文章,归根到底,还是因为对私心的厌恶与戒备。传统儒家的办法是齐家去私以实现天下为公,而康、蔡的办法是去家去私以实现天下为公。《新年梦》的革命性,在其乌托邦之想。但蔡元培在设想大同社会的时候,与康有为一样,皆有犹豫。康有为的犹豫在于生前不愿意将《大同书》公之于众,蔡

---

① 《大同书》写于1901—1902年,共十部,未完;1913年在《不忍》杂志上发表甲、乙两部;1919年由长兴书局出版单行本;1935年,钱定安整理版由中华书局出版。蔡元培在写作《新年梦》期间读到《大同书》的可能性不大。"去家界为天民"见《大同书》之"己部"。

② 详见蔡元培《子民自述》,江苏人民出版社1999年版,第197—199页。

元培的犹豫在于他选择以梦及小说虚构的方式来表达微言大义。小说不是政治宣言,它不需要承诺与兑现,夸张一点地说,它写出来之后,是不需要对具体的人事负责的,有如梁启超的《新中国未来记》,它相当于政治寓言,没有人要求它一定要在人间兑现。视大同社会为一民之梦,以小说的方式表达乌托邦之想,这是蔡元培罕见的举动。蔡元培在教育、美学、伦理学、文学研究等方面皆有建树,但论说行文很少借用如此隐晦迂回的修辞及叙事手法,可见他的内心对大同社会并无十足肯定的把握。清末许多革命文学,尤其是小说,都没有写完,这里面是不是也隐含着一个近似于"蔡元培式"的问题,即对革命近景并没有充分的把握,但对革命远景有近乎梦想式的憧憬。

清末种族革命文学,流派之外的革命文学,或强调"仇满",或憧憬天下为公的大同社会,彼此之间价值观有冲突,革命目标也不尽一致。那么,广义的革命文学在哪些层面是一致的呢?同时,清末革命文学对后世革命文学又产生了什么样的影响呢?这些是接下来要考察的问题。

种族革命与乌托邦之想都是基于对现实的不满意而生,其出发点都是至善的。革命文学所持有的理想或幻觉,是相信总有一个解决办法能使现实变得更美好,甚至趋于完美,或者认为总有一个理想社会是比现在要好的,那么,为此乌托邦付出任何努力都是值得的,付出任何代价都在所不惜。种族革命文学的幻想是只要实现"排满"的目标,一切就会变好。人们想象,一旦圆满解决了现实社会的所有问题,人类就会自我实现,进入完全自由的大同社会。乌托邦是浪漫主义的,革命却是实实在在的极端理性主义。正如以赛亚·伯林所说,"乌托邦自有它的价值,……但是以乌托邦为行动的向导,它的的确确将会产生致命的后果",现实问题如果真有一个终极圆满的解决办法,"那么他们就会以为无论付出怎样的代价都不为过:让人类从此获得永远的公正、快乐、创造力、和谐美满,还有什么样的代价可以说太高呢?为了制作这样一个煎蛋,肯定是打破多少鸡蛋都无所谓了","如果你解放全人类的愿望是真诚的话,你必须要硬起心肠,不要计算付出的代价"①。以乌托邦为行动向导的革命,信奉的一定是牺牲之道、献身之道。

由清末至20世纪80年代中期,革命文学的主要道义所在,即牺牲之道。清末革命文学虽然在思想资源上与后世革命文学有巨大的区别,但在基本策略及主要道义上,对后世革命文学有奠基之力。清末思想界对世界的认识,已处于由天下观走向万国观及宇宙观的重要阶段。明代利玛窦来华之后,西人天文历法方面的知识开始冲击中国传统的"天圆地方"说。崇祯七年(1634年)修成《崇祯历书》,清顺治时汤若望将其改为《西洋新法历书》,西人历法被大力推广。在器与用的层面,国人逐渐接受并应用,但在道与体的层面,传统的看法仍然强大。道器及体用之争,直接影响了清末革命文学的叙事观与革命观。维护"天圆地方"的正统思想,坚持华夷之辨的天下观,活在朝贡关系的光荣里,这是清末革命文学与后世革命文学在思想上的重大区别。尽管晚清思想在总体上早已不拘于古典趣味,但革命文学似乎要借助正统来强调自己的合法性。坚持华夷之辨,是以血缘为核心之宗法制的体现,所谓华夷之辨及人种之分,其基本依据必是从血缘发端。天圆地方、华夷之辨、宗法制表面上看起来各属不同领域,但内在的思想依据相通,无论哪一种说法,都能看到等级与血缘的伦理秩序。天圆地方有多种解释,但如果与华夷之辨放在一起考察,就不难发现东(夷)南(蛮)西(戎)北(狄)中(中原或中国)之间的等级秩序,尽管像三星堆等遗址的考古发现足以证明中国文明发源的多元化,但中原中心说的观念由来已久,东南西北中以中为大的等级观念也影响至今。在道、天、地、人(王)的伦理关系里,也不难发现世俗社会中的人(王)如何借助天的权威树立人间之王的权威。

---

① [英]以赛亚·伯林著:《扭曲的人性之材》,岳秀坤译,译林出版社2009年版,第18、19页。

东南西北中的划分，最原初的依据，离不开对血缘关系的界定。王道或霸道的权威也有制衡力量，那就是源于师道的圣人之道。斥"满人"为"贱牧人""贼满"，否定当局执政的合法性，既合顺天应时的汤武革命观，也合圣人所判的"一夫"论，"贼仁者谓之贼，贼义者谓之残。残贼之人谓之一夫。闻诛一夫纣，未闻弑君也"①。从这些层面来讲，清末革命文学的主流趣味就是传统的。这也就能解释前文所分析的清末革命文学的价值选择及叙事趣味。《自由结婚》《洗耻记》《狮子吼》《猛回头》《革命军》等作品之所以把"仇满"作为革命的首要目标，并将"满人"描绘成万恶之源、野蛮种、贱种，道德趣味与后世革命文学有别，就在于各自所依据的思想资源有别。

但也要看到，清末革命文学恰恰是在华夷之辨的大前提下，借助达尔文之进化论及赫胥黎之竞争论，提炼出"仇恨—革命—乌托邦"的基本策略（《新年梦》更当别论）。后世革命文学在此基础上，增添了唯物论与无神论，放弃种族之见的短视，在阶级斗争中以受难者的名义终结了以血缘关系为主要依据的革命观。清末革命文学的动力来自灾难，而后世革命文学将灾难延伸为更广义的苦难。虽然前后革命文学的思想资源有别，但不难发现，清末革命文学奠定了革命文学的基本策略及道义，20世纪广义革命文学在仇恨观与牺牲观等层面是基本一致的。虽不能强说前后有直接继承关系，但至少可以说前后有其一致性。由此更能说明清末革命文学在思想史上的重要价值。它所突出的仇恨力量，既成为后世革命文学的主要道德趣味，也是深刻改变20世纪中国的核心力量。由仇恨而延伸的牺牲精神、献身精神，不仅成为后世革命文学的叙事趣味，也成为20世纪中叶以后80年代中期以前中国世俗社会的主要道德标准。乌托邦作为革命策略与革命信仰的组成部分，为仇恨与牺牲提供了不容辩驳的理由。

---

① 孟子驳论齐宣王之"臣弑君"，见《孟子·梁惠王下》。

牺牲之道与乌托邦之想，都难免以牺牲世俗生活的途径来完成。革命文学并不是直接说要牺牲或否定世俗生活，而是借用叙事手法转述观念，譬如，淡化或丝毫不提世俗生活，让世俗生活服从于革命目标，将世俗生活庸俗化，等等，世俗生活的献祭意味浓厚。谈"牺牲"，未必尽是要舍生取义，而是说，世俗生活须得合乎革命的要求，方能得到其合法性。也可以说，似乎革命加上了改造后的世俗生活，其乌托邦就更有诱惑力，革命加上了恋爱，就能让革命故事更能吸引读者，两者的关系十分暧昧。为了完美的乌托邦，付出任何代价也在所不惜，牺牲之道伴随20世纪中国广义革命文学的始终。牺牲之道基本不变，变的是对世俗生活及乌托邦的叙述。

清末革命文学的观念大于叙事，杀伐气重，作者通常会淡化或者不提世俗生活。其乌托邦之想是：只要杀掉"满人"或"排满"成功，一切都会好起来。如邹容的《革命军》，与同胞约曰，"张九世复仇之义，作十年血战之期，磨吾刃，建吾旗，各出其九死一生之魄力"，驱逐"满人"。陈天华的《警世钟》以系列感叹词作为段落的开端："杀！杀！杀我累世的国仇，杀我新来的大敌，杀我媚外的汉奸。杀！杀！杀！"托名犹太遗民万古恨所著的《自由结婚》，标题看似与世俗生活有关，但实际上，"自由结婚"更像是一个革命目标，关关与黄祸二人时刻准备着为"排满"献身，他们的"结婚"跟实际的世俗生活并没有多大的联系。这一作品比早期无产阶级革命文学更早地实践了"革命+恋爱"的叙事模式，只不过作者没有明确提出这一模式。《自由结婚》甚至为嫖娼赋予了革命道义。第十三回写到自治学社的公敌甘师古在嫖娼时被妓女教训，此美人"不男不女"，"生殖无器，好合无从"，本是良家女子，自戕其身全为爱国献身，挽救无知少年。听了美人的哭劝之后，甘师古脱胎换骨，走上爱国道路。淡化世俗生活，省略生活细节，强调国亡的耻辱，信奉种族灭绝的极端主义，这是清末革命文学中的牺牲之道。

帝制被推翻之后,"种族"革命文学已基本上转为"阶级"革命文学,"仇恨—革命—乌托邦"的基本策略不变,但内容变了。从心理上来讲,人们对"满人"的仇恨已基本上得到满足,要持续革命,就必须寻找新的仇恨动力与思想资源。早期无产阶级对阶级观的提炼,相对粗浅,20世纪30年代的"左翼"文学、40年代的"翻身"文学、"十七年"的感恩文学、"文革"中的样板文艺、"文革"后的"新生"文学(如"伤痕"文学等),相继完善了阶级斗争观。也可以说,20世纪中国广义革命文学正是在革命与清算中完成并终结的。批判是革命文学的宿命,与其说革命文学不断地在自我否定,倒不如说是进化论下人们对旧事的抛弃。革命文学必有个体差异,但也有共性。种族革命文学"进化"为阶级革命文学的显著变化是,类似于"排满"的种族仇恨不再成为文学中首当其冲的仇恨,阶级仇恨取而代之,后者淡化"满汉"种族之别,强调涵盖更广的民族矛盾,并以苦难叙事取代耻辱叙事。苦难成为民国后革命文学极为重要的思想资源及动力。20世纪80年代中期以后,阶级斗争的面貌隐去,但苦难叙事仍然以诉苦的方式保留下来,直到今天,苦难叙事仍然有其道义上的优越感。苦难叙事是革命文学的重要遗产,更是20世纪中国思想史的重要内容。历史已经证明,苦难叙事是唤起良心不安、鼓动暴力革命最有效的办法之一,其乌托邦的"实现"同样需要牺牲之道:为了明天的幸福,付出任何代价都是值得的,牺牲在今天,幸福在明天。

透过与之相关的作家作品,可知牺牲之道的叙事共性及策略变化。耻辱叙事由"排满"开始,苦难叙事由诉苦开始,对苦的界定是极具现代意味的区分法,即财产划分法。苦从何而来?什么样的苦才是革命的动力?早期无产阶级革命文学从贫穷入手,找到了苦的有力切入点。冯乃超的戏剧《同在黑暗的路上走》对贫穷的意义挖掘很有代表性。把偷盗、卖身、卖力描述为受苦的结果,"同是受虐待的阶级,同是被榨取的阶级,我们都是兄弟姐妹,大家要团结起来"①。将苦难等同于贫穷，视"有钱"或"坐食"为万恶之源，平均以平等的面貌出现于革命进程中，这里面提供的乌托邦是"现在我们的社会是黑暗的，但是我们的明天快要到了"②。再如蒋光慈的《胜利的微笑》③，主人公是被开除的工人王阿贵，家中有父母和妹妹，大家都苦，妹妹可能要做娼妓。为了逃出苦海，阿贵甚至想杀掉全家，后来转念，决定去惩罚有钱有女人吃鸦片的恶人。打死几个"恶人"之后，他被巡捕包围，"这时他记起了他的手枪内还有一粒子弹，于是他将手枪对着自己的胸坎一举，他便随着枪声倒了"，"但是在明亮的电光下，在巡捕们的环视中，他的面孔仍旧充满着胜利的微笑"④。妓女上门兜生意，作者特意点出阿贵"童男"的纯洁身份⑤，献祭味道明显。世俗生活不再是被忽略淡化，而是被简化、被僵化。作者强调世俗生活的苦难，譬如饥饿、贫病、失业、被迫卖身求生等，在世俗生活的叙事策略上，是诉苦，不加区分地诉苦，笼统地诉苦。这些略带浪漫主义的书写之所以后来被批判否定，道理不难理解。早期无产阶级革命文学，有阶级意识、苦难意识、反抗意识、献身意识，但政党意识、领袖意识还非常淡薄，无组织、无政府、无纪律的痕迹很重，远不如后续革命文学的"规范"及对政治的"敏感"。后世要否定前世，不可避免。暴力革命的原动力不是来自继承，而在于推翻。

如果说清末革命文学找到了仇恨的思想资源，那么，早期无产阶级就找到了贫穷与苦难之间的联系。苦难为仇恨增添了动力，在对贫穷、罪恶及牺牲之道的捕捉上，他们是先行者。

清末革命文学与早期无产阶级革命文学在文学叙事层面非常粗

---

① 冯乃超：《同在黑暗的路上走》，见《冯乃超文集》编辑委员会编《冯乃超文集》（上卷），中山大学出版社1986年版，第223—224页。
② 冯乃超：《同在黑暗的路上走》，见《冯乃超文集》编辑委员会编《冯乃超文集》（上卷），中山大学出版社1986年版，第223—224页。
③ 蒋光慈：《胜利的微笑》，光华书局1932年版。
④ 蒋光慈：《胜利的微笑》，光华书局1932年版，第190页。
⑤ 蒋光慈：《胜利的微笑》，光华书局1932年版，第180页。

浅，但更重要的是，他们或从己身领悟，或从普罗文学得到感悟，进而发掘出革命的思想资源。后续革命文学沿着这些思想路线，在叙事形态及意识形态方面渐趋成熟。从牺牲之道来讲，20 世纪 30 年代的革命文学更注重寻找牺牲的理由，作者对苦难的思考不再限于口号式的演讲，而是从全方位进行革命的准备，具体包括挖掘罪与苦，描写女性及知识分子的动摇与献身，等等。这些准备是指认帝国主义、封建主义、资本主义之"罪恶"的前奏。老舍的《骆驼祥子》谈不上是革命文学，也没有阶级斗争的革命意识，最多可称为"批判个人主义的文学"，但小说的思想趣味暗合革命文学对贫穷及苦难的认定趣味，它是"人力车夫文学"的经典之作。穷人祥子希望通过体力劳动来获得体面生活，但屡遭不幸，从叙事安排来看，这更像是作者的意志而非故事本身的逻辑。对有钱人的诅咒是通过虎妞来完成的。虎妞老丑胖，像大黑塔，像个男人，言行举止极令祥子厌恶、仇恨。虎妞难产而死，死后，祥子遇上虎妞的父亲刘老四，故意不告诉他虎妞的坟址，随后扬长而去。祥子以这样的方式报复了有钱人。祥子最在乎的，并不是车子——车子连丢几次都没有彻底摧毁祥子的意志，但小福子的上吊却彻底摧毁了祥子。祥子最害怕的是娶虎妞，这里面暗示了一个老舍绝对不想明说的意思：一个理想的老婆比车子更重要。这样一比，老舍的委婉就很明朗了，车子只是表面的生活目的，娶漂亮且能自食其力的老婆才是更高的目的。小福子是自食其力的妓女，但这种自食其力建立于有产者有钱人的糟蹋之上。《骆驼祥子》对有钱人有产者的谴责非常巧妙，小说虽勉强以个人主义收尾，但事实上，老舍强硬地批判并诅咒了有钱人，认定有钱人为罪人，"爱与不爱，穷人得在金钱上决定，'情种'只生在大富之家"[①]。《骆驼祥子》认定有钱人为导致不公的罪人，祥子的一生是一部穷人的命运史及幻灭史。骆驼祥子得了性病，彻底颓废，也堪称牺牲。人生希望因为有钱人

[①] 老舍：《二马·骆驼祥子》，江苏文艺出版社 2010 年版，第 330 页。

设置的不公而牺牲掉了,个人身体因为有钱人而腐败掉了——祥子正是从有钱人的姨太太那里染上脏病的,性场景点到为止,但作用关键。小说以个人主义收尾,把批判贫病的意味藏起来了,由此可以看出老舍内心的顾虑,这也就能解释"个人主义"几个字出现于尾声为什么会显得格外突兀。这个例子更可以证明,到了现代,贫病具备道义上的优越感,它是不能批判的对象,《骆驼祥子》从道德层面为世俗生活的罪与罚做出了区分。从这个意义上来讲,《骆驼祥子》与革命文学有异曲同工之处,《骆驼祥子》虽不具备革命斗争的意识,但作者深刻了解革命斗争的前提。另如茅盾的《虹》、叶圣陶的《多收了三五斗》与《倪焕之》、丁玲的《韦护》与《水》、巴金的《家》,分别让男女知识分子、农民、地主的子孙走向献身革命的道路,作者让这些主人公逐渐认识到压迫阶级的罪恶以及革命的高尚。这时期的革命文学在复杂性及深广性方面都比之前的革命文学要处理得成熟。中篇小说《虹》很明白地表达了对世俗生活的厌恶,柳遇春对梅女士欲求无厌,梅女士对此深恶痛绝,作者的暗示是什么?对女性来讲,虽可以读书、自由恋爱、尽享世俗生活,但这些都无法满足对崇高感与神圣感的诉求,只有献身于革命,世俗生活才有合法性,借助革命洗去世俗生活中很难言说的羞耻感,这是一个颇有意思的思想史现象。后来杨沫《青春之歌》的牺牲之道,也没有脱离梅女士这个套路。1942年以后的革命文学,基本上走向了阶级斗争的模式化标准化写作。20世纪40年代的革命文学,斗争目标明确,有翻身之乐。丁玲的《太阳照在桑干河上》,翻身要素、人员配置、意识形态皆齐全,在文学上实践了中国化的马克思主义及唯物史观。斗地主有如决战,钱文贵尽管有个八路军的儿子,也不能免罪,农民用精神控诉与暴力惩罚镇压钱文贵,"人们只有一个感情——报复!他们要报仇!他们要泄恨,从祖宗起就被压迫的苦痛,这几千年来的深仇大恨,他们把所有怨苦都集中到他一个人身上了。他们恨不能吃了他"①，土地与财产充当了复仇的动力。丁玲花了不少的篇幅描写分土地、分财产的细节，口号显得虚幻，土地与财产才是实实在在的战利品。丁玲很清晰地看到革命胜利后的场景，程仁引导大家感恩，"毛主席是天下穷人的救星，他坐在延安，日日夜夜为咱们操心受累"，人们对着毛主席像齐鞠躬、共呼万岁②。如果说革命文学1949年前后有区别，那么，区别就在于40年代之前重诉苦，40年代以后重感恩，揭露黑暗逐渐被歌颂光明取代。仇恨启蒙苦难意识，苦难意识加重仇恨，仇恨—苦难—仇恨—翻身—感恩，英雄主义与救世主，革命与乌托邦，是80年代以前革命文学反复表达的主题，这在一定程度上反映了20世纪中国在思想层面的重要变迁。80年代前期的"伤痕文学"等，虽对阶级斗争深恶痛绝，但仇恨与感恩之情并未消退，如卢新华的《伤痕》、刘心武的《班主任》等，基本叙事逻辑就是控诉、获救、感恩，本书将之命名为"新生文学"，并不为过，它是20世纪中国广义革命文学的尾声。阶级斗争及敌我关系的悖论在于，"我"必须不断地树"敌"，才能证明阶级斗争的合法性和"我"的正义。阶级斗争为革命提供了无穷的动力，但同时也为后革命时代设置了重重的障碍。

在革命文学的变迁中，世俗生活的价值定位发生了相应的变化。价值定位有两个办法：其一，让世俗生活服从于革命目标，让革命为世俗生活赋予意义，如"革命＋恋爱"的叙事模式就是革命对世俗生活的改造；其二，强调世俗生活的庸俗，贬低世俗生活的价值，如《青春之歌》对余永泽的丑化，不仅有对知识分子的批判，也有对世俗生活庸俗化的厌恶。两个办法殊途同归，共同突出了革命的崇高与神圣，并在客观上证明了世俗生活在革命面前的

---

① 丁玲：《太阳照在桑干河上》，见《丁玲精选集》，北京燕山出版社2006年版，第265页。
② 丁玲：《太阳照在桑干河上》，见《丁玲精选集》，北京燕山出版社2006年版，第284页。

献祭意味。从人们分得财产与土地的那一瞬间开始，被"解放"的私人生活便转变为公共生活，废除私有财产，感恩救世主，信仰乌托邦，本质上就是牺牲与献身。

20世纪中国广义革命文学至少转述了进化论、竞争论、阶级斗争论、历史决定论等观念。进化论讲究"我"的必胜，文学情节无论如何离奇荒诞，最后得胜的一定是"我们"。即使肉体上不能获胜，精神上一定制高，气势也能让敌人颤抖。竞争论鼓励对"敌"的残酷，翻身者对压迫者的镇压与清算，血肉模糊，人道主义绝无存在的空间。阶级斗争论强调"时刻准备着"的紧张气氛，一个敌人倒下，无数个敌人被清算出来，到最后，必然是"阶级斗争扩大化"，草木皆兵，救世主的价值因而更不可或缺。历史决定论"形式上是对一个时间过程的理解，但它最后导致的却是良知和自由意志的丧失"①，由人进化成神的狂妄与人无须负上现世责任便相辅相成。当然，革命文学在克服世俗生活庸俗化、体察贫病苦难、启蒙平等意识等方面有其贡献。

观念规定了牺牲之道。牺牲之道的精神实质是什么？革命文学复活了为古典思想所提防、所压抑的兵家之"争"的传统。兵家之争是人类社会的本然状态，但道术之正统并不会过度拔高兵家之价值。《汉书·艺文志》承圣人之说，如《尚书·洪范》八政之说（八曰师）、孔子的"足食足兵"说，均强调兵乃国之重，但其"诸子略"称"诸子十家，其可观者九家而已"，九家者虽各有长短，但若修六艺之术，"则可以通万方之略"，六艺比兵家要高。兵家是必需之物，但不是圣物，若以传统道术论之，兵家乃术非道。革命复活并改造了兵家，兵家之争的"争"有了神圣意味，革命文学不讳言死亡的高尚化，死亡在很多时候甚至成为胜利来临的象征。这种牺牲之道类同于海德格尔之赴死的士兵哲学，在死亡与牺牲之上寻找激情，以"毁灭"此在的"畏"与"烦"。从观

---

① 刘再复、林岗：《罪与文学》，（香港）牛津大学出版社2002年版，第335页。

念史来看，牺牲之道的渊源有三：一是对神圣及神性的追求，人希望可以像神一样承担救世的责任并在人间建立天堂，借此追求且试图克服人类本然的庸俗；二是对真理的崇拜，革命相信世界上存在一个可以解决所有问题的一劳永逸的办法；三是对乌托邦的信仰，相信掌握真理之后，世界会进入永恒的黄金时代，那么，为了那个"解放"的神话，今天付出任何代价都是值得的。

20世纪80年代中期以后，活着之道取代了牺牲之道，中国广义革命文学走向终结，这是20世纪中国文学思想的一大转变。革命文学为什么会终结？行政手段终止了以阶级斗争为纲的革命，革命文学随之终结，"活着"向"牺牲"提出了抗辩。世俗生活崩溃，革命的救世理想遥不可及，生存苦难变得尤为突出。由革命转向后革命，具体的历史细节尚有待时间解密和史家验证。本书所留意的是，后革命时代，活着之道取代了牺牲之道的文学趣味。80年代中期以后，文学迷恋对"最低限度地活着"的书写，这种现象，本书姑且命名为相对于"牺牲之道"的"活着之道"。革命文学虽终结，但它留下了一个非常含混的思想问题，即苦难问题。革命文学取巧的地方就在于对苦难不加区别，将一切苦难都归罪于压迫阶级，诉苦于是越诉越苦，没有最苦只有更苦，诉苦成为互相攀比的举动，诉苦攀比在唤起诉苦人良心不安的同时也加剧了他们的恐惧感。如果诉的苦达不到要求，会受到什么样的惩罚，这是恐惧之源。事实上，即便是贫穷等生存苦难，也未必尽是由有产有权者所造成，更何况人皆有之的存在苦难？混淆生存苦难与存在苦难的好处在于便于树敌、便于革命，它同样有利于安抚人道主义泛滥的同情心。"活着之道"继承了这笔文学遗产，它照样对苦难不加分辨——很难说这种选择是精明还是愚蠢。尽管相应的文学作品会获得道义上的优越感及人道主义的回报，但对苦难不加分辨就是文学的短识。当然，这种选择有其思想渊源，现代社会似乎很难摆脱对不平等的仇恨——诉苦的根源就是来自对不平等的仇恨。活着之道的诉苦手法依旧，但因为缺乏革命的激情，它丧失了对献身之崇高感与神圣感的崇拜，只满足于最低限度地活着。80年代中期以后，至少有三种类型的写作能反映出这种活着之道。一是抹杀世俗生活的严肃意味。代表作家是王朔，他对知识分子的否定与谩骂消解了人的整体价值，对人的否定是反现代的趣味——现代是发现人肯定人而不是否定人。二是不厌其烦地记录世俗生活的庸常。池莉的《烦恼人生》和刘震云的《一地鸡毛》《单位》等颇能反映革命的创伤：革命激情不再，人必须面对庸常之日常生活的时候，人生充满了怨恨与失落。新写实主义者的白描手法皆熟练老到，但是否忠实于生活，不好说，庸常生活里也包裹着复杂的内心，人的世界不是一块馊了的豆腐就可以完全概括的。新写实主义的贡献在于看到了后革命时代的颓废与沉沦，但不加节制的唠叨在事实上矮化甚至丑化了世俗生活，"活着"在这里类似于生物性存在。三是赞美最低限度地活着，"懒于向现存秩序发问，把忍受苦难换算成担当责任，习惯把逆来顺受视为天经地义"①，这一种类型最有影响力。余华的《活着》、莫言的《檀香刑》、苏童的《碧奴》等几乎都写出了忍受苦难的极限，但即便活着通过忍耐获得了神圣意味，也不能说明作者写出了更高的活着。生命力强大是拔高"最低限度地活着"之最佳解释办法，事实上，批评界正是通过这种方式对之进行价值判断，许多作品正是通过"生命力"的阐释法而经典化。"人活下来，是靠生，是靠命，而不是靠其他，这种自生自灭式的'活着'，当然不卑不贱，但我以为，这是人'活着'的最低限度。"② 生生不息，一定有比"生育"更大、更广的内容。人有良知责任、自由意志，跟没有良知责任、自由意志，是有区别的。

　　活着之道继承了牺牲之道的苦难哲学，并在苦难哲学与生命力

---

① 胡传吉：《最低限度的"活着"——论〈赤脚医生万泉知〉》，载《当代作家评论》2011年第4期。
② 胡传吉：《最低限度的"活着"——论〈赤脚医生万泉知〉》，载《当代作家评论》2011年第4期。

阐释中完成了经典化。活着之道更像是牺牲之道的创伤反应，历史是连着的，它不会因为1976年等时间而前后割断。由牺牲到活着，是文学史值得研究的思想现象，也是思想史可以关注的精神变迁。

第二章　"群治"理想

　　政治浪漫主义是20世纪中国文学思想变迁的重要源头，牺牲之道是其具体的反应，活着之道是革命的变体。在"西学东渐"的思潮与趋势下，由历史地理知识到器物等方面的学习，再由制度到思想的变迁，中国现代化的过程，从时间上来看，并不充分。这一过程，似乎一切都是仓促的，文学层面的现代化也不例外。在这样的情况下，小说"群治"理想充当"新一国之民"的重任，既可以说是仓促之举，也可以说是无法之法。在"群治"理想的召唤下，革命建构了"诉苦"新传统，同时孕育了怨恨情结，革命因而获得了最重要的群众之"力"。20世纪中国文学思想变迁所含革命思想的内在伦理，饶有趣味。

一、小说"群治"之理想

　　一开始，小说并不是改良群治的上上之选。小说地位由卑贱至显达，历时不短，曲折多多。有识之士的发现、经验的选择、改良人士的青睐，是小说最终显要的促成因素。尤其是维新人士之看重小说改良群治，更是极大地影响了现代中国小说的志趣及其评价——从某种意义上来讲，人们热衷谈论的所谓"当代"，恐怕归为"现代"更为合适。"'现代'所蕴含的是生存性的时间，带有在体性（ontic）的意涵，表明生存品质和样式的变化，与过去的生存品质和样式构成紧张关系。"[①] 在这里，"现代中国小说"亦可涵盖当下的小说，如此处理，并非着重"古代"与"现代"的时

---

① 刘小枫：《现代性社会理论绪论——现代性与现代中国》，上海三联书店1998年版，第63页。

间区隔,而是在意两者之间的"紧张关系"。

金人瑞圣叹氏,算是识小说重小说的先驱。圣叹氏曾"集才子书者",其目曰,"'庄'也,'骚'也,马之《史记》也,杜之律诗也,《水浒》也,《西厢》也已",又因"忽于友人案头见毛子所评《三国志》之稿,观其笔墨之快,心思之灵,先得我心之同然,因称快者再。而今而后,知第一才子书之目,又果在《三国》也"。① 圣叹氏又称《水浒》胜似《史记》,"《史记》是以文运事,《水浒》是因文生事"②。圣叹氏语人所不曾语,惊世骇俗,胆识过人。圣叹氏虽非独尊小说,但为其"因文生事"之笔性洗脱卑微低贱身份,有大贡献。圣叹氏对后来人对小说的牵强附会,更是句句批中。他称"(施耐庵)只是饱暖无事,又值心闲,不免伸纸弄笔,寻个题目,写出自家许多锦心绣口,故其是非皆不谬于圣人。后来人不知,却于《水浒》上加'忠义'字,遂并比于史公发愤著书一例,正是使不得"③。为"因文生事"正名,为小说在诗文内部一竞高低、正俗扶风,又贬"后来人"为小说妄加"忠义"字之事,等等,圣叹氏可谓有真见识、远见识。

晚清梁任公选小说为改良群治的药方,兼得陶曾佑诸公共同发力,小说终成改良群治的上上之选。借圣叹氏之语喻之,这一举动,亦可并于"后来人于《水浒》上加'忠义'字一例",二者区别仅在于,一个讲救国抱负,一个讲臣服忠义,至于是否"使不得",又非吾辈可妄加论断。但到小说群治之想日趋高蹈之际,抱负与忠义实则又在小说中隐秘地合体,此为后话。

---

① [清]金人瑞:《三国志演义·序》,见郭绍虞、王文生编《中国历代文论选》(第三册),上海古籍出版社 2001 年版。引文据两仪堂藏版《绣像第一才子书》首卷。

② [清]金人瑞:《读第五才子书法》,见郭绍虞、王文生编《中国历代文论选》(第三册),上海古籍出版社 2001 年版。引文据中华书局影印金圣叹批改贯华堂原本《水浒传》卷一。

③ [清]金人瑞:《读第五才子书法》,见郭绍虞、王文生编《中国历代文论选》(第三册),上海古籍出版社 2001 年版。引文据中华书局影印金圣叹批改贯华堂原本《水浒传》卷一。

梁任公剑走偏锋，选择小说为思想突破口，实乃退而求其次的选择。这是一种很难谈得上高明的政治策略，但从语言层面入手的吁求，确确实实为华夏带来了大转变。至于这种转变是好是坏，后人无须刻意下绝对判断，历史有因，现实为果，后人当有"了解之同情"的气度。由《论小说与群治之关系》（1902年）可知，任公之看重小说，不是因为小说有多么好，而是因为小说有支配人道之力，即包括熏、浸、刺、提四力，实有以新除旧之用意。任公尽数小说之恶，直将国孱民弱归罪于小说，"故今日欲改良群治，必自小说界革命始；欲新民，必自新小说始"[①]。后人往往借梁任公倡"小说界革命"之举动来极赞小说之高贵，以为梁任公独喜小说，哪知任公对小说本身并无多少好感（任公对小说之"陷溺人群"的数落，堪称句句中的），就如世人以为毛泽东喜爱新文学、左翼文学，岂知毛泽东对古典诗文情有独钟。

无论圣叹氏与梁任公之重小说的初衷如何，他们对小说发展前景的设想及对趣味取向的把握，都是有远见的。尤其是梁任公文中所点到的"群治"二字，几乎可以命中自现代以来中国小说创作及其评价最主要的走势之一。

所谓"群"，暗合了后来人对"多数""大多数""绝大多数"的想象与追求，无论是改良抑或革命乃至反思，人们在小说乃至文艺身上所寄托的厚望，都是要激发起"大多数"的激情，以对付"少数人"的"落后""反动"等，从本质上来讲，此一"群"字下的读者期待跟文学史上所称"通俗""大众化"之读者期待没什么特别大的区别。把小说跟群治拉扯在一起，也许是一部分文人精英对政治权贵的失望所致，也或许是文人精英自觉无能为力、苦无良策的反应。

[①] 梁启超：《论小说与群治之关系》，见郭绍虞、王文生编《中国历代文论选》（第四册），上海古籍出版社2001年版。引文据中华书局排印本《饮冰室全集》论说文类。

所谓"治",若作动词解,可合统治、组织之意,若作形容词解,可与"乱"相对,喻义天下太平。此"治"如若放到小说乃至文学里,就包含了一个对人性教养的看法,即小说既能让人变坏,也具备让人变好的能量。任公曰:"此四力者(熏、浸、刺、提),可以庐牟一世,亭毒群伦,教主之所以能立教门,政治家所以能组织政党,莫不赖是。文家能得其一,则为文豪;能兼其四,则为文圣。有此四力而用之于善,则可以福亿兆人;有此四力而用之于恶,则可以毒万千载。而此四力所最易寄者,惟小说。可爱哉小说!可畏哉小说!"① 任公口诛笔伐的中国人佳人才子、妖巫狐鬼之思想,以及国民轻弃信义、轻薄无行等,林林总总,可曰"惟小说"之故。虽归罪于小说乃属病急乱投医之举,但任公所列国人之恶行劣迹,又句句属实,所以,"小说界革命"虽属权宜之计,但仍有其极具说服力的一面。既然小说让人变坏之看法能说得通,那么,寄望于小说让天下变得太平、让国民由坏变好,也自有其号召力。

之后不过十来年的时间,胡适、陈独秀等人就将小说的"群治"理想推而广之。胡适《文学改良刍议》倡"须从八事入手"。陈独秀《文学革命论》高喊推倒贵族文学、古典文学、山林文学,建设国民文学、写实文学、社会文学,并"愿拖四十二生的大炮,为之前驱"。胡适、陈独秀无不看重文学的浅白通俗,因为只有浅白通俗,才能对"多数""大多数"产生作用。不难看出,寄希望于小说,降大任于小说,并非是诗文内部的一竞高低,而是文人精英所选择的一条救国治国之路。

在这里,我无意去勾勒小说在这条救国治国之路上所扮演角色之具体历史。行文至此,我想强调的是,如果说圣叹氏一早已警觉

---

① 梁启超:《论小说与群治之关系》,见郭绍虞、王文生编《中国历代文论选》(第四册),上海古籍出版社2001年版。引文据中华书局排印本《饮冰室全集》论说文类。

后来人将为小说添附许多额外价值，那么，梁任公诸君则提出了改良群治的方案，从而间接牵带出现代小说必然要面对的困境，亦即上文所提到的两个问题，也是可浓缩为"群治"二字的问题：一是"多数""大多数"以至晚近的所谓"大众"的问题；二是小说能否让人变好、变坏的问题，或者说小说家在小说中所表现出来的善恶观，以及评价体系如何看待小说的道德力量之问题，这一问题既古老又新鲜。用所谓的文学术语来讲，"群"的问题，可以说是文学的外部问题，当读者与创作者、评论者在书面语言上的沟通基本不存在多大问题的时候，写作者如何应对喜新厌旧的大多数读者对浅显易懂的要求，与此同时，写作者还得面对诸多学院精英过分刻板的考究与近乎无趣的挑剔。当古文转身离去的时候，现代语言如何重建一种理想美，亦将因为这个"群"字而发。相应地，"治"所隐喻的对人性教养的看法，又堪称文学的内部问题，小说家解决不了善恶是非问题，但小说将永远受善折磨、经恶诱惑，大凡对心灵及灵魂有要求的小说，总免不了在善恶面前左右为难。

  应该说，开"小说界革命""文学革命"先河的文人精英，无缘将小说的"群治"之想付诸实践。只有到了 20 世纪三四十年代，"文武双全"的思路逐日显扬之后，小说的"群治"理想才算落到实处。"笔杆子"着上戎装，成为"枪杆子"中的一员，让语言艺术奔赴"战场"，英勇抗敌，这是革命精英对小说乃至文艺"群治"理想极为大胆、极具创意乃至极富激情的试验。如果说夺取政权、颠覆所有制从社会结构层面改变了华夏的整体命运，那么，语言艺术的"普及"，就为包括不识字者在内的真正的文化弱势者提供了一条通往文字的道路。相形之下，语言文字是更加隐秘的能阻隔阶级交流的强大力量，每一样可书写的语言都为人类布下了天罗地网。从某种程度上来讲，能书写的语言就是社会规则之一。对识字或识字多的人来讲，书写文字不是生活障碍；对不识字或识字少的人来讲，书写文字则是巨大的生活障碍。既然语言足以强大得让"大多数"远离权力核心，那么，语言也就具备颠覆假想中之少数人统治的潜在能力。我想,文艺层面的"翻身"、语言层面的"翻身",其影响力恐怕不会亚于改朝换代、颠覆所有制,几经渲染的苦难以及再三发掘的平等之想,一旦发作,一定是铺天盖地、不可收拾的。从文艺层面的"翻身"路径亦可以看出,革命精英对文人精英虽有所拉拢,但往深层探究,革命精英对文人精英特别是非革命出身的文人精英有所疏远。文艺的"翻身"意识很难说不是发自对文人及知识精英的怨恨。

尽管革命精英与文人精英的文艺主张有所区别,但革命精英所发动的文艺"翻身"并没有走出任公所点到的"群治"二字。也许我们可以挑出一些关键词,以理解革命年代的小说及文艺"群治"理想。一般认为,理解革命年代及后革命年代的文艺动向,毛泽东的一些文章及讲话,是绕不过去的话题。其《新民主主义论》[①](1940年)提出"民族的科学的大众的文化",为文化的未来定下基调。《在延安文艺座谈会上的讲话》[②](1942年)则成为文艺政策最基本的依据。第一次"文代会",周恩来、郭沫若、茅盾、周扬等人的报告是对解放区文艺成果的总结、对"讲话"的进一步阐释、对文艺领导权的乐观展望[③],对理解1949年以后的中国文艺亦非常关键。从中,我们可以提取"大众的""人民群众""普及""提高"这些出现频率非常高的词语出来分析。

"大众的""人民群众"之重点在"群",也即前文所提到的,这里面,有对"多数""大多数""绝大多数"的追求与争取。如何实现"绝大多数"的文化"翻身",如何让"人民群众""喜闻乐见","普及"无疑是上上之选。周恩来《在中华全国文学艺术工作者代表大会上的政治报告》(1949年7月6日)强调了"普及与提高的问题",其称,"现在还是不是普及第一呢?还是普及第

---

① 参见《毛泽东选集》(第二卷),人民出版社1965年版。
② 参见毛泽东《在延安文艺座谈会上的讲话》,新华书店1949年发行。
③ 诸文参见中华全国文学艺术工作者代表大会宣传处编《中华全国文学艺术工作者代表大会纪念文集》,新华书店1950年发行。

一。解放区做了一些普及工作,但是离普及的需要还很远。至于说现在产生的普及性的文艺作品还很粗糙,需要改进,还很低级,需要提高,这是事实,但是这并不是值得担心的事情"。《吕梁英雄传》(马烽、西戎)、《李家庄变迁》(赵树理)、《新儿女英雄传》(袁静、孔厥)、《地雷阵》(邵子南)等被认为是"比较成功"的作品,其中,赵树理的《李有才板话》被周扬认为是"解放区文艺的代表之作"(《新的人民的文艺》)。这些小说,连同《王贵与李香香》《白毛女》《血泪仇》等诗歌、戏剧,都可以看成是"普及"的重要成果。像赵树理、丁玲、周立波、孔厥、马加、康濯、欧阳山、柳青这样的小说家,创作时多多少少都有向"群"主动靠拢的痕迹。正如周恩来所言,不必担心"提高"之事,而应将"普及"放在第一。以常识来判断,"普及"与"提高"并不是一对和谐的概念,一旦"提高","普及"可能就成为问题,"普及"时,定在"群"中,"提高"后,还在不在"群"中是未知数。毛泽东早在《在延安文艺座谈会上的讲话》里就反复强调了要找到"普及"和"提高"的正确关系。"普及"与"提高"孰重孰轻,决策者未必不清楚。就像"大众的"与"民族的"也有冲突,很多时候,当人们追求"大众的"时,"民族的"往往就变成了"民俗的"。实际上,"民族"与"民俗"基本上是两码事,但"民族"的号召力远比"民俗"强大。"普及"与"提高"、"大众的"与"民族的",虽互有冲突,但因为都是"好"的,所以摆放到一起,就很难让人察觉其不和的一面。

"普及"既是对"群"的追求与争取,那么相应地,"普及"对写作人及知识人也提出了要求。为了让写作人及知识人接受"群"的想法,政党想出了一些办法,比如让他们去熟悉相对陌生且无法抗拒的对象——"工农兵群众",以打消知识人的骄傲念头……对知识人及写作人,动笔当然不是什么问题,但是动刀动枪动机器动锄头动感情,未必能够高出在人数上占绝对优势的"工农兵群众"。浅显直白的、容易动感情的物事,足以让伤脑筋的逻辑、常识、理性、科学等基本失效。非革命出身的写作人与知识人低下头、弯下腰，真诚而努力地迈向"群众"。把高的拉低，把低的拉高，为"普及"而推行扫盲识字及再学习之举，也暗合古人所称"不患寡而患不均，不患贫而患不安"①。平均之想体现在政治地位、经济地位的分配上，也体现于文化地位的指派上。

看上去，"普及"比"提高"更能保证"群"的可靠度，同时，"普及"比"提高"更能保证"治"的有效性。"治"到了这里，对小说乃至文艺有双重的意义，一是组织意义上的，二是人性教养看法层面的。像中国左翼作家联盟（简称"左联"）、中华全国文艺界抗敌协会（简称"文协"）、第一次"文代会"之后成立的文联与作协等，又如批判《武训传》、批判俞平伯《红楼梦》研究、批判胡风"集团"等运动，实际上都体现了组织的存在及力量。关于人性教养看法层面，亦饶有趣味，实际上，"治"之组织意义的终极理想，无外乎是人性教养层的完善乃至完美，"群"与"治"不能截然分开。小说在承担"治"这一理想方面起到重大作用，相比戏剧、诗歌，小说在打造人性完美层面，似乎更有优势。寻找领袖、完人、英雄、好人，歌颂光明、正面、高尚、进步，暴露为歌颂让步，这些几乎都在小说创作中得到了体现。许多小说里反复歌颂的干部、许多小说尾声出现的致敬语、许多小说所刻画的伟大的工农兵形象，等等，无须多举。正因为有"群"的保证，人性之"治"才能让人虔诚相信。"群治"之想离"忠义"之想并不太遥远。

在不短的时期内，因为有阶级立场的强硬支撑，小说之"群治"理想有限地实现了。直至20世纪90年代以后，强硬的阶级立场被隐去（或者说，斩钉截铁的阶级立场不再是解释世道的有效方式），文艺格局才出现重大变化。长篇小说成为最强势的文学体裁，"群治"二字的内涵发生转向，"群"成为一种常态，"治"

---

① 见《论语·季氏》。

则变成一种追问。

"群"作为读的常态,大致可以追溯到晚清,谴责小说、旧派言情小说、武侠小说等浅白易明的文学,借助报刊业,流行于市民阶层,现代意义上的为"群"写作以及"群"读现象开始出现。直至后来,忠义与群治为小说附意,"群"读现象表现出其非常态的一面。而当组织力量有条件地退隐文艺江湖时,"群"再度成为读的常态。今日的官场小说、职场小说、青春小说等,与往日的黑幕小说、鸳鸯蝴蝶派小说等,从"群"读趣味来讲,实属一脉相承。

与"群"读保持密切关系的写作,一般来讲,读者对它们的热情不会超过一年。如果是系列丛书,喜新厌旧的读者保持追捧热情的唯一理由,就是期待其续集、期待其结局之外的结局,一旦得知"结局",读者又会带着心满意足的表情去追逐另一种结局。畅销书在印刷数量上会不断攀高,但很难让人反复读上多遍,所以,畅销书作家出书的频率一般都非常高,或者说,不得不提高出书频率。尤其是一些以写青春题材的小说写手,很容易在销量方面创造奇迹,因为追捧他们的"群"——中国青少年群①,人事懵懂,但凭一腔热血行事,给一点点甜头,就想两肋插刀,又正值情"痘"(窦)初开,尝一点点苦头,便要生要死,生活封闭,除了学校、家庭就是网络,枯燥、教条、冷酷的学校作息时间表限制了他们的大部分时间与生活热情,有限的时间决定了他们需要容易激发情感的阅读题材。"群"的阅读现象又往往容易发生在终日劳碌、朝九晚五的蓝领、白领、金领中,或者是生活比小说沉重,又或者是人们无暇深刻,娱乐、消遣渐渐成为成年人职业群的阅读需求,如婚事、房事、婚外事、猎奇事、阴谋事等,是以能长久吸引本国阅读者,官场小说、职场小说、床笫小说、言情小说、军旅小说等题材,是沉重生活之余的另一类轻松。"群"的阅读现象很少发生在

---

① 在这里并不涵盖所有的青少年,仅仅是指狂热追捧偶像小说家的青少年群。

老年人阶段,一则,激情难再;二则,趣味历经生活洗礼,基本已成定式,阅读很难再大规模合"群"。各年龄段的阅读"群"效应,既是平民天下的阅读特点,也符合消费社会对不同消费人群的定位原则。人们对时间的流逝有惶恐,所以,每一年都至少需要一个潮流、一种流行。留住时间有很多种方式,求新、加速、简化是其中最便捷的方式。平民天下的时代,每一个潮流、每一种流行都会卷走一大批人的注意力,小说所掀起的潮流与流行亦不例外,每一年各界共同制造出来的畅销小说及其盛况,亦无须笔者在这里一一列举。

小说与电视连续剧的趣味越来越同质化,"群"趣味无疑正在作怪,对此趋势,我们似乎无能为力。唯一值得庆幸的是,阅读意义上的"群"与组织意义上的"治"不再亲密无间,但这样一来,对"群"的精神崇拜就转变为对"群"的心理疑惧,每一种流行与潮流后面,恐怕都隐藏着某种对失控的不安。

至于"治",也正从"政党""组织""集体"这些名词中脱身而出。政党意义上的小说"群治"理想尚有余温,但不再荣光。组织意义上的"群治"理想虽日趋式微,但是,小说能让人变好或变坏的欢欣与恐惧仍在,这种心理比改良群治的想法更古老、更长久。苏格拉底的忧心忡忡改变不了荷马史诗世代传唱的现实,所有的心灵既要面对所谓的好,也要面对所谓的坏。也许,这才是人性的本质性存在。如前文所说,小说将受善折磨、经恶诱惑,但小说是否让人变好、变坏,不会有结论,只不过,"治"所隐喻的人性变好与变坏之问题,会一直存在。

"群"虽然比"治"更有时代特征,但"群"现象一旦出现,平民天下的时代将没有回头路,人们必须忍受越来越相似的命运。而"治"这一对人性教养有看法的修饰词,就像是咒语,将长久地隐身于小说的写与评中。

二、诉苦新传统与怨恨情结

在"群治"理想的召唤下,种族主义、民族主义、国家主义崛起。文学思想对应了政治变迁。诉苦与怨恨是文学思想变迁中的重要表现,这些文学情绪推动了革命的进程,同时也为左翼文学、延安文学与革命文学立下了伦理范式。

诉苦其实是很现代的反应。不难发现,现代人发掘出许多的苦,且善大其辞、以己推人,屡遭不幸的现代中国人,尤其如此。

比如说女子缠足的问题,此风最早的源头大致是取悦式、献媚式的表达①,后世之风行,也跟女子羞于表达自己的隐秘想法有关——如果世人皆爱小脚,人们会耻笑天足;如果世人皆尚天足,人们会另眼看待小脚。袒露感与遮蔽感的苦乐并非截然分开、水火不容,缠足本身不是一个纯粹"苦"、绝对"苦"的问题,是现代眼光而非古典视野将缠足问题改造成纯粹而绝对的苦。

近代,人们将缠足解释为万恶之物②。真正控诉其"苦"的,始于维新改良志士,最早倡办"不缠足会""天足会"等协会的,多为饱读诗书的男子。近代天足运动,又以康有为、梁启超等人的言论尤有特色。康有为曾在《请禁妇女缠足折》等折子中历数女子缠足之苦楚,视缠足为肉刑及恶俗,试以父母心唤恻然心,并指出缠足既不卫生也致体弱,这样的母体孕育出来的子孙,亦为"弱种",比不得欧美人士,"体直气壮,为其母不裹足,传种易强

---

① 康有为考证过缠足恶俗,但"未知所自",见《请禁妇女缠足折》,参见李又宁、张玉法编《近代中国女权运动史料》,台北传记文学出版社1975年版。梁启超也曾在《戒缠足会序》等文中称"缠足不知所自始也,要而论之,其必起于污君、独夫、民贼、贱丈夫"。关于缠足来源,说法不一,有人认为南唐窅娘献舞于李煜时自创,也有人认为缠足之风始于南齐乃至更早。可以肯定的是,缠足至明代最为严厉,缠足是常态,不得缠足则成为惩罚性条款,清代虽多次禁止"满人"缠足,但收效不大,旗人女子纷纷效仿中原风气,直至晚清,缠足因成为维新救国的切入点才大为改变。平民争先恐后效仿,缠足终成痼疾,实与宫廷乃至妓院之趣味有关。

② 太平天国也曾倡过解布放足,但主要是为了让女子从事粗重劳动乃至行军打仗,远远谈不上是对"苦"的认识。

也"。梁启超曾在《新民丛报》等报刊撰《戒缠足会序》《女学略》等文,历数"谬俗"缠足所致惨状,言女子虽受诸天、受诸爱,却因力悬不相敌而终受此酷刑,不得成完人,"吾推天下积弱之本,则必自始妇人不学始"。倡"天足"的志士虽体恤女子身体之苦楚,但其重点还是种族之存续。怀疑"种",改善"种",如同"中学为体、西学为用"、考"孔子改制"、倡"新文化"等,皆是触及乃至动摇中国社会千年根基的办法。改变"种"的观念习俗也就动了社会的根本。晚清危局,政论动情,谕旨动容,风气改变。此后,缠足者成为被目光盯住的"落后"对象,在婚配上不占优势;天足反而把"足"里面原存的性意味给遮蔽掉了——天足者投入新思想乃至新社会里,远足革命游行示威不再是梦想。这一过程,发掘"苦"对"解放"的宣传起了相当关键的作用。

　　反缠足之呼吶、举措,说其现代,其实也古代,他们所动用的,仍然是最为传统的切入点,只不过,他们所表达的是敌强我弱所带来的强烈的屈辱感、发奋感(这显然跟西式的女权主义毫无关系)。一旦这个苦被揭示出来,人们便再难以忍受过往。强种强国的愿望,借缠足痛惜国人之孱弱,其理其据虽不如古老的斯巴达人极端,但多少也有些相似,斯巴达人抛弃体弱病童,令女子强身健体,以便生育健康后代,进而保证其军事化、组织化的坚固持续。斯巴达寓言在现代复活,历经诉苦、"翻身"之后,中国也实现了高度的军事化、组织化,此为后话。

　　中国女子除去长长的裹脚布之后,又穿上了高跟鞋。尽管高跟鞋同样不是现代事物,但与古代有所不同,你可以选择穿高跟鞋,也可以选择不穿高跟鞋,奖惩隐在身后,不时时发作,它跟婚配等也没有绝对而必然的关系。缠足的内在理念在现代并没有完全消泯,长期穿高跟鞋对身体的损伤也许不亚于缠足之害,高跟鞋女子跑起步来恐怕还不如小脚女子快。但试问,又有多少女子会真心抱怨鞋柜里的高跟鞋?又有多少制造商会舍得放弃高跟鞋的生产?因为有审美意义,搭配哲学的比附,因为有现代工业不可逆转的扩张欲望，更兼有奖惩的潜在诱惑与规诫，医学建议也打不倒高跟鞋，女子在接受高跟鞋之"苦"的同时，更认可了高跟鞋的"福"，即使盲目到毫无美感的"松糕鞋""高跷跟"，也照穿不误。正因为到了现代，人们有更多的选择可能，人们再难从"种姓"优劣去得出必然而绝对的结论，于高跟鞋上面挖掘阶级的苦难、国家的存续，失去其强大的说服力、蛊惑力。被"解放"了的人群，不再动辄相信"解放"了，这是一个悖论式的结局。

缠足对身体的残害、缠足的惨无人道，自是不容置疑，但我们亦不得不承认，苦不苦，存在一个后知后觉的过程，怎么样才算苦，也存在一个事后判断的过程，当事人、当局者，其感其想，未必与觉悟者、旁观者完全相同。从强国强种意义上，禁缠足、提变法、倡新文学，意旨近似。此路不通，则试他途，自器物、制度，至服饰、语言、文化、生活、理想，自男子的发辫至女子的小脚，所言所论，几乎无处不修辞，无处不痛楚，如此种种，皆是挽救残局之法子、革命救国之名目，前辈先人所遇恶势、乱局，今人已难想象，不可事后妄推其错。有组织、有策略的人群行动、集体行动，借助于语言及文艺，完成家国大业，力洗民族屈辱，亦当属中国创举。但个人的处境，确实反被逐一淹没在成圣为王的大同理想里。正可谓虑事不周，决策失误，事态终难得圆全。

往后革命者对"旧"的深恶痛绝，其根源恐怕就是自近代开始的诉苦，缠足之禁戒乃沧海一粟，但在"觉悟"诸问题上，近代以来的中国文艺与之有异曲同工之处。又因为有社会进化论的说服教育，所谓的现代人愿意生活在现代而不是古代，也因为他知道了现代的所谓"好"，便更觉得古代的暗无天日。这种思维推而广之，他既认定古代的坏，以古讽今，也不存在技术难度，再要他虔信看不到的未来之"好"，自是顺理成章，类似的狂热激情在中国至少延续到20世纪80年代初。历史有近乎乖张的巧合，革命者的屡次举事，于政治、经济皆不算十分如意，文艺事反得到张扬。如发端于1915年的新文化运动本图政治事，但最终都是文艺事大放异彩，可见文艺事于中国社会进程中推动之能。

我举缠足等例唯愿说明，因为有对比的条件与视野，也因为生活日趋混搭、贵贱再难隔绝，现代眼光比古典眼光更能感受到人世具体的受害感、受压抑感、黑暗感，也更善于利用这些情绪起事、成事。"现代"完全打破了古代社会相对隔绝自足的状态，"现代"让你能看到我的生活，我能看到你的生活，你多我少、我多你少、你强我弱、我强你弱的差距，几乎一目了然，幸福感与苦难感必将在越来越近的比较中得出——现代人活在对比中。幸福感可能从别人的不幸福感那里得出，苦难感可能从别人的压迫心那里得出，所谓"心随境转，妄念即生"①，坦然的生活态度再难有安身之所，因为幸福感与苦难感已不再全由生命本然发出，"现代"的生活也不再是"认命"式的生活，感觉成了"非我"的感觉。

丁玲的短篇小说《在医院中时》就看到了对比生活中的心态变化。从上海赴革命区的产科医生陆萍在产科观察到许多细节，感触良多，以不愉快的感觉为主，愉快情结也通常是由明天的"希望"来唤起的，其中关于看护的细节尤其妙绝：张医生与某总务处长的老婆做了产房的看护，"她们一共学了三个月看护知识，可以认识十个字，记得十几个中国药名。她们对看护工作既没有兴趣，也没有认识。可是她们不能不工作。新的恐慌在压迫着。从外边来了一批又一批的女学生，离婚的案件经常被提出。自然这里面也不缺少真正觉悟，愿意刻苦一点，向着独立做人的方向走，不过大半仍是又惊惶，又懵懂"②，可见，在"觉悟"的途中，亦有唯恐落后于他人的害怕，这正是对比带给人的不安。生活既有奖励，也就必有惩罚。在那样的时代，凡是威胁到婚配前途的，不紧张的女子不会太多，面对有利于婚配的形势，动心的女子不会太少。好

---

① 见［明］朱棣集注《金刚经集注》（序），上海古籍出版社1984年版。
② 丁玲：《在医院中时》，原载《谷雨》1941年11月15日创刊号，收入《中国新文学大系（1937—1949）》（第三集，短篇小说卷一），上海文艺出版社1990年版，第603页。

的婚配、体面的婚配仿佛是女子一生的荣誉,厌弃父母之命、媒妁之言,服从组织的安排献身于革命,也就并不稀奇了。不是说婚配的重要性变了,而是衡量婚配的耻辱感与荣誉感变了。在革命时代之前的礼乐社会里,男女恐怕得依了孟子之训,"不待父母之命、媒妁之言,钻穴隙相窥,逾墙相从,则父母国人皆贱之"①;而在礼乐坏崩的绝对年代,自由恋爱才是勇敢正道,依了父母那是封建落后。在变化中失去心灵的镇静,感觉的攀比并非不可能,信仰的途中亦有彷徨、怀疑,有时候忙乱、混乱才让人觉得刺激,就像帕斯卡尔所说的那样,"人们所追求的并不是那种柔弱平静的享受(那会使我们想到我们不幸的状况),也不是战争的危险,也不是职位的苦恼,而是那种忙乱,它转移了我们的思想并使我们开心"②。

对"苦"的体悟,绝非现代人的发明创造,事实上,各种不知其所始亦不知其所终的宗教,正是用"苦"念来劝谕世人之"痴"念、"妄"念、"嗔"念,看那化缘乞食、钉十字架受难而死,无不以"苦"的面貌出现,只不过,宗教所指的"苦"远比阶级压迫式的"苦"广大得多。革命者对"苦"的成功窄化、明确指证,极大地开发了"苦"的社会能量,从而为如何解决人间之"苦"开辟了全新的理念、道路和传统。"苦"成为中国现代革命、思想、文艺之极其重要的精神资源,在调动大众情绪方面,"苦"情最见成效。

20世纪的部分中国文学及文艺几乎是前所未有地加大了诉苦的力度。在控诉文学里,"苦"成为优先被推崇的情感。相应地,在翻身文学里,"恨"与"爱"格外分明。也有些文艺,本意不完全在诉苦,但在描述"苦"状方面花了许多的笔墨功夫。这些作

---

① 《孟子·滕文公章句下》,见[宋]朱熹撰《孟子集注》,齐鲁书社1992年版,第81页。
② [法]帕斯卡尔著:《思想录:论宗教和其他主题的思想》,何兆武译,商务印书馆1985年版,第66页。

品，有的写得斩钉截铁，有的写得并不那么斩钉截铁，但同样意味深长。20世纪30年代以后，文艺的"苦"情诉说更趋成熟，小说反应尤其敏锐，诗歌、歌剧等文艺亦各抒其长。

像赵树理的中篇小说《李有才板话》①就属于写得不那么斩钉截铁的作品。小说最精彩的人物，反而是那斗争对象老恒元，他想了许多"鬼办法"以逃避斗争，当然，农会的力量是强大的，"开明绅士"终究还是被揪出来算了账，"提起反对老恒元，阎家山没有几个不赞成的，再说能叫他赔黑款、退押地……大家的劲儿自然更大了，虽然也有许多怕得罪不起人家不敢出头的，可是仇恨太深，愿意干的究竟是多数"，最后斗争会终于开成了，"恒元的违法事实，大家一天也没有提完。……恒元最没法巧辩的是押地跟不实行减租，其余捆人、打人、罚钱、吃烙饼……他虽然想尽法子巧辩，只是证据太多，一条也辩不脱"。诉苦与仇恨的情绪后面，是利益支撑着的"理智"，比如田产、田租、钱款、说话权等因素支撑下的理智。这显然不是一场单纯的情感之仗，而是情感与理智的混合较量。更有意思的是，作者不详写斗争场面，如斗恒元帮凶喜富时，只一笔带过，"也费了很大周折，不过这种斗争，人们差不多都见过，不必细叙"。又写老恒元等人层出不穷的"鬼办法"、老恒元与新势力如何周旋，人际关系之复杂，超出了下乡口号及干部之断然"想象"，过程饶有趣味。文艺策略需要的是斩钉截铁的敌对状态，赵树理却写得不那么斩钉截铁，但只稍稍留了神，就写出了乡土的复杂度。世态的复杂度，看来，要让乡土相信"苦"的绝对，须得说服、动员、组织、怂恿，并在这一过程中让群众掘地三尺、挖清财产。出于对"翻身"的憧憬与信赖，《李有才板话》避免不了这个套式：斗争会揪出来的，一定是村里田产最多、最具决定权的"大"人物——斗争会的胜利必须在这一类人身上

---

① 赵树理：《李有才板话》，见《中国新文学大系（1937—1949）》（第七集，中篇小说卷二），上海文艺出版社1990年版。

体现才有意义。

又如孔厥的短篇小说《苦人儿》①，描刻了女"苦人儿"面对社会剧变时的双重恐惧，作品有近乎奇特的现代意味。故事中的苦人儿认为"旧社会"女子遭了不少罪，但又觉得对不住打小就疼她的丑相儿，心思颇为分裂，"旧社会卖女子的，童养媳的，小婆姨的，还有人在肚子里就被'问下'的……女的一辈子罪受不住，一到新社会就'撩活汉，寻活汉，跳门蹋户'，也不晓好多人，说是双方都'出罪'啦！可是男的要不看开，女的要是已经糟蹋了，那怎办！丑相儿他十多年疼我了，他是死心要我了，不是我受罪，还不他完蛋"。苦人儿既害怕重落"旧社会"的悲惨，又害怕"新社会"对落后的惩罚，但也不忍心辜负丑相儿，想象中的悲惨一点点地摧毁他们的意志。个中的矛盾心态，可见平常百姓在界定"苦难"时的战栗不安、半信半疑。

路翎的短篇小说《何绍德被捕了》②"诉苦"诉得非常巧妙，小说在潜意识里把娶不到老婆也当成了压迫的后果。贫穷的何绍德心里充满愤怒与仇恨，就仿佛须得有一个邪恶淫荡的女人在旁边晃荡招摇，才能更说明社会对穷人有多么不公不义，"一个总是卖弄着什么的年青的女人（连金），这乡下的女人在最近一月内把他蛊惑了"，可是，就连这样一个女人，都让何绍德欲而不得——对社会的复仇心与不满意到了一定的程度，对"苦"的忍耐超出了一定的限度，非得以一种近似邪恶的方式道出方才遂心。

也有更多斩钉截铁的作品，如《翻了身的人们》③《翻身农民

---

① 孔厥：《苦人儿》，见《中国新文学大系（1937—1945）》（第四集，短篇小说卷二），上海文艺出版社1990年版。
② 路翎：《何绍德被捕了》，见《中国新文学大系（1937—1945）》（第四集，短篇小说卷二），上海文艺出版社1990年版。
③ 成坊：《翻了身的人们》，载《人民日报》1946年8月24日第2版。

感谢毛主席》①《汗到那儿去了》②《谢罪》③《以增产保卫毛主席 黎城加紧熬硝》④等,举不胜举。这些作品直白而夸张,可能号称是纪实文学乃至"新闻"报道,但我以为,如果有虚构的成分,就不妨当其是小说,最起码,作者运用了小说手法,作品普遍情感真挚,运笔也相当谨慎。细节总是无穷无尽的,在这里,无须尽举。吃饱喝足后的"苦",即富足后面的"苦",面对忍饥挨饿的"苦",即贫穷后面的"苦",如果要对打,前者根本就没有发言权,根本经不起打。正是对"苦"有了偏颇的看法,有产者与无产者才被置于敌我对立之不可回旋、不可中立的格局。义愤者直到今天仍然不肯承认,生存之"苦"与存在之"苦",并不一定非要对打互掐,而是共存难分,所以,以一种生活去否定另一种生活,以苦难去否决幸福,这类表态式的举动,仍然很常见。

有了绝对窄化的"苦",才有绝对单一的"恨",才跟着有绝对忠诚的"爱",这些几乎可以称得上是20世纪80年代以前中国的主流情绪。它们怀裹着对"万恶"资本主义及封建主义的厌恶席卷而来,中国的政治格局、人文面貌、文艺面貌、伦理观念为此而剧烈改变。仇恨创造出高蹈的理想,仇恨催生新的欲求,它们在立志解决人间苦的同时,也制造出新的绵延不绝的苦。苦、恨、爱依次与文艺走在一起,绝非偶然,它们在性格上有着天然的亲近性,例如,都需要虚构、夸张、雕饰、修辞、情感、说服,都有伦理困惑与自以为是的崇高追求。

80年代初,重获新生的文艺大致又把"爱"意重温了一遍。之后,诉苦仍在,但对应的情绪基本上不再是仇恨,而多是怨恨

---

① 任冰如、鲁藜:《翻身农民感谢毛主席》,载《人民日报》1946年10月10日第2版。
② 《汗到那儿去了》,载《人民日报》1946年11月20日第3版。
③ 寒风:《谢罪》,载《人民日报》1946年10月1日第2版。
④ 马琳:《以增产保卫毛主席 黎城加紧熬硝》,载《人民日报》1946年11月28日第2版。

了。90年代至今，此恨尤绵绵。这一转变，倒并不是因为什么力量特别强大，而是因为肉身承受苦难的能力已达到临界点，肉身受苦终于忍不住向精神受难靠拢。这一宏大的历史问题，显然不是一篇小小的文章所能解释得清的，于此不展开。重要的是，诉苦的出发点由此开始发生变化。按经验推论，诉苦往往要从肉身出发，最强烈、最持久的仇恨莫过于发自肉身之被直接惩罚、残害、消灭。仇恨之所以在中国近代、现代、当代再次发威，乃因为源远流长的公审私刑，在当时有加剧的趋势，中央极度弱势或中央高度专权，都能助长这种趋势，前者对地方缺乏约束力，后者可以任意控制或放任暴力。我所说的公审私刑，乃指公开的审、私下的刑，它需要有围观者以及正当的名目，但执行刑法之际，却没有司法程序——这大概是个现代概念，很多时候，公审私刑属于几个人或一伙人的行为，在这样的条件下，肉身的安全保障性不太大。在中国古代，公审私刑大致可称之为王法、族规、家法等，王法虽是国家之法，亦可看作王家之法，受"五行"启发，王法创造性地发明五刑肉刑（墨刑、劓刑、腓刑、宫刑、大辟），招招都伤肉身，族规与家法更可为匡正德性、严明妇道等由头惩罚肉体灭绝人身。说到小说，金庸、古龙等人的武侠小说就是集大成的血仇型作品，在道德上有公审的意味，在执行上是绝对的私刑，只不过他们所继续的价值，除了家国之梦、正义之德外，还有逍遥情怀。

当现代社会在创造性地运用其仇恨精神与平民道德的时候，也在发展其他的因素，如转变其对人身的惩罚办法。现代社会的另一个趋势，即宁愿惩罚精神，而尽可能避免在公众场合惩罚肉身，避免肉身间的私刑与施暴。死刑之所以越来越有争议，就是出于惩罚观的转变。现代制度拉远了仇与报仇的距离，报仇成为群体性事件而被压抑，个人恩怨的解决由独立第三方强行介入执行，私法逐渐被公法取代，肉身与肉身之间的刻骨仇恨及报仇机会相对比以前大大减少了，泄仇情绪得去竞技场、网游空间等虚实地带落实。这样一来，具体的仇人基本上没有了，会医治精神病、贫穷病、疾患病、死亡"病"的具体恩人也没有了。公审私刑的场面体面退场了,平民道德、平等诉求却因为仇恨的洗礼而流传下来。这些是怨恨情结出现的重大原因。

怨恨取代仇恨,成为80年代以后的重要情绪之一,小说及文学尤其如此。小心翼翼感隐藏着委屈愤懑感、受压抑感、受剥削感,穷对富的积怨,平等对不平等的愤怒,闺阁断肠,暗室幽怨,乖张激愤,破口大骂,床笫饶舌,物质妖娆,嗜血煽情,怯懦献媚……小说基本上是怨气太重,正声太少,痴缠不断,逍遥欠奉。关注生存之苦的作家们所表现出来的普遍暴力感,以及官场小说半含酸、半妒忌的语气无处不在。小说故事及语言尚未合格,就先发呵斥,声称别人压迫了他,有的作家怕是巴不得人家迫害一下他,等等。这些都说明,积怨持续到一定的地步,小说及文学的心思与表达会变异,就像我前文所提到的,"非得以一种近似邪恶的方式道出方才遂心"。

仇与怨,源于我们对幸与不幸的看法。仇与怨本身无所谓好坏,一如爱与怕,它们也是人生的本能反应,但它们能改变血气与心灵。在这里,就借拉罗什富科的说法来收尾,"人从来不像自己想象的那么幸福,也从来不像自己想象的那么不幸"[①]。如肯稍作此想,心地的尺寸可能会宽大许多;无论读写,还是评说,也许会因此少些哀怨之声,多点正大之气。仇与怨固然能创造价值与理想,但同样能毁掉你我的世界——包括文字的世界。

三、"力"之文学变道

诉苦、怨恨、感恩,是20世纪革命思想的内在伦理,"力"被"革命"的修辞隐去,但实际上,"力"是中国革命最重要的"群众基础","力"是中国革命实现"群治"的重要前提。

---

① [法]拉罗什富科著:《箴言集》,邵济源译,辽宁教育出版社2000年版,第11页。

今人多颂生命力、魅力、能力等，极少单单涉论一"力"字①。时至今日，即便是最惜字如金的诗人，也很难用单字尽表心意，更不必说须用大量语言谋篇布局、铺栈设道的小说写作人了。

后人用组词造句的方式理解前人所造单字及其指代，既是语言变化的要求，亦是时光对人所设下的宿命。许多古字走到今天，本身就成了谜面，后人理解前人文字，极不容易。以《庄子》为例，向秀、郭象等②虽隔庄子年代不算特别久远，但也不得不经由注字解义进入逍遥语境。宋理宗年间的林希逸曾撰注《南华真经口义》（《庄子口义》），他于《庄子口义发题》中称《庄子》"不可不读最亦难读"，并列举读《庄子》五难，其中，字义之难及异，列为首难，是以《南华真经口义》亦从注字解义入手。比之《论语》，《庄子》向来就不是面向最多人、有教无类的普泛言说。即便注解者众，但"莫能究其旨要"，可见《庄子》之难。又如夫子言论，虽不似南华真人故布玄阵、频用僻字，但理解起来也极费思量。王肃、郑玄、何晏、皇侃、邢昺、朱子等，无不为夫子言论大费周章。钱穆、杨伯峻、李泽厚，每读每裁夫子，莫不由注疏入手。解读者众，解读者中亦不乏人中龙凤，但恐怕没有哪一家会自称最准确无误地贴近夫子原意，夫子用语虽浅白平常，但费解处实不下南华真人。再如钱锺书，其"锥指管窥"，格外看重字义之互训，由其窥古亦可知，古人即使"家常白直"③，亦玄机处处，不可草率略过。注释与互训可看成后人揣摩前人心思的举动。后人之反复揣

---

① 本书所谈的"力"，倾向于体力、劳力、暴力、生殖等力（这种解释更切合于华夏古人对"力"的理解），与乡村密切相关，非指科学层面所谓力学之力。本书主要于人文伦理、小说表达层面探讨"力"在小说乃至文学表达中的地位变迁，而非去研究加速变形之力，尽管二者在实质上有相通之处。

② 向秀注是否由郭象注"述而广之"，郭象是否有薄行，不在本书讨论的范围。

③ "家常白直"四字出自《管锥篇》之《全晋文》卷一〇二，钱锺书称陆云《与兄平原书》，"按无意为文，家常白直，费解处不下二王诸《帖》"。见钱锺书《管锥篇》（四），生活·读书·新知三联书店2001年版。

测前人，更多的是，"现在"急于给"古时"一个合适的解释，虽然"现在"总是无法在"解释"层面达成一致，也总是难以"解释"清楚，但越是费解越发要解，有时候，解谜比设谜更耗神费心、更诱人。

古字来到现代，面对茫茫字海，须多番周折（或者要再加点机缘巧合），才可能在日常的词语、语法、句子里找到自在的安身之所，否则就只好安心地躺在文献资料、古迹残帖里，过其与家常生活相隔甚远的孤清日子，更多失传的古字则考无可考。每一个来到现代的古字，后面都有沧海桑田般的历史。注疏，或者说解释的过程，改变了古文古字的现代命运。古人的肉身来不了现代，他们的密码却传到了现代。密码虽互有分歧、互为冲突，但血脉不断。从传承的角度看，字既在三界之内，亦能跳出三界之外，它们是肉身后面的不死元神。文字的古今互训，是生命的神秘延续方式。人类对永恒的追求，很难不从字里仰望。

回到开篇提到的"力"字，今天看起来，它极为平常，但它由远古来到现代，何尝不是几经挣扎、几经裂变。促使我思考"力"之文学变道、"力"之地位变迁等问题，缘于某一次研学：一位学者提出，当下，西部作家写的小说显得更有冲击力，读起来更能让人感受到生命力——藏污纳垢处有巨大的生命力（大意）。这显然不是偏见，相反，这是对创作实际的准确把握，尽管这一提法并不适合所有时代，但对当下，判断相当到位。

就这位学者的提法延伸开去，"西部作家"其实可以扩充为关注乡村或者说把乡村摆放在重要位置的写作人。当下的贾平凹、阿来、莫言、韩少功、阎连科、陈忠实等，以及更早一些的写作人，包括丁玲、周立波、赵树理、欧阳山、柳青、高晓声等，都可以看作对乡村持有自己看法的写作人。这些写作人并非只写乡村，但显然他们在类似题材上表现得更得心应手，写作人的想象及夸张与类似题材契合程度也相对更高。乡村书写，抑或乡土小说，虽非古旧事物，但当代的人已成功为其打上"传统"的烙印，当代的评说者动辄将乡土与传统乃至民族相提并论,以至于让今人产生错觉,以为乡土小说等就是携远古圣旨及尚方宝剑而来,于是乎,即使与乡村相关的小说衣衫褴褛、面有饥色,今人也要赞其"松形鹤骨,器宇不凡"。殊不知,"乡土"二字虽然古已有之,但"乡土小说""乡村小说"实在算是现代新鲜事物,它一开始出现的面目,反倒是以悖逆传统的"孽子"面貌出现的。

放到"力"的对比中,乡村,尤其是中国内地乡村,从某种意义上来讲,更接近地气,写作人只要用心搭建,作品不难有"厚重感"。农民、没落乡绅、有见识的返乡人、新兴得利阶层,与乡镇干部、城里人、资本人等,有着最为丰富的伦理冲突。金钱在这些冲突中,担任了尤其重要的角色,它深刻改变了民俗习惯、宗族观念、人际关系、感情方式,它让"现在"与"古老"的表面隔膜越来越深。20世纪30年代以来,部分乡村人与土地之间,逐渐建立起虽产权畸形怪异但人身依附相对强大的契约关系;80年代以来,中国农民、没落乡绅、有见识的返乡人、新兴得利阶层与土地的关系逐渐转向,他们原来与土地有千丝万缕的联系,但金钱将解除他们与土地的人身契约,"一旦他不拥有土地,而只拥有体现土地价值的金钱,他就失去这个生活内容。上个世纪经常让农民采用缴钱的方式,这虽然给农民一种暂时的自由,却剥夺了他拥有的那些无法估价,但却给自由以价值的东西:个人行为的固定对象"①。掠夺心发自权力与欲望,但还债感,最终还是需要沉默与喧嚣兼备的语言文字来分担。

写作人对"力"的姿态,知识人对写作人姿态转变的评价,与古典时代相比,变化甚大。"力"经过"现代"的改造后,变得显赫,甚至是排他。但在近代以前,"力"并没有处于一个特别显

---

① 金钱对人身依附的影响,德国思想家西美尔在《现代文化中的金钱》一文中有相当精辟的论述,他的上述说法,无疑也适用于剧变中的当代中国经验。该文见[德]西美尔著,刘小枫编《金钱、性别、现代生活风格》,顾仁明译,李猛、吴增定校,学林出版社2000年版。

赫的位置。

据《论语》之"述而篇",圣人对"力"的态度不可谓不清楚,"子不语怪、力、乱、神","力"是子"不语"的内容。很可惜,后人并没有把这个"不语什么"放在非常重要的地位,倒是对"语什么"抱有更浓厚的兴趣。如《朱注》谢氏曰,"圣人语常而不语怪,语德而不语力,语治而不语乱,语人而不语神"。后来人钱穆更认为,"此四者人所爱言。孔子语常不语怪,如木石之怪水怪山精之类。语德不语力,如荡舟扛鼎之类。语治不语乱,如易内蒸母之类。语人不语神,如神降于莘,神欲玉弁朱缨之类。力与乱,有其实;怪与神,生于惑"(《论语新解》)。夫子对"怪、力、乱、神"之不语的态度,其实说明此四者之外,有更高的存在,如"常、德、治、人"。像孟子这样的大儒,也并不认为"力"应该高于"心"。据《孟子·滕文公章句上》,孟子认为"劳心者治人,劳力者治于人"乃"天下通义"。曾受"学儒者之业,受孔子之术"①,但又与儒学分裂、弃周从夏的墨子,虽主张"非命尚力"②,但同时也"尚贤",更指繁为攻伐,为"天下之巨害"。庄子对"技"已不屑,对"力"更不可能大大推崇,"天下莫大于秋毫之末,而太山为小"(《庄子·齐物论》),"力"再大不能大过天地万物,不能大过"一"及"道"。还说与"力"最有可能亲近的兵家,像《孙子兵法》,不谈"力",但谈道、天、地、将、法——华夏兵家最高的胜境,是不战而胜,而非力克而胜。

几个影响最深远的思想流派,都没有将"力"放在最高的位置。最有趣的是,子之"不语"所谓怪、力、乱、神,小说却无不用其极,此四者确实是"人所爱言"。《三国演义》《水浒传》《西游记》《聊斋志异》正应了"怪、力、乱、神"四字,《水浒

---

① 《淮南子·要略》。
② 且此力非吾文所指劳力等,子墨子之"尚力"说亦为后人忽略。

传》更是应了其中的"力"与"乱"字。古典时代,小说难登庙堂、不为称许,时不时背上"诲淫诲盗"的恶名,虽自得于民间,但声名狼藉。小说之不堪遭遇,很难说跟"不语"之传统毫无关系。

"力"的"翻身",是现代的事。如果说仁、义、礼、智、信是古代读书人的救世理念,那么,"力"就是现代圣人的核心救世理念,比如说"枪杆子里面出政权"的提出及实践,已清楚明白地说明,古今救世理念迥异。回到小说层面来看,《水浒传》的评价便是一个"力"翻身的典型例子。20世纪40年代以后,《水浒传》由"民主政治小说"一跃成为反映"农民起义"的典型[①]。今天细究起来,《水浒传》根本谈不上是什么"农民起义"的小说,那一百零八位好汉,没有几个是跟土地有人身依附关系的纯正农民。那老大晁盖与宋江,一个是富户,一个做过小吏,哪里就谈得上苦大仇深?其他的,遭人排挤、被人迫害、受不了气、有点发财心、郁郁不得志、寻找兄弟情、四处游荡无所事事等,被"逼"上梁山的理由不一。所谓"好汉",恰恰是与土地最为疏隔、土地怎么拴也拴不住的人,泼皮、破落户、野心家、游民、盗者、逃罪者、不务正业者、黑店老板、劣行累累者等,他们聚合在一起,扯一面大旗,安营扎寨,共图苟安。他们有一个共同的特点,就是有"力","力"能壮胆,这打家劫舍的营生一旦做大,皇帝梦就跟着来了——造反与招安的逻辑并不是一开始就形成的。《水浒传》所表达的,基本上是一种野路子的皇帝梦,远非"农民起义"。《水浒传》之所以能在现代"翻身",实在是因为切合了"力"的救世梦想,古代山寨大王与现代圣人虽成分不同、志向有异,但被"逼上梁山"的受苦情怀是一致的。《水浒传》被赋予"农民起

[①] 20世纪50年代以后,冯雪峰等人的《水浒传》"农民起义说",成为解释《水浒传》的主流说法——早期的文学史,基本上支持这一说法,如游国恩等人主编的《中国文学史》。《水浒传》在"文革"期间又因"投降"而成为"反面教材",此为后话。

义"先锋之称号,是"力"之地位升迁的重要象征。《水浒传》于"文革"期间被"打倒",反而从另一个角度说明了"力"的神圣性——它不能被招安,它几乎就是打不倒的正义化身。

《水浒传》本身所写之"力",不是劳力之力,而是暴力之力,但它的"翻身",是借了"农民起义"的壳。人们赋予其"农民起义先锋"之称号,无异于为劳力者之力加冕。这一案例说明,劳力者之力与暴力者之力之间,可以融会贯通。劳力者之力变得显赫、神圣不可侵犯,是小说创作现代转向的结果。《水浒传》评价的峰回路转,亦是小说创作转向的结果之一。

如果说20世纪20年代是现代圣人救世理念转变的重要时期,那么,40年代则是小说人文诉求转变的重要时期,对"力"的崇拜由政治、军事领域最终延伸到语言文字世界。《太阳照在桑干河上》(丁玲)、《暴风骤雨》(周立波)、《李有才板话》(赵树理)等与"土改"背景有关的小说陆续出现,是现代文艺思想史上特别值得注意的事件。《太阳照在桑干河上》的小说尾声,"他们"奔向工作岗位,杨亮对送行的村干部说,"依靠群众,才有力量,群众没觉悟时,想法启发他,群众起来时,不要害怕,要牢牢站在里面领导"①。写作人推崇劳力者之"力"的意图,不可谓不明显。前述小说,无论写作人对"力"有多少的困惑,故事基本上绕不开丁玲所说的"斗争""分地""参军"等场面②。一到这些场面,所有的犹豫都将被有力量的口号淹没,如这些场面缺乏"力"的参与,将无法收场。写作人虽多少对劳力者之力抱有怀疑,但又崇尚劳力者之力的颠覆作用。同时,劳力者之力与劳心者之心的较量、劳力之力与暴力之力的交融,亦让写作人格外着迷。写作人及知识人对"力"的颂唱、小说伦理诉求的现代转向,并非单纯的文学事件。救世理念的新陈代谢,增强了人们对"力"的信仰。

---

① 丁玲:《太阳照在桑干河上》,(香港)新中国书局1949年版,第355页。
② 丁玲:《太阳照在桑干河上》之《写在前边》,(香港)新中国书局1949年版。

古代圣人之"不语"走到现代,地位变得显赫,与此有莫大的关联。

丁玲等人在 40 年代重下笔墨,开拓了劳力者的精神领域,"力"的辉煌持续了不算短的一段时间。80 年代以后,"力"的辉煌不再,但是,写作人与知识人一直都没有冷落"力",只不过,赞歌逐渐演变成哀歌或挽歌,"力"不再以革命的亲密战友身份出现在小说里。"力"的胜利面貌换成受难面貌,写作人与知识人将其纳入罪与责的思考体系。

写作人与知识人对劳力者之聚居地即乡村的伦理际遇及命运转折既感兴趣,又心怀内疚。现代写作人及知识人每一轮的寻罪与求责,几乎都离不开对中国乡村及劳力者的"发现"。同情心很难施加给城里,处理不当,会被人理解为矫情及滥用同情心,相对来讲,同情心待在乡村,比待在城里更为安全,在工厂辛苦挣计时工钱的人,比享受政府休闲俸禄的人更惹人同情。如果说城里人的存在苦难偏重(虽说生存苦难也不轻),那么,乡村人的生存苦难则更甚,至少在中国内地,乡村人、暂住在城里的乡村人比常住在城里的单位人所面临的人生选择度更狭窄。上述区分当然不具备绝对性,但至少自上而下的政策对区域各有倾斜,政策有异,不同区域所承担的负担就轻重有别。

对"力"之地位变化,较早有敏锐反应的写作人,当算高晓声。但由于高晓声很难被纳入所谓"寻根文学""反思文学""伤痕文学"等写作范畴内,所以,文学史对他总是一带而过,不会漏掉,但也不至于为他浓彩重墨、大书特书,他的预见往往为人所忽视。当人们忙于控诉某"帮"某"派"的罪恶时,高晓声已开始思考乡里人与城里人即将面临的新关系。人们很容易将"陈奂生系列"当成迎接并歌颂新时代的新红色作品,从而忽视其小说后面隐藏的严肃问题,高晓声所思考的乡里人与城里人、乡里人与土地的关系,将是困扰中国很长很长时间,起码目前仍看不到尽头的严肃问题。乡里用什么跟城里发生关系?"漏斗户"陈奂生用土里长出来的作物制成食品，跟城里交换生活——油绳换成钱，再用钱换帽子，钱成为乡里与城里的关系纽带。上城后，陈奂生的小生意做得很顺利，但又重感冒了一场，感觉像是在平地上无故摔了一跤，最后是城里的权力光环给了他甜头，局促、贫穷、疾患，所有的不舒适，最后被"五元钱"的享受掩盖住。"五元钱"带给劳力者的不安、眩晕、兴奋，持续至今。"重感冒""五元钱"的暗示，意味深长。高晓声听到了"钱"的声音，他的见地不见得弱于赵树理。

如果说高晓声听到的"钱"之声，让人又惊又喜，那么，所谓"打工文学""底层文学"听到的"钱"之声，则让人又怒又怨。在饥饿与贫穷面前，"力"难以持久。"力"将竭未竭之时，"钱"来了，"力"的身份与地位随之改变。如前文所说的，写作人与知识人一直没有冷落"力"，但吟唱的调门注定要发生变化。往日，"力"立下汗马功劳，人们为之大唱颂歌，而今，"力"看上去备受欺负、受尽委屈，人们为之反复申辩。功臣末世，悲歌不断。

而今的"力"，就像长篇小说《四十一炮》（莫言）里那个腹胀如鼓、嗜肉如命的孩子，终日"饱"痛，面对荒淫堕落，又一脸茫然，不知所以。没有人能赋予"力"开朗清亮的眉眼，它始终活在混沌中。但写作人与知识人为"力"寻找出路的动作却一直没有停止过，什么样的出路才能让"力"摆脱悲剧意味？

写作人与知识人想了许多办法，为"力"申辩。在诸多申辩理由中，以生殖力与民俗心最为人称道。像陈忠实的《白鹿原》、贾平凹的《秦腔》、莫言的《蛙》等，就凭借对生殖力与民俗心的想象，较成功地把握了"力"的悲壮及衰微。为什么他们的作品显得更有"力"？实则是因为"城里"的体面地方、整齐场所，缺乏让生殖力与民俗心旺盛的能量，所以，这些"力"只能在藏污纳垢处、杂草丛生处。在这些地方，生命可以奔跑，可以放肆，可以不规矩，可以重返蛮荒。而在城里体面而干净的场所里，身体失去直接的奔跑感,很难有直接的奔放感。最重要的是,莫言等人的写作选择合乎中国人对血脉的信仰——生殖力与民俗心,最核心的精神,其实就在血脉(余华、阎连科等人对"血"的偏爱,从另一角度证明血气、血脉等在中国何等重要)。很多时候,禁忌就是神圣,所谓现代神话,往往由禁忌想象而生。

但是,"力"之委身于生殖力与民俗心,取向仍然狭窄,它很容易导致城里与乡里之二元对立的判断。其实,"力"的处境,从本质上来讲,并不是乡村与城里二元对立的命题。尤凤伟的短篇小说《隆冬》①,颇有意味。没有出去打工的树田,年前赶集买"吉利鱼"时,碰到从城里小富而归的庆生,心里堵得慌。当看到庆生老婆春枝没跟着回家过年时,他猜庆生的媳妇跟人跑了,心里又痛快了,回家向老婆邀功:"幸亏当初没听你的,要是进了城没准你也和春枝一样跑了人。"老婆成巧一通臭骂:"跟着你,倒八辈子的霉,大过年要账的挤破门……"树田顿时蔫了。"一文钱难倒英雄好汉",树田跑去找庆生借钱,庆生哭诉一番之后,塞给树田一沓子百元钞票,要树田去干掉拐走春枝的薛胖子。树田揣着钱,不敢拿出来数,但又想知道一指厚的百元钞票究竟有多少钱,他找西美小姐、庆全老头,就为了看他们数数一指厚的钱。"半万"是钱,"一万"是更多一些的钱。准备去杀薛胖子的树田,在雪地里狠摔了一跤之后,把所有的恶气都转到庆生身上,回过头,树田杀了庆生。小说有不着痕迹的幽默,想看数钱的环节尤有苦涩之反讽味。小说讲了无能为力的事:作者写树田,不写一脸苦相、恶相,而是真正由样貌举止进入树田的内心,人间的恶在心里藏起来,警察灭不了它;小说不缩手不团圆,树田终于还是杀掉了庆生,怨恨与愤怒冲到你死我活的田地,也就一念之间的事,冲过了,大家平安,冲不过,就是杀戮毁灭、以恶证恶。再如阎连科的《受活》及《丁庄梦》、曹乃谦的《到黑夜想你没办法》等,反复验证(有

---

① 尤凤伟:《隆冬》,载《小说月报》2009年第3期。

些甚至是违反作者本意的验证）了劳力与暴力之间，不可能完全撇清干系，苦难可能是一穷二白，但其秉性，又绝非一清二白，城里或乡里，都不是绝对的罪恶之源。写作人暗示，"力"在这个世道仍然无比冲动，但再多的刀枪也破不开这个世界的混沌，"力"找不到安身之所。

"力"的现代命题，其实也是一个"水浒传"式的命题。"好汉"、劳力者与土地的感情越来越疏，好汉们的权利及义务被金钱抹去具体的个性。"力"如何流动？为数不少的当代小说为"力"的不稳定焦虑不安、同情有加，却没有办法为好汉们再安置一个可以快意恩仇、打家劫舍、杀妇剖女的梁山泊。现代之"力"，欲在以女性身体为喻的土地中寻找安身之所，救世冲动正慢慢退潮，中国写作人与知识人将长久面临罪与责的两难格局。古代圣人之"语什么"与"不语什么"，仍值得今人反复思考。

第三章 "人的发现"

历史的悖论在于，以"群治"理想推动现代进程，可以获得革命所需要的群众力量，但是不利于现代化必需的"人的发现"。无论是欧洲文明的文艺复兴还是中国文明的文艺再生，都不可回避"人的发现"这一问题，也就是历史学家布克哈特所说的"个人的高度发展"问题。于中国文明而言，解决"个人的高度发展"之问题，就相当于解决科学的动力问题。只有充分地实现"个人的高度发展"，才能真正建立起现代式的人的神性，才有可能真正激发出个人的创造性与想象力。对比欧洲文明及中国文明现代化进程中的"人的发现"可得知，两种文明所面对的障碍不一样。欧洲文明所面对的是神权、君权与人权之间关系的重新梳理。在这过程中，曾经被充分讲述且发育完善的神的传统，反过来又助力于人之现代站立。神学、哲学、科学的相辅相成，为"人的发现"提供了极其有利的条件，科学为人挑战神学创设基础，而神学又为人挑战君权及父权提供支持。各种力量之间的制衡，为叛逆精神的良好生长设下了很好的前提，这个前提为顺延式的现代化提供了很大的可能性。中国文明所面对的是神权、君权、宗法权及人权之间关系的重新梳理，本土传统对神的讲述并不充分，人对神的恐惧心大于对神的好奇心。先秦诸子对统治术之"治"的兴趣大过对天地自然的兴趣——诸子对天地自然的兴趣，更多的是诗学层面的抒情而不是科学意义上的发现，文明的预设很难为现代"人的发现"提供科学的基础，中国文明走向现代时的"人"其实是孤立无援的，神学与科学的发育不成熟，决定了"人的发现"必须要发动"最大多数"的人群——个人没有力量但群众有力量，传统决定了现代的走向。而个人没有力量，也就意味着现代性之"未完成"。可以说，两种文明所能借鉴的古代典籍是有差异的。欧洲文明，尤其是意大利文艺复兴，在相当大的程度上，得益于君王和学者对古代文化尤其是古希腊古罗马典籍的热情。在这些典籍里，有现代再生的思想资源，无论是理性资源还是神学资源，都有利于"个人的高度发展"之因素，理性资源有利于科学的发展，神学资源有利于重建"有死之凡人"的神性。对于中国文明来讲，古代典籍能否成为文明再生的直接思想资源，有待时间来验证，但显然，于中国文明的现代再生，一定少不了胡适在《国学季刊》发刊宣言中所强调的"参考比较"之方法与眼光。这些差异决定了两者的现代化选择必有差异。囿于神权、君权、宗法权的强大，中国文明下的个人很难有强大的力量。甚至可以说，传统对中国人的设计，决定了个人在这个文明进程中是没有力量的，要完成个人的高度完善，要在"人的发现"中释放个人的天分与才华，要建构个人的神性或神圣性，不是特别容易的事情。于传统对中国人的设计，鲁迅的《祝福》有极具洞见的发现。同时，新文化运动的诸位先驱也尝试过不同的方法。他们试图从自我及语言出发，寻找"人的发现"之可行路径。这些现象都值得探讨。

一、鲁迅与"人的发现"

鲁迅的《祝福》[①] 非常精准地刻写了中国式的恐惧心，并借助这恐惧心洞察了中国式的悲喜剧。这种根深蒂固的有别于"忧患意识"的害怕心，究竟是什么？它来自何处？国人如何缓解这种害怕心，如何在悲喜剧之间平衡这种恐惧心？对这些问题，《祝福》有很深的理解。《祝福》的解答远远大于对具体制度的控诉。鲁迅深入触及传统对人所设定的种种规约，这些规约内化为人的自

---

① 本书所据《祝福》，均出自《鲁迅全集》（第二卷），人民文学出版社 2005 年版，第 5–23 页。《祝福》最初发表于 1924 年 3 月 25 日《东方杂志》半月刊第二十一卷第六号。

律法则。这些内化后的自律法则，在某种程度上，塑造了灵魂的群像。鲁迅对灵魂洞察之深，使其批判性避免了功利性及工具论的陷阱。鲁迅的"原道"，始于人这种"原道"不同于激进革命文学或左翼文学的"原道"，后者的"原道"是"阶级"。"原道"的分歧，是鲁迅与激进革命文学之间的根本分歧。两者的相同点在于仇恨，但"原道"的差异决定了仇恨的对象及结果都不一样。以"阶级"为"原道"的激进革命文学，阐释了革命的军事信仰。以"阶级"为"原道"的革命者是真正的社会达尔文乐观进化论者，他们对明天充满了必胜的信心，他们的仇恨是打倒式的，是具体可实际操作的二元对立。他们在本质上是乐观的。鲁迅的仇恨是孤胆英雄式的、赴死式的、批判式的。他笔下的仇恨，无法在世俗法中实际执行，但能指向更广泛的人性。以"人"为"原道"的斗士，在本质上是悲观的。

鲁迅的思想，在中国"人的发现"之现代思潮中，具备极为重要的开创性价值。

"西方完成了两次'人的发现'。……第一次是文艺复兴时期发现人的伟大，人的精彩，人的了不起。正如哈姆雷特在剧本中所说，人是万物的灵长，是宇宙的精英，是朝臣的眼睛，是学者的辩舌，是军人的利剑。什么好词汇都放在人的身上了，人从中世纪的黑暗里走出来了，站立起来了，他们的策略是回归希腊，回归古典。这是对人的第一次发现。但我们很少注意人的第二次发现。那是十九世纪，以叔本华、尼采、卡夫卡为代表，这是现代主义思潮的源头，这次发现是发现人没有那么好，发现人的荒诞、人的脆弱、人的黑暗。"[①] 欧洲之"人的发现"，第一次是从神权与君权里分离出人权，第二次是人权分离出来之后的反应。刘再复所说的"发现人的荒诞、人的脆弱、人的黑暗"，是对第二次"人的发现"

---

① 刘再复：《贾宝玉论》（附录《"红楼"助我开生面——刘再复谈"红楼四书"的写作》），生活书店出版有限公司2014年版，第92-93页。

之基本判断。顺着这个判断再深入探讨的话，也可以说，"人的荒诞、人的脆弱、人的黑暗"正是第一次"人的发现"的结果，是人被发现之后，必然要付出的代价。"权"是古代人留给现代人的咒语，只要是人的社会，就很难摆脱"权"的设定。"权"不可能消失，"权"的消长总是呈现二律背反式的悲剧。西欧的现代社会，神权君权被限制，人权得到了伸张，但人权内部之"权"会接着细分，精英与平民之间的争权，将永无休止。"权"与"权"之间的消长，最后可能会成为一个"少数服从多数"的结果。在"少数服从多数"的格局里，"权"与"权"之间其实是很难取得真正的平衡的。现代社会的重大危机，正是来自"权"这个远古咒语。强调"天赋人权"，西欧社会分权的结果，是为人性赋予神性与英雄气质，这是文艺复兴时期"人的发现"的重要贡献。也恰好是对神性与英雄气质的巧妙移用，人的神圣性被建立起来，神与英雄之后代——人，从希腊神话里来到了现实世界。在古希腊精神与希伯来精神的共同作用下，神性早已得到提升，延伸到现代，人性巧妙地移用了神性与英雄气质，所以使得欧洲第一次"人的发现"，就足以建构人的神圣性。可以说，正是古希腊神话及其讲述让神具备了"人间性"，如神具备人一样的各种毛病、神与人间美人恋爱生子等，正是这种"人间性"——天性里有神性的"人间性"，为人之神圣性的建构提供了思想资源及伦理准备。如林岗在《口述与案头》中就柏拉图与荷马之争时所论，"哲人与诗人的争辩，柏拉图与荷马的是非不是我们这里要关心的，可以存而不论。我们要关心的是什么原因使得荷马的诸神具有人一样的性格？答案是显而易见的，这就是史诗说唱形式的世俗性"[①]。神话里神、英雄、人之间天然的亲密性，为文艺复兴时"人的发现"提供了思想及伦理资源。第二次"人的发现"，是从人性身上剥离神性与英雄气质，让人回到凡人的宿命，于是有了刘再复所说的"人的

---

① 林岗：《口述与案头》，北京大学出版社2011年版，第67页。

荒诞、人的脆弱、人的黑暗"。第一次"人的发现",是解决权利与尊严问题。第二次"人的发现",是哲学层面对人的本质的认识。在世俗权力得到制约之后,人在世俗层面的神圣性得到了巩固,但精神层面的神圣性,在第二次"人的发现"之后,并没有得到多大的进展,甚至有衰落的迹象。第二次"人的发现"伴随着"人的消失"而来。卡夫卡的《变形记》多被阐释为人的"异化",如果续接上"人的发现"这一思潮,也可以阐释为"人的消失",这是现代思潮内大喜之后的大悲。后一种思潮远未得到研究者的重视。在中国文学里,倒是可以举出些例子,如杨朔的散文《荔枝蜜》①、薛忆沩的长篇小说《遗弃》②、东西的长篇小说《篡改的命》③ 等,都多多少少捕捉到"人的消失"这一命题,现代社会的两大分支,都隐含着"人的消失"的危机。但这个命题,不是本书要讨论的重点,在这里不展开。

  对"人的发现",是不同文明由古典社会走向现代社会无法回避的思潮。但中国之"人的发现"不一样。中国对"人的发现",很大程度上类同于西欧的第二次"人的发现"。中国之"人的发现",首先是从"人的荒诞、人的脆弱、人的黑暗"开始的。在中国现代之初,没有一个将人从神与英雄的阴影下释放出来的"人的发现",没有一个为人赋予神性及英雄气质的"人的发现"。中国缺乏古希腊神话及其讲述中的"人间性",如果说古希腊选择的故事源头是神、英雄与人之间的关系,那么,中国叙事传统选择的故事源头则是人神鬼妖之间的关系,如《山海经》《史记·封禅书》《搜神记》等。其中神鬼妖到了氏族家神时代,其实就一体化

---

  ① 《荔枝蜜》最后的结尾写道,"这黑夜,我做了个奇怪的梦,梦见自己变成一只小蜜蜂"。这个细节是重要的隐喻,喻示着"我"无法变成养蜂员老梁,也无法变成种荔枝的农民,但为了完成这一曲颂歌,杨朔非常别扭但又无比真诚地让"我"变成了一只蜜蜂。这种异化不同于卡夫卡的异化。很可惜,这一中国式的喻义不被重视。
  ② 《遗弃》通过人的自我遗弃来隐喻"人的消失"。
  ③ 《篡改的命》通过消解人的尊严来寓言"人的消失"。

了。神鬼妖跟人是隔的，人都需要靠供奉的方式来与神鬼妖发生关系。这种肃穆的关系不具备古希腊式的神与人、英雄与人之间的亲密关系，反而增强了凡人的恐惧心，尤其是对死亡及死后世界的恐惧心。对天神与地祇的敬畏，对逝去之祖先（鬼）与神秘之神灵的供奉，是通过恐惧之心而非亲近之心来完成的。传统的讲述，强调了鬼气和仙气。鬼气是讲祖宗血食问题，仙气是强调长生不老问题。表面上看起来，这些讲述似乎具有世俗性及人间性。但实际上，鬼气与仙气是与世俗有所隔，甚至是出离世俗的。鬼气是人死后的象征，仙气是不死的象征。前者是被世俗遗弃，后者是对世俗的遗弃。两者皆是对"人间性"的抛离。这两种讲述里，都很难生长出鬼神妖与人之间的亲密关系。林岗在《口述与案头》一书中论及中国古代神灵的讲述问题，"《山海经》和《楚辞·天问》反映出来的只言片语，不是神话消散、失传的证据，而是神灵的'话'得不到发育或发育不全的证据。像帝这样的最高神根本不具备可讲述性，而像四方之神这样的地祇，也仅有些微的可讲述性。因为这些自然神灵自出生以来，全都是嗜血的、不可亲近的、令人恐惧的，神灵具有如此的性质，让讲述意味着亵渎，由此阻碍了讲述的展开。缺少'讲述'的哺育，它们虽然肃穆狰狞，但是故事干瘪，乏事可陈"[①]。中国的史书记载和叙事传统里，不乏天神地祇及神仙英雄的讲述，但以农耕文明为主的诸夏，并没有把天神地祇及神仙英雄高度世俗化。现代中国要从传统社会里去寻找人的神性及英雄性，是相当困难的，或者说，从这个角度如何去激活传统，是清末民初之后的思想史遗留问题。这也是为什么前文会指出，现代中国之"人的发现"与欧洲第二次"人的发现"更类同，传统与现实决定了在古典社会向现代社会转型的过程中，中国知识人首先选择的是对人的批判，而不是对人的赞美。当然，现代知识人也不乏赞美，但这种赞美的生发，更多的是对"自我"的赞美，

---

① 林岗：《口述与案头》，北京大学出版社2011年版，第107页。

并不是真正意义上的对人的赞美。

为人赋予神性及英雄气质,后来是由激进革命来完成的,但这种历史选择,并不能完全等同于"人的发现",毕竟,现代之"人的发现",是平等意义上的"人的发现",而不是阶级或救世主意义上的"人的发现"。这种不一样的历史选择,当然是由中国的特殊性所决定的。晚清"西学东渐"及民国新文化运动之下的"人的发现",最大的障碍是以血缘关系为核心的宗法制、以宗法制为核心的君主专制,宋明以来,中国社会巩固并强化了这些制度。"人的发现"在中国必须要面对这些障碍。特殊性决定了"人的发现"在现代中国无法借助古希腊式的神性与英雄性,无法建构平等意义上的人的神圣性,但能发现"人的荒诞、人的脆弱、人的黑暗"。这就相当于欧洲的第二次"人的发现"。

虽然清末民初的"人的发现"类同于欧洲的第二次"人的发现",但中国仍然有其不一样的地方。知识人及革命者完成了前半部分,即他们发现了人成为人的最大障碍,但由于缺乏像神性及英雄性这样的精神及伦理资源,"人的发现"的后半部分,即如何建构平等意义下的人的神圣性(无法在人身上激活传统意味的神性与英雄性),成为一直没能完成的思想悬案。或者说,中国知识人及革命者,在中国由古典社会走向现代社会之际,预设的思想前提是"解放",而不是"发现"。解放这一理论预设,决定了批判将成为不可避免的手段,批判具体可知的旧有制度,批判旧制度下的人,成为没有办法回避的选择。也因此可以解释为什么中国"人的发现"之思潮与欧洲第二次"人的发现"类同。中国之"人的解放"具有强烈的启蒙意味。在启蒙的视野里,旧制度旧文化下的人不仅是苦的,而且是极不完美的。这两点,其实是同一个命题,即"人"是无法自救的。欧洲第二次"人的发现",后面有伴随着现代而来的隐藏得极深的理想主义,那就是对自救的信仰,一旦这种理想主义受挫,"人的荒诞、人的脆弱、人的黑暗"将会无限放大,对此,现代文学就相应地有卡夫卡式的反应。回到启蒙视野下的中国来，既然苦与极不完美成为启蒙思想的基本判断，那么，革命的反应必然免不了要批判要救世。在这样的情况下，文学也有相应的反应。纵观20世纪中国广义革命文学，无不含有批判与救世的理想主义。但文学的世界比革命的世界更广，它所承担和发现的，远不止于批判与救世混同下的理想主义。清末民初"人的发现"，最大的思想贡献在于发现了人成为人的各种障碍。革命选择了批判，走向了救世。鲁迅选择的也是批判，但是否走向了救世，存疑。对制度与人的批判并不是特别困难，基本上只要有仇恨就够了。19世纪后期及20世纪，仇恨是主流性的社会思潮。这种思潮正是对苦与罪的世俗认定与反应。对于现世的苦与罪（前文所谓极不完美），现代社会分离出两种看法，一种是乐观，另一种是悲观。鲁迅是悲观的，革命者是乐观的。尽管两者的思想源头是基本一致的，但由于看法不同，他们最终的选择也就有巨大差异。"上帝离弃了他，他终于还是一个'人之子'；然而以色列人连'人之子'都钉杀了。钉杀了'人之子'的人们的身上，比钉杀了'神之子'的尤其血污，血腥。"① 喜剧让世人获得安慰，但悲剧让世人获得神圣的高贵。"神之子"到"人之子"的命运，恰好可以对应两次"人的发现"乃至"人的消失"，这是鲁迅式的寓言。

　　制度层面的恶、世俗意义上的苦与罪，这些都是中国现代化的障碍。但是，除了这些，还有没有别的因素是人难以成为人的障碍？恶、罪、苦这些障碍，都可以纳入启蒙与批判的视野中去观察。但是，有没有一些障碍是用启蒙与批判的视野无法充分解释的？《祝福》是一个非常独特的文本，鲁迅在鲁镇人们身上发现的大恐惧，正是启蒙与批判视野很难充分解释的精神现象。"想到人类的死亡是一件大寂寞大悲哀的事；然而若干人们的死亡，却并非

---

　　① 鲁迅：《野草·复仇》，见《鲁迅全集》（第二卷），人民文学出版社2005年版，第179页。

寂寞悲哀的事。"① 前者是看不见的大恐惧，后者可以纳入启蒙与批判的视野内考察。

恶、苦与罪后面隐藏的害怕心，同样是人难以成人的重要原因。世俗层面的怕——对生老病死、天灾人祸的怕，作家们基本上都写出来了，但对精神层面的恐惧，写得深刻的，并不多见。即便是鲁迅，写大恐惧的小说也不多见，《祝福》是突出的例子。在鲁迅的作品里，也涉及一些怕，但这些怕与《祝福》写到的恐惧还是有大的区别。《狂人日记》有控诉，但没有真正的恐惧。《孔乙己》是于嘲讽中叹息知识分子的没落。《药》涉及了世俗意义上的怕，怕死之怕，但正是这种怕，阻碍了赴死精神的生成，华老栓一家之怕死，正是夏瑜们之赴死精神的障碍。《阿Q正传》里，有一点点的不怕，但这个不怕，引发了更大的怕。流民阿Q其实并不怕死，临死前，阿Q最感羞耻的是，那个圆圈画得不够圆。精神胜利法荒诞可笑，对现世的革命没有半点好处，但是，这里面可能有革命照不见的卑微诉求，阿Q要了一辈子、"精神胜利"了一辈子，无非是求一点点尊严。但这种诉求招来了更大的羞辱，就是那一点点残存的不怕，招来了更大的恐惧，"阿Q于是再看那些喝采的人们"，"这些眼睛们似乎连成一气，已经在那里咬他的灵魂。'救命，……'然而阿Q没有说。他早就两眼发黑，耳朵里嗡的一声，觉得全身仿佛微尘似的迸散了"②。让阿Q崩溃的不是死亡本身，而是咬他灵魂的围观者，灵魂中的恐惧摧毁了阿Q生命中那一点点的不怕。《阿Q正传》中的恐惧点到为止，从世俗生活中残留的不怕，看到更大的恐惧。那是来自灵魂世界的灵光一闪，恐惧实实在在，灵魂之力非常稀薄，稀薄得像历史偶然性一般，可遇不可求。这种稀薄之力，在某种程度上安慰了阿Q的那一点点不怕。

---

① 鲁迅：《热风·生命的路》，见《鲁迅全集》（第一卷），人民文学出版社 2005 年版，第 386 页。

② 鲁迅：《呐喊·阿Q正传》，见《鲁迅全集》（第一卷），人民文学出版社 2005 年版，第 551–552 页。

《故乡》里隐约也有害怕之心,这个怕,仿佛是为了验证虚无主义者的无畏,跟天人之间的"交战"关系不大,"希望是本无所谓有,无所谓无的"①,这不是一个由传统生发出来的害怕之心,尽管闰土是故乡的缩影,但这个"怕",是面向未来式的反应,它在希望的召唤下生发。《白光》里也有怕,但这"含着大希望的恐怖的悲声"② 更多的是对具体制度的批判。置绝望与希望于虚妄之中,这是鲁迅偏爱的个人意志。绝望与希望,两者的实质并不是恐惧,而是无畏。绝望是对死的无畏,希望是对生的无畏。虚妄或虚无,将生前死后的世界虚无化,并因此淡化对死后世界的恐惧。鲁迅对世俗层面的害怕与精神层面的恐惧,都有深刻而独到的书写。两者有很大的区别:前者可以很清晰地显示出制度层面的恶、苦与罪;后者可以显示,在中国古典社会向现代社会变迁过程中,"人的发现"之独特内涵及其精神困境。

不少小说家迷恋拯救哲学,这当然是非常现代式的反应。在以拯救意味为核心趣味的文学这里,恐惧其实是羞于被提及的,即使提及,也是作为得救之铺垫存在,恐惧甚至还无法纳入罪的层面去考察。在以活着哲学为核心趣味的文学表达里,害怕基本上都是对死亡的害怕。这种害怕的哲学意味在于它强化了活着对世俗的极度依恋、对生生不息的内在信仰。这正是世俗理性的重要精神来源,这也是文明延续未断的重要原因。恐惧的神学意味及其价值,不难解读,恐惧是"人之子"走向"神之子"(英雄)走向神的必经之路,只有越过了恐惧,"人之子"才能重回"神之子"及神的怀抱,这是一种对故乡望眼欲穿的奥德修斯式的精神旅程。相对而言,恐惧的哲学意味,可能需要更多的书写与阐释,《祝福》写出了这种意味。

---

① 鲁迅:《呐喊·故乡》,见《鲁迅全集》(第一卷),人民文学出版社 2005 年版,第 510 页。
② 鲁迅:《呐喊·白光》,见《鲁迅全集》(第一卷),人民文学出版社 2005 年版,第 575 页。

"祝福",本为避祸之举。从精神层面来看,祝福是来自对未知力量(天神、人鬼、地祇等)的恐惧。鲁迅深味"红白喜事"后面的活着哲学。老祖宗从经验中创造出来的词汇,充满智慧。"红白喜事",红事与白事,有相同的地方,也有不同的地方。大部分的红白喜事都要热闹,都有许多繁文缛节,甚至都要载歌载舞。红事多少带点悲的味道,如出嫁的女儿通常是带着哭声走的,红事后面总是拖着一点悲伤的阴影。白事多少带点喜的味道,敲锣打鼓的热闹,要盖住那些因死亡而生发的世俗害怕。《祝福》发挥了两者之间的微妙关系:鲁迅用办喜事的方式,言说了一场悲剧;《祝福》用红事之喜,盖住了白事之悲。

《祝福》里的大部分人都是有恐惧感的。鲁四老爷是鲁镇最有权威的长者,他的语言主题基本是骂。正是这个骂,显示出他的"惶惶不可终日"。对新政心存疑惧,所以骂新党骂康有为。他也骂祥林嫂,祥林嫂刚被卫老婆子带来的时候,"四叔皱了皱眉,四婶已经知道了他的意思,是在讨厌她是一个寡妇"①。第二次来鲁家时,四叔同样是皱眉头,但考虑到请女工不容易,也就不大反对,"只是暗暗地告诫四婶说,这种人虽然似乎很可怜,但是败坏风俗的,用她帮忙还可以,祭祀时可用不着她沾手,一切饭菜,只好自己做,否则,不干不净,祖宗是不吃的"②。祥林嫂死的时候,鲁四老爷骂她为"谬种","不早不迟,偏偏要在这时候,——这就可见是一个谬种"③。鲁四老爷对祥林嫂的态度值得寻味。祥林嫂被她婆家捆绑回去之后,四叔说了两个"可恶"、两个"然而……",这"可恶"与"然而",多少能看出四叔的恻隐之心,

---

① 鲁迅:《彷徨·祝福》,见《鲁迅全集》(第二卷),人民文学出版社 2005 年版,第 10 页。
② 鲁迅:《彷徨·祝福》,见《鲁迅全集》(第二卷),人民文学出版社 2005 年版,第 16 页。
③ 鲁迅:《彷徨·祝福》,见《鲁迅全集》(第二卷),人民文学出版社 2005 年版,第 8 页。

可见他内心更多的不是恨，而是其他更为复杂的情感。四婶与四叔称得上是同一个阶层，但女性的依附性身份决定了她必须直接处理具体的祭祀事务。当祥林嫂再回到鲁镇之后，祭祀之事，祥林嫂已经不能再碰，但勤快这种习惯性美德使她不自觉地会主动帮忙，她去帮忙摆酒杯、筷子、烛台，四婶的反应是"慌忙的说"和"又慌忙的说"，"祥林嫂，你放着罢！我来摆"，两个"慌忙"已经写出，怜悯之心敌不过恐惧之心，后来祥林嫂成了"乞丐"——是否为乞丐，其实是个疑案，但至少可以说，祥林嫂最后是无家可归流离失所了。这个细节更可说明，怜悯之心敌不过恐惧之心、敬畏之心。而最让寡妇感到恐惧之事，是借柳妈之口道出的，"再一强，或者索性撞一个死，就好了。现在呢，你和你的第二个男人过活不到两年，倒落了一件大罪名。……阎罗大王只好把你锯开来，分给他们"[1]。"柳妈是善女人，吃素，不杀生的，只肯洗器皿"[2]，肯定是有怕，才让柳妈吃素，不杀生，有怕遭到报应的怕，有怕堕入轮回之道的怕，所以，她很清楚，什么是约定俗成之罪与赎罪。"我"的恐惧，由祥林嫂关于死后魂灵的追问就开始了，这是让"我"这样的知识分子最为恐惧的事。知识分子对这绝望中的最后一问，不仅无能为力，而且还让绝望更深。祥林嫂的追问摧毁了知识分子的存在价值。一般的知识分子主要靠孟子所谓的"恒心"而立身，无恒产但有"恒心"，"士"正是凭着这"恒心"而"为能"（《孟子·梁惠王上》），但如果连"恒心"都失去了，知识分子也就一无所有了。强调恒心而轻视恒产，这是老祖宗为传统士人及现代知识分子设下的咒语。这个咒语决定了知识分子缺乏力量，知识分子既不能解决现世的问题，也不能回答现世之外的问题。就此而言，《祝福》中的"我"早已深深体会到知识分子的无能为

---

[1] 鲁迅：《彷徨·祝福》，见《鲁迅全集》（第二卷），人民文学出版社2005年版，第19页。
[2] 鲁迅：《彷徨·祝福》，见《鲁迅全集》（第二卷），人民文学出版社2005年版，第18页。

力。"我"的恐惧始于这个无能,但又指向超越于世俗的更大的恐惧。鲁四老爷、四婶、柳妈、祥林嫂、"我"的各种潜意识、本能反应,聚合在一起,已经不是一般意义上的害怕,而是来自集体无意识式的恐惧,这种恐惧已经内化为人的道德自律心与行为规则,人们在这种恐惧的规约下,很清楚地知道什么能做什么不能做,什么该奖励什么该惩罚。

那么,这种恐惧究竟是什么造成的?

回到前文所论的人与神之间关系的建构及变迁,再结合《祝福》来谈,就可以比较清晰地看到这种恐惧的思想渊源。追溯神人关系的讲述史,至少有两个层面是值得思考的。一个层面就是前文所引林岗教授的判断,中国神话传说里的天神地祇不像古希腊神话那样具备世俗的讲述性,"因为这些自然神灵自出生以来,全都是嗜血的、不可亲近的、令人恐惧的,神灵具有如此的性质,让讲述意味着亵渎,由此阻碍了讲述的展开。缺少'讲述'的哺育,它们虽然肃穆狰狞,但是故事干瘪,乏事可陈"①。从这个层面看,天神地祇对于凡人来讲,并不是可亲近的对象。另一个层面,则要考虑华夏由来已久的祖先崇拜。陈梦家在《殷墟卜辞综述》考论宗教时,有这样的判断,"就卜辞的内容来看,殷代的崇拜还没有完全形式化。这表现于占卜的频繁与占卜范围的无所不包,表现于'殷人尚鬼'的隆重而繁复的祭祀,也表现于铜器、玉器、骨器等器物上所雕铸的动物形象的森严(不同于西周时代的温和和中庸)。但是,祖先崇拜隆重,祖先崇拜与天神崇拜的逐渐接近、混合,已为殷以后的中国宗教树立了规范,即祖先崇拜压倒了天神崇拜,殷以后的祖先崇拜(特别是表现于丧服的),是与封建的土地财产所有制的分配和继承相关联的。由此可见,宗教反映了当时的社会物质生活条件,也反映了当时的社会制度的性质"②。李泽厚

---

① 林岗:《口述与案头》,北京大学出版社2011年版,第107页。
② 陈梦家:《殷墟卜辞综述》,中华书局1988年版,第561-562页。

考察过巫史传统，论及"巫君合一"时曾指出，"从远古到殷周，祖先崇拜与上帝崇拜的合一性或一致性"①，其理据主要来自何炳棣、王国维、郭沫若、陈梦家、徐复观、张光直等学者的相关研究②。祖先崇拜如何与上帝崇拜合一，祖先崇拜如何压倒了上帝崇拜，需要更多的考古发现来验证。可以确定的是，殷周以降，关于上帝、天、祖先等的相关讲述，强化了祖先崇拜。或者说，如李泽厚所讲的"巫君合一"，"这种'巫君合一'（亦即政教合一）与祖先—天神崇拜合一（亦即神人合一），实际上是同一件事情"③。远古时代，诸夏的上帝崇拜与祖先崇拜未必是一体的，但有文字可考的历史记载表明，殷周以降，在神话讲述及巫史记载中，两者逐渐合而为一，在氏族宗法血缘制度的强化中，上帝崇拜融入祖先崇拜，上帝（或天神地）从原来的跟人类没有血缘关系，变成有血缘关系，但这并没有改变神与祖先的不可讲述性。巫者、儒者等逐渐将祖先崇拜礼法化，看似祖先崇拜是世俗意味强烈的人间事物，但世人对祖先有一个基本的认识，一个可能是来自巫者讲述传统里的认识，那就是，祖先在世时是人，死后是鬼，鬼神鬼神，"鬼"在"神"之前，由"鬼"走到"神"这一过程中，祭祀充当了极其重要的作用。由此更可以判断，尽管巫者与儒者将祖先崇拜世俗化，但是，祖先与其后代之间，并没有办法真正建构起非常牢固的情感关系，逝去的祖先与其在世的后代之间，很难建构起亲密无间的情感联系，后人面对祖先，虽有祈福之意，但去世的祖先由"鬼"而"神"，这无形中增加了世人的内心恐惧。氏族宗法血缘关系下的一夫多妻妾制，并不利于所谓"情本体"的建立。这样的制度强调了父系的血统纯正性，但同父异母的亲属关系，并不利于所谓亲情的养成。一夫多妻妾制，虽然如巫者及儒者所愿，理顺

---

① 李泽厚：《说巫史传统》，上海译文出版社2012年版，第7页。
② 参见李泽厚《说巫史传统》，上海译文出版社2012年版，第7–13页。
③ 李泽厚：《说巫史传统》，上海译文出版社2012年版，第10页。

了人伦关系，完善了等级制度，但是这种制度也带有天生的局限，那就是，这样的制度永远难以解决顺利继位的问题，同时，它也不利于家族的持续强大，使有恒产且有恒心之阶层无法获得持久发展的可能性。在这种制度下的家国，始终会面对传位及分家的问题，它埋下了"争"的伏笔（圣人们强调以"和"为美的美学趣味，实际上是理想主义的体现，这种趣味掩盖了"争"的残酷事实）。嫡长子储君制确定之后①，其实是置嫡长子于危险之中。表面上看起来这是杜绝"争"的制度设计，但实际上，在这种制度下，"明争"变成了"暗斗"，权谋之术在华夏源远流长，实与此制度设计直接有关。制度设计的天生局限，也正是华夏之大家族难以长久的重要原因——"姓"可以久，"氏"无法久。后世以祖先崇拜为核心的礼法化，是通过唤起世人对天神地祇、祖先神的恐惧感、敬畏感而实现的。《祝福》所写出来的恐惧感，若论其思想渊源，确实与天神地祇的森严可怖、祖先由"鬼"而"神"的不可亲近有关。柳妈说阎罗王会把祥林嫂锯成两半，四叔和四婶在祭祀问题上小心翼翼且不敢有半点差错，祭祀在鲁镇所占地位之重要，祥林嫂对要下地狱之事的恐慌，等等，这些都是可坐实的例证。当凡人在面对天神地祇及神台祖先时，易有害怕之反应，难有亲近之情感。假如一个天天对着祖先上香祈福的大活人，突然看见祖先"现身显灵"，此人的第一反应大概不是扑上去拥抱祖先，而是会心生恐

---

① 关于嫡长子继承制的确立，说法不一。其中，以王国维的判断影响为最大，他认为，"欲观周之所以定天下，必自其制度始矣。周人制度之大异于商者，一曰立子立嫡之制，由是而生宗法及丧服之制，并由是而有封建子弟之制、君天子臣诸侯之制；二曰庙数之制；三曰同姓不婚之制。此数者，皆周之所以纲纪天下"，"殷以前无嫡庶之制"[《殷周制度论》，参见王国维《观堂集林（外二种）》，河北教育出版社2001年版，第232页]。又以《孟子》《吕氏春秋·当务》《史记·殷本纪》互证，"此三说虽不同，似商末已有立嫡之制。然三说已自互异，恐即以周代之制拟之，未敢信为事实也"[《殷周制度论》，参见王国维《观堂集林（外二种）》，河北教育出版社2001年版，第233页]。王晖的判断是，"嫡长制在祖甲之后的康丁武乙已经形成。《尚书·无逸》谓祖甲之后'立王，生则逸，不知稼穑之艰难'。祖甲之后从出生便立为嗣王储君，说明嫡长制已经形成了"（参见王晖《商周文化比较研究》，人民出版社2000年版，第6页）。

惧。已逝的祖先确实已经是神台上的神，但鬼的说法一直阴魂不散，殷人尚鬼之习俗并没有随着周人将神权民间化、借德治一体化而消失。后人多引孔子之"未能事人，焉能事鬼"（《论语·先进》）来断定孔子不信鬼神。今天看起来，这个话一方面反映出，当时的"事鬼"之事并不罕见，另一方面，由夫子言行之悖论可看出，其"敬鬼神而远之，可谓知矣"（《论语·雍也》）的立意，恐怕更多的是要建立起世俗权力的权威，也就是说，不希望鬼神妨碍世俗的事务及权威。有没有鬼神，夫子恐怕并不是特别感兴趣，夫子感兴趣的，是世俗的统治术。"未能事人，焉能事鬼"看上去是弱化了鬼神之事，但事实上，夫子并没有抛弃殷周以降的祭祀之礼，通过对祭祀礼仪的细化与强化，夫子成功地将事鬼神之事变成事人之事。不讲鬼神但重祭祀，这本身就是策略性的处理，没有天神人鬼地祇这些预设前提，祭祀从何谈起？可见，夫子所谓"敬鬼神而远之"，只是实现其政治理想的某种托词。回避鬼神的表述，但强化祖先的权威性，这种转换无疑可以加强世俗权力的权威，也有利于把忠孝之道内化为民众自觉遵守的行为规范。祖先崇拜在哪里得到集中体现？很多时候就在祭礼上得到体现。祭礼全年无休，小有小祭，大有大祭，祭礼是日常生活不可或缺的一部分，冠、昏、丧、祭各礼皆繁复，南宋以后，此风尤甚，《家礼》之行更可观礼仪民俗化的痕迹。天神人鬼地祇自周以后被纳入礼治秩序里，成为驯化各个阶层的重要力量，世俗法（王法、族规、家法等）树立了君权与父权的权威，这个世俗法同时利用血缘关系，把神权、君权、父权几乎是无缝式地连接起来，现世与死后世界的权威因而变得稳固且牢不可分。礼法及其讲述的传统，增强了天神人鬼地祇的神秘及权威。天神人鬼地祇之权威主要是通过降祸（如水旱、瘟疫等）而非赐福的方式来体现的，"福"是需要"求"和"祝"的，是需要以臣服顺从的姿态来获得的。这种制度及文化选择决定了诚惶诚恐与感恩戴德将成为国民性的重要组成部分。恐惧在前，感恩在后，这种反应并不利于独立人格的建构，换言之，这就是中国由古典社会转向现代社会所要面对的难题。《祝福》中的下地狱说、阎罗王锯身体说，皆为降祸说的具体表述，四叔、四婶、柳妈是在恐惧中臣服，所谓的世俗平安幸福，其实是在诚惶诚恐中"实现"的。

这种思想来源及文明选择，决定了所谓的"国民性"里，灵魂的群像里，不仅有精神胜利法（麻木与围观等德行，正是缺乏独立人格的表现），还会有潜移默化的类似于集体无意识的恐惧感。恐惧心最大的伤害，是个人没有力量。祥林嫂其实是一个最讲求力量的人，她是一个极具现代意志的人，她是《祝福》中最有力量的个体，但她向整个世界求救的呼声最后被"祝福"之"红事"给淹没了。后面的权威，正是来自集天神人鬼地祇于一体但又以祖先崇拜的方式具象化了的礼法。鲁四老爷斥祥林嫂为"谬种"，这个细节确实是神来之笔。对于不肯接受现代化的部分传统士绅来讲，祥林嫂确实是离经叛道的"谬种"，"谬"就"谬"在祥林嫂身上那非常稀薄的现代意志，正是这种对独立人格的灵魂性诉求，这种略带现代意味的诉求，冒犯了天神人鬼地祇、君权父权合而为一的传统权威。传统的价值观不足以充分解释祥林嫂。工钱之事，足以解释祥林嫂之"谬"。祥林嫂丧夫后，第一次来到鲁镇，所赚到的工钱是一千七百五十文，"她全存在主人家，一文也还没有用，便都交给她的婆婆"[1]。再次回到鲁镇后，在柳妈的恐吓下，她拼命干活存钱，"她整日紧闭了嘴唇，头上带着大家以为耻辱的记号的那伤痕，默默的跑街，扫地，洗菜，淘米。快够一年，她才从四婶手里支取了历来积存的工钱，换算了十二元鹰洋"[2]，去土地庙也捐了门槛。《祝福》里，祥林嫂使出的力气最大，她挣钱的目的不是为了挥霍，也不是为了回归家庭，看看她在

---

[1] 鲁迅：《彷徨·祝福》，见《鲁迅全集》（第二卷），人民文学出版社2005年版，第12页。

[2] 鲁迅：《彷徨·祝福》，见《鲁迅全集》（第二卷），人民文学出版社2005年版，第20页。

贺家墺的激烈反抗就知道,"头上碰了一个大窟窿"①,使出了全身力气去反抗,还是无济于事。"我"回到鲁镇时,看到近似乞丐的祥林嫂,竹篮里有一个空的破碗。对这个细节,可做出多种解释,或可理解为无人救助祥林嫂,或可理解为祥林嫂最迫切的诉求是不让碗里装满钱——祥林嫂更感兴趣的是,"一个人死了之后,究竟有没有魂灵的"②,在祥林嫂这里,有比吃不上饭及死亡更重要的问题要问,但这接近灵魂的呼告,没有一个人能够回答。祥林嫂是一个极具现代意志的"人",但她没有现代意味上的独立身份。附加在她身上的人身依附关系、天神人鬼地祇合而为一的道德体系、奉祖先崇拜为权威的世俗法则,遮蔽了她的现代意味,摧毁了她的个人意志。《祝福》里有很悲观的看法:现代人即使包包里有了钱,但假如意识不到"诚惶诚恐"与"感恩戴德"之国民性对独立人格的摧毁,假如看不到那灵魂群像后面的思想渊源,"人"还是树不起来。

在鲁迅的小说里,个人是没有力量的。《铸剑》里的复仇者看似有力量,但眉间尺是与黑衣人结盟,才最终杀死王。小说最后为复仇者加冕,但三者合而为一,无法分开,是否也暗喻了一种集体式的共犯结构?个人缺乏力量,既是传统文化及制度下的结果,也是国民性的重要体现。这大致能反映出农耕文明的历史选择及基本特征:单靠个人的力量,很难完成全部的农耕环节,也很难完成生老病死等人生大事,同时,安土重迁的传统,使人们不得不聚村而居、依族而生,养成"熟人"的社会,没有陌生人的社会③。个体的力量在集体生活、熟人社会里,是很难得到鼓励并壮大的。在传统社会里,不抱团,难以生存,不热闹,办不成红白喜事,这是世

---

① 鲁迅:《彷徨·祝福》,见《鲁迅全集》(第二卷),人民文学出版社 2005 年版,第 14 页。
② 鲁迅:《彷徨·祝福》,见《鲁迅全集》(第二卷),人民文学出版社 2005 年版,第 7 页。
③ 参见费孝通《乡土中国》之"乡土本色",观察社 1948 年发行。

俗生活中具体可见的恐惧感。这种传统可以解释中国式的悲喜剧。中国式的悲剧与喜剧是混杂在一起的,世俗理性可以把悲剧幻化为喜剧,从而缓解"活着"的恐惧感。

《祝福》深味此道,鲁迅把祥林嫂的死安排在除夕夜,安排在一个集大恐惧与大欢喜合而为一的时刻。过年,是要把"年"这一怪物赶走,后世把对"年"的大恐惧改换成团圆的大日子,以团圆之喜回避恐惧心。《祝福》里面的白事,是包在红事里来办的。祥林嫂被捆进贺家墺的那一天,三个男人擒住还拜不成天地,祥林嫂拼尽全力想挣脱,"他们一不小心,一松手,阿呀,阿弥陀佛,她就一头撞在香案角上,头上碰了一个大窟窿,鲜血直流,用了两把香灰,包上两块红布还止不住血呢"①。鲁迅不写两块黑布两块白布两块破布,而是一定要用"红布","喜"让"悲"看起来越发惨烈,这种极致的色彩对照及悲喜对照,堪称是大手笔的写法。强抢强暴本是极其悲惨的事情,但用"红布"包住,就意味着万事大吉,红色之喜让强暴之悲化为虚无,视而不见就能万事大吉。中国式化解恐惧的办法既有具象的,也有抽象的。具象的办法是实用理性所致,《祝福》里柳妈建议祥林嫂去土地庙捐一条门槛以做替身,就是具象的功利性办法——许多办法来自巫术,现实生活里能催生恐惧心的事情太多,民间就有很多可操作的办法去避祸,去缓解对未知世界的恐惧,生命太脆弱太无常,有恐惧就有缓解恐惧的自创招式。像民间的"冲喜",像《祝福》里用红布盖住残暴的本能式反应,这些都是自创的招式。如果停留于列举自创招式,那就只是对民间习俗的反映,这种反映显然不是好的文学。《祝福》之洞见,不在于鲁迅无意由"悲"见"喜",而在于揭示"喜"的残忍、无情与"视万物为刍狗",中国式的悲剧,一定要透过悲与喜的关系以及白事与红喜的共通点才能看透。看不透这个

---

① 鲁迅:《彷徨·祝福》,见《鲁迅全集》(第二卷),人民文学出版社2005年版,第14页。

乾坤，就写不出中国式的悲剧。《祝福》之超越于具象的点，即在这个地方。悲喜交加，是另一种形式的通透，与凡人有死及命运抗争的古希腊悲剧观有不一样的地方。譬如中国人高兴的时候会说，"高兴死了""开心死了""开心得要命"，"死了""要命"是修辞的最高级，比"极了"的修辞级别要高，在形容极致状态的时候，这些表述是"知死"式的，"喜"的后面拖着"悲"。中国式的悲剧是悲喜交加的，是"知死"式的。这一点，其实与希腊精神里的"凡人有死"是共通的。

由此看，《祝福》所写的悲剧是双重的，一是个人没有力量，二是冲喜之荒诞（把白事办成喜事，把喜事办成白事）。这双重的悲剧，与拯救哲学趣味下的悲剧相比，有大的差别。鲁迅写到恐惧与"失救"为止，这里面所含的寓言式的看法，与泛滥的现代人道主义趣味有巨大的分歧，而这一点恰好可以反映鲁迅的大智慧。

恐惧心的最大伤害，正是个体没有力量。譬如鲁四老爷，他相当于鲁镇的权威人物，是鲁镇"没有大改变"的代表性人物，按道理，他在鲁镇是有威权的，但事实上，他不能改变大势，也不能改变小事，除了骂骂新党骂骂康有为，也没有什么办法改变破落之势。对祥林嫂的遭遇，他反应复杂，连说了两个"可恶""然而……"，明知道这事情很"可恶"，"然而……"——然而他并没有更合适的办法去阻止事件的发生。四叔虽然是批判的对象，但并非十恶不赦，他有同情心，但是更大的恐惧心压倒了这个同情心。祥林嫂死后，"只有四叔且走而且高声的说：'不早不迟，偏偏要在这时候，——这就可见是一个谬种'"[1]，对于四叔恪守的旧制度与旧文化而言，祥林嫂当然是个"谬种"。四叔的权威是旧制度与旧文化赋予的，他的恐惧心也是旧制度与旧文化赋予的。权威与恐惧之并存，决定了四叔在社会变化中除了因循守旧，别无他动，任

---

[1] 鲁迅：《彷徨·祝福》，见《鲁迅全集》（第二卷），人民文学出版社2005年版，第8页。

何有违或冲击旧制度旧文化的,他最终得出来的结论只能是"谬种"。他的无力,在无力改变,他的悲剧,在"比先前并没有什么大改变"①。更有意思的是,鲁迅写鲁四老爷,在后代问题上,是轻描淡写的,"这一天是四婶自己煮午饭;他们的儿子阿牛烧火"②。这是一个很难让人记住的细节,阿牛有没有儿子,鲁迅更没有意愿细致交代。"阿牛"这种称呼也似乎不太合鲁四老爷这种家世,可见这个潦草是有意为之的潦草。有这个细节,更可说明鲁迅对"祝福"的清醒看法,鲁四老爷要"祝"的那个"福",落不到人丁兴旺上面来(小说里有个小孩子阿毛,但被狼吃掉了),这样看来,祝福"祝"到最后,可能就是一场空了。此外,《祝福》中的"我",显然也是隐含权威的。"我"的身份是读过书、从外面回到鲁镇的人,"我"的权威在"看"与"写",但这个有"看"和"写"之权威的人,却无法提出有无魂灵的相关问题,更不要说回答有无魂灵的问题。"我"看到甚至写出了祥林嫂身上的力量,但同时,"我"也看到并写出了这种生命之力的破灭。"我"所能做到的,只是"看"与"写"。祥林嫂的有力在于"逃"与"挣",从夫家逃走,用尽全身的力量挣脱几个男人的捆绑,但是,这种能撞出血窟窿的全身之力,也逃不过旧制度与旧文化对人的诅咒,即便"包包里有了钱",也于事无补,这种拼命之力敌不过文明的预设之力。祥林嫂为什么要去捐门槛?这个文明对她的诅咒,借四叔四婶之力和柳妈之口道出。阿毛被狼吃掉之后,祥林嫂再来到鲁镇,"四叔虽然照例皱过眉,但鉴于向来雇用女工之难,也就并不大反对,只是暗暗地告诫四婶说,这种人虽然似乎很可怜,但是败坏风俗的,用她帮忙还可以,祭祀时候可用不着她沾手,一切

---

① 鲁迅:《彷徨·祝福》,见《鲁迅全集》(第二卷),人民文学出版社 2005 年版,第 5 页。
② 鲁迅:《彷徨·祝福》,见《鲁迅全集》(第二卷),人民文学出版社 2005 年版,第 12 页。

饭菜,只好自己做,否则,不干不净,祖宗是不吃的"[1]。所谓"败坏风俗",是欲加之罪,祥林嫂之遭遇,半点不由人,这正是文明的预设——在旧制度与旧文化里,祥林嫂就是有罪的。这个文明对祥林嫂的诅咒是全方位的:柳妈诡秘地说,"再一强,或者索性撞一个死,就好了。现在呢,你和你的第二个男人过活不到两年,倒落了一件大罪名。你想,你将来到阴司去,那两个死鬼的男人还要争,你给了谁好呢?阎罗大王只好把你锯开来,分给他们"[2]。这一表述中的"罪名",同样是欲加之罪。祥林嫂为什么要去捐门槛,正是源于本土文明对她的诅咒:她死后也是男人的附属品,要锯成两半,分属于两个男人,她没有身份上的独立性,她的恐惧,源于"生是谁家的人,死后是谁家的鬼"的文明预设,源于死后仍是附属品的恐惧。魂灵的追问是在这个地方生发的,出于不独立不自主的恐惧,祥林嫂问出了这样的问题,当然,也不排除是鲁迅的"自我"借祥林嫂之口,发出了这样的追问。身为知识分子的"我",所能做的最大努力,只能是通过"看"与"写",只能通过"无罪之罪"的"自罪",去质疑这种"欲加之罪"。"我"的担责,是自责自罪,"我"无论是说有还是说无,都足以致祥林嫂于死地,回答得出来要承担责任,回答不出来或回答得模棱两可,都要承担责任。无论"我"是否心安,这个"无罪之罪"走不掉,而个人的没有力量,又消解了这个"无罪之罪",没有人有力量真正承担这样的罪责,"我在这繁响的拥抱中,也懒散而且舒适,从白天以至初夜的疑虑,全给祝福的空气一扫而空了,只觉得天地圣众歆享了牲醴和香烟,都醉醺醺的在空中蹒跚,预备给鲁

---

[1] 鲁迅:《彷徨·祝福》,见《鲁迅全集》(第二卷),人民文学出版社2005年版,第16页。
[2] 鲁迅:《彷徨·祝福》,见《鲁迅全集》(第二卷),人民文学出版社2005年版,第19页。

镇的人们以无限的幸福"①。

个体的没有力量，源于"传统对中国人的设计"：现世中以血缘为核心的等级制度，延伸及死后世界，后者是对活人世界的追加规范。人们对死后世界的种种恐怖设计——阎罗王锯开鬼的身子等说法，加深了"活着"的恐惧心，鬼神只可供奉不可亲近，罪与罚的传说加剧了切肤的痛感。鬼神不可知，但人们会假想"巫"知，"巫"被预设为通天达人的重要中介，"巫"的重要性不亚于"鬼"与"神"的重要性。在不曾去巫化的时代里，"巫"可以用"术"在一定程度上排解对未知世界的恐惧，但在去巫化的社会转型期，"巫"之"术"失灵，"巫"失去权威，"捐门槛"的说法不再具备缓解恐惧的能量。可是，"巫"之"术"虽失去权威，与"巫"相伴的咒语却并没有消失，"巫"在，"术"不在，没有具体可操作的办法可缓解恐惧心，祥林嫂根本就没有活路。传统对巫、鬼、神的设计是丰富齐整的，但对人的"救"尤其是"自救"的阐述是极其不充分的，个体的自救能力并不是一种被特别强调的力量。词源相当于文明的预设，将"救"与"save"并置于词源学范畴来思考，不难看出不同文明对"救"的阐述是有差异的。中国的救，是救社稷救万民救命，"救，止也"（《说文解字》），救的是身体和集体，堪称是"救命不救魂"，集体的意义大于个体，主语及宾语都可能是模糊的，很少指向个体，更别说指向自我。"save"是要救魂——可抵达个体灵魂，"the saving of the soul"，不是"the saving of the life"，甚至也不是"body"。"save"在词源上可追溯至"safe"和"salvation"。在基督教这里，"salvation"与"redemption"（救赎）相关联，使人免于罪与罚，"salvation是一种能战胜罪和死之幻象的力量，最终成就生命、真理和爱"。"救"与"save"在不同文明之初，各有各的残酷预设，

---

① 鲁迅：《彷徨·祝福》，见《鲁迅全集》（第二卷），人民文学出版社2005年版，第21页。

走向现代的路径也有差异,"save"若不经过宗教改革,个体通往救赎之路还得留下买路钱(赎罪券)。这是另外的话题,此处不展开。回到本土文明来,个体的没有力量,显然跟本土文明对巫、鬼、神、人之关系的预设有关,同时也跟"救"的先天性局限有关。旧制度与旧文化的力量太大,祥林嫂对"救魂"("鬼算是半个魂灵了")的惊天一问,只能是下落不明。在这种文明预设中,"祝福"之"福",是"祝"回来的,不是靠自己之力得来的,所以,个体的力量极其有限。把力气使到最大,也只能是以"牺牲"收场,祥林嫂的力气与那些男人的力气相比(这力气里面,当然也包括卫老婆子、婆婆等人的力气,这个力气正是旧制度与旧道德的象征),实在是太微不足道,所以祥林嫂说,"阿阿,你……你倒自己试试看","她笑了"①。这"牺牲",显出文明的残酷与现代的无望,这正是祥林嫂的意义所在,也是鲁迅的洞见所在。

"祝福"本质上是一场盛大的祭典。盛大的祭典,既需要供奉的"牺牲",也需要匍匐祈福的群众,祥林嫂反复讲"她日夜不忘的故事"——一如"牺牲",那些觉得无趣的男人、陪出许多的眼泪的女人们、特意寻来的老女人——正是这祭典中的"群众"。"群众,——尤其是中国的,——永远是戏剧的看客。牺牲上场,如果显得慷慨,他们就看了悲壮剧;如果显得觳觫,他们就看了滑稽剧。北京的羊肉铺前常有几个人张着嘴看剥羊,仿佛颇愉快,人的牺牲能给与他们的益处,也不过如此。而况事后走不几步,他们并这一点愉快也就忘却了"②。同时,被供奉者必不可少,"(我)只觉得天地圣众歆享了牲醴和香烟,都醉醺醺的在空中蹒跚,预备

---

① 鲁迅:《彷徨·祝福》,见《鲁迅全集》(第二卷),人民文学出版社2005年版,第19页。
② 鲁迅:《娜拉走后怎样——一九二三年十二月二十六日在北京女子高等师范学校文艺会讲》,见《鲁迅全集》(第一卷),人民文学出版社2005年版,第170页。

给鲁镇的人们以无限的幸福"①。

所谓"祝","祭主赞词者。从示,从儿口。一曰从兑省。《易》曰:'兑为口,为巫'"(《说文解字》)。以篆书之形论之,"祝"( )中的"巫"有跪姿。在这种认知体系里,"福"是要祈求的,不是站着自主得来的——站姿是后来获取的,祈求得来的"福"( ),篆书之字形中带器皿。可见,所祈求来的福,是要在物质中得到呈现的。这也能解释,这个文明何以这么看重世俗与物质生活,这个"福"求回来,一定要看得见摸得着才踏实,一定要跟身体器官走在一起,才有实在之感。"祝"是祭礼,"福"是结果,离开祭,福是不成立的,"福,备也"(《说文解字》)。《礼记·祭统》曰:"贤者之祭也,必受其福。非世所谓福也。福者,备也。备者,百顺之名也。无所不顺者,谓之备。"但是,到了现代,如果只是借重器物之力,如果只是救命而没有救魂,只是救社稷而不救个体不救自我,"人的发现"是很难完成的。

如前文所言,"人的发现"在现代中国,无法借助古希腊式的神性与英雄性,无法建构平等意义上的人的神圣性,但能发现"人的荒诞、人的脆弱、人的黑暗"。"人的发现"无法建构"人"的神圣性,"人"无法与神、君、族、父诸权相互制衡,"人"无法通过充分释放自己的天分与创造力来获取独立与自由,这就是本书要思考的"未完成的现代性"。由祥林嫂式的复杂性、中国式的悲喜剧,可以深入思考中国"人的发现"之特殊性及其困境。

二、现代白话诗与"人的发现"

自现代白话入诗之后,诗的新旧之争就从未休止过。新旧长时间争而不和,无非是纠缠于优劣之分。现代白话诗发端于"革命",要获得守旧者的谅解与理解,必任重道远。新旧并存是基本

---

① 鲁迅:《彷徨·祝福》,见《鲁迅全集》(第二卷),人民文学出版社 2005 年版,第 21 页。

事实，守旧者怨恨再深，也不能改变这一基本事实。理想的状态当然是新诗与旧诗的和解，是新传统与旧传统的和解。悖论是，在"争"与"和"的格局里，似乎都是由"新"来承担主动权："旧"不大愿意认"新"，但"新"愿意认"旧"。大逆不道地说一句：新旧之和解，只可能是由新思想来完成，不可能由旧思想来完成。"新"的灵活度，远远大于"旧"的灵活度，这是生命延续的常识，也是文史传承的道理。没有"新"，"旧"不可能"久"。旧，久也：没有新诗之新，不会有旧诗之久，没有小说之新，不可能有戏曲之久，没有戏曲之新，不可能有诗词之久。文学的经典化，很大程度上是由后世之"新"来促进完成的，没有"新"，何来"旧"（久）。走到今天，"文学革命"、《尝试集》之"尝试"、现代白话入"文"的历史功过，基本上可以做出相对理性的判断了。新文化运动有功有过。发端于1917年的"文学革命"之过，前人已言说太多，于此不赘述。新文化运动之功，实有必要重新考究。在考察的过程中，尤其要摆脱新旧对立的思维模式。斥其过与思其功，两者相比，前者易后者难，时至今日，后者更难。

  新文化运动背弃部分旧传统而前行，可以说别无选择，但今天看起来，正是晚清至民国初年的种种"别无选择"，造就了今天可以"有所选择"的格局。人们可以尊奉古典，可以推陈出新，可以选择新旧和解，也可以选择中西汇通。这不拘一格的格局，是历史必然性和偶然性共同作用的结果。现代白话入无韵或有韵之文，助力中国的现代化，同时为中国的文艺复兴提供了不可或缺的前提。由现代白话诗与"人的发现"之关系入手，或可看出白话入韵文对中国文艺复兴的重要意义及"别无选择"。文艺复兴不等同于文艺复古，得现代之力，才谈得上文艺复兴的可能，文艺复兴是在古典基础之上的创造性发展。对于中国的文艺复兴，不妨从胡适的说法入手。据1917年6月9日至7月10日胡适日记之《归国记》载："车上读薛谢儿女士（Edith Sichel）之《再生时代》（*Renaissance*）。'再生时代'者，欧史十五、十六两世纪之总称，旧译'文艺复兴时代'。吾谓文艺复兴不足以尽之,不如直译原意也。书中述欧洲各国国语之兴起,皆足以供吾人之参考,故略记之。"① 取其再生(revival)之意,更贴近历史真实。但"复兴"一说,则更能迎合现代潮流,尤其是能满足由现代而生的本土文明自豪感。谈文艺复兴,如果脱离了"文艺再生"之本,就容易把文艺复兴等同于文艺复古,也因此容易抹杀"现代"在文艺复兴中起到的重大作用。"renaissance"这个词用在中国的新文化运动,译为"再生"可能更为适合。也就是说,本书所论中国之文艺复兴,是以"再生"为核心的文艺复兴。

现代或者近代的到来,不同文明所选择的文艺复兴之路径是不一样的,但其内在的"现代"或者"近代"之创造性精神以及再生能力是相通的。意大利的文艺复兴,显然是借助古希腊、古罗马典籍来实现对世界的发现和人的发现的。布克哈特在论及意大利人的旅行时提出,"意大利人已经摆脱了在欧洲其他地方阻碍发展的许多束缚,达到了高度的个人发展,并且受到了古代文化的熏陶,于是他们的思想就转向于外部世界的发现,并表达之于语言和形式中"②。意大利是在古典典籍里找到了对抗暴君统治、专制制度及宗教权威的力量,进而释放哲学、科学,发现自然,最终推进人的自由发展,推进宗教改革、贸易扩张等。意大利人对世界的发现及个人的完善与发展,与地理学及自然科学的发展几乎是同步的。这种文艺复兴,实际上是内生式的创造性发展,是同类语系内部的古典文明再生。中国没有这么好的运气,中国的情况不一样。如果称新文化运动是一场文艺复兴的话,那么,这种文艺复兴并不完全是内生式的创造性发展。尽管胡适等人有选择性地借助了古典资源,如追溯白话文的历史,以白话文对抗文言文,以白话文容纳新思想

---

① 胡适:《胡适留学日记》(下),安徽教育出版社1999年版,第520、525页。
② [瑞士]雅各布·布克哈特著:《意大利文艺复兴时期的文化》,何新译,商务印书馆1979年版,第311页。

等，但在更大的层面，是借用外来思想资源促进中国的现代化的。对世界的发现及对人的发现，对科学、哲学的释放，对自我及人的发现，于中国而言，不完全是内生式的，准确而言，外来冲击的力量远远大于内生力量的延续。这种外来冲击使中国人逐渐走上"再生"之路，这"再生"之路上遇到的障碍，既与欧洲文明有相同的地方，也有与欧洲文明不一样的地方。大的相同点在于，两者都要挑战君权。当然，还有一个重要的共同点特别值得留意，那就是文艺复兴的倡导者及实践者们，都是对古典典籍异常熟悉的人。正如胡适在《中国的文艺复兴》里所看到的那样，"《新潮》（the Renaissance）是一群由北大学生为他们 1918 年刊行的一个新月刊起的名字。他们是一群成熟的学生，受过良好的中国文化传统的训练，他们欣然承认，其时由一群北大教授领导的新运动，与欧洲的文艺复兴有惊人的相似之处。该运动有三个突出特征，使人想起欧洲的文艺复兴。首先，它是一场自觉的、提倡用民众使用的活的语言创作的新文学取代旧语言创作的古文学的运动。其次，它是一场自觉地反对传统文化中诸多观念、制度的运动，是一场自觉地把个人从传统力量的束缚中解放出来的运动。它是一场理性对传统，自由对权威，张扬生命和人的价值对压制生命和人的价值的运动。最后，很奇怪，这场运动是由既了解他们自己的文化遗产，又力图用现代新的、历史地批判与探索方法去研究他们的文化遗产的人领导的。在这个意义上，它又是一场人文主义的运动。在所有这些方面，这场肇始于 1917 年，有时亦被称为'新文化运动''新思想运动''新浪潮'的新运动，引起了青年一代的共鸣，被看成是预示着并指向一个古老民族和古老文明的新生的运动"[1]。

---

[1] 胡适著，欧阳哲生、刘红中编：《中国的文艺复兴》，外语教学与研究出版社 2001 年版，第 181 页。《中国的文艺复兴》为 1933 年 7 月胡适应芝加哥大学哈斯克讲座（Haskell Lectures）之邀而开设的题为"中国的文化趋势"系列讲座，共六次，讲演稿于 1934 年 4 月由芝加哥大学出版，题为 The Chinese Renaissance。详见《中国的文艺复兴》，外语教学与研究出版社 2001 年版，第 30 页，注释 1。

不同的地方在于：欧洲文明于君权之外，要挑战神权；中国文明于君权之外，要挑战宗法之权。两者的古典等级制度的架构不一样，内在的等级力量也不一样，中国的封建社会跟西欧的封建社会不能等同，君王与贵族之间的力量对比也不可同日而语。从本土文明的思想资源中，似乎很难寻找到直接对抗君权及宗法权的力量，这决定了中国要进入现代，要打破持续两千多年的旧式等级制度，必须借助外来的思想资源。这个外来的思想资源，在很大程度上决定了中国现代文艺复兴的方式及内容。看不到中国这个不一样的实情，并盲目指责新文化运动，都是不尊重历史的偏颇之论。恰好是这个不一样，注定了中国文明的古典再生，一定迟于新文化运动式的文艺复兴。这种前后之差有如欧洲文明里人文主义与人道主义之区别，"这种区别在于人文主义是反宗教的，而十九世纪各式各样的人道主义一般是以宗教为核心的。……人文主义和人道主义既有联系，又有区别，因此在欧洲文字中有的虽仍用一个字（如俄文），但字典中往往注明它们不同的含义；有的区别为两个字（如英文中既有 Humanism，又有 Humanitarianism 这个名词）"①。历史给了后人缓冲的时间，在完成现代性之后，君权、神权与人权之间又会达成新的契约形成新的平衡。而在文艺复兴之际，这种平衡是几乎不可能实现的，只有等到人权之力足够强大，各种权力才有可能由敌对之势转为和解之势。当古典不利于文明再生的时候，历史就会适当地放下古典，让新生力量生长，当新生力量长大到足以跟古典对话的时候，古典自然会再生。可以说，新文化运动之文艺复兴只完成了半截，后半截可能就需要今人或后人来完成了。因此，到了今天这个时代，再提文艺复兴，正当其时，现在的文艺复兴，恰好可以借助中国古典典籍之力，再经现代之力，让文明由内部再生，进而完成历史上未完成的"世界的发现和人的发现"，以及历

---

① ［瑞士］雅各布·布克哈特著：《意大利文艺复兴时期的文化》（中译本序言），何新译，商务印书馆1979年版，第16页。

史上未完成的哲学及科学之释放,也就是完成"未完成的现代性",对自然再发现,让传统与现代对接,最终在更高层面完善文明的演进与个人的发展。如果放到诗歌层面来探讨,那正是新旧和解之可能性大大增强的时代。如果仅仅把现代白话入诗视为一个单纯的文学事件,就会反复纠缠好与坏。专注于文学本体价值之争,不是不可以,好处也显而易见——可以在一定程度上保证文学之纯粹性,但局限也是显而易见的,它不利于探讨文艺复兴运动在中国近现代史上的价值,也就是说,它不足以窥全貌。本书想尝试的,是把现代白话文入诗重新纳入中国文艺复兴之领域里探讨,以延续探究新文化运动未竟之文艺复兴。

无论是欧洲文明的文艺复兴还是中国文明的文艺复兴,"人的发现"都是不可回避的核心问题。中国之"人的发现"有其独特之处[①]。现代白话入诗,是这一思想潮流的重要组成部分。这一诗歌变革,在某种程度上,恰好开启了"人的发现"之路。关于文艺复兴及"人的发现"是一个异常庞大的话题,限于篇幅,本书挑几个与"人的发现"密切相关且有后续影响力的主题来谈现代白话入诗的价值及其对中国文艺复兴的意义。

"人的发现"首先要面对的是旧有的等级制度。从本质上来讲,"人的发现"就是把人从旧有的等级制度中解脱出来。具体而言,对于欧洲文艺复兴、宗教改革、启蒙运动及后续的欧洲革命来讲,就是要限制君权与神权,其最终的目的,不仅仅要把平民变成"人",也要把君主、贵族、僧侣都变成现代意义上的"人",限制旧时代的特权,释放人的个性,努力实现人的自由与平等。对于中国文明来讲,可能就是希望人人能参与到"救亡与启蒙"的运动中来,并在这运动中有限地实现个体的自由与完善。文学在文艺复

[①] 拙文《鲁迅与"人的发现"》,对现代中国之"人的发现"的独特性有一定的思考,同时对中西"人的发现"异同有一定的比较,此文权作该文的延伸研究,载《鲁迅研究月刊》2017年第12期。

兴运动中，反应尤其迅速。"人的发现"落实到文学层面，无非是让众生平等，努力创造条件——使众人皆能具备创作及理解能力之条件。有什么办法可以实现近似乌托邦的目标？白话文的推广是最能接近这个目标的办法。白话入无韵之文，远不如白话入有韵之文的难度大——这个难度不仅来自审美及形式，还来自文学秩序内部森严的等级制度。于颠覆旧有的等级秩序来讲，没有比现代白话入诗更具备冲击力。"奉诗为经"的历史，诗歌在中国文学秩序里的权威地位，无须本书追溯论证。白话入无韵之文，小说、散文、话剧等文体的创作，几乎可以在翻译的帮助下直接完成现代的转换。这些文体更新换代所遇到的阻碍不至于太大，至于写得好不好，最终得看个人天分与造化，作品好不好，判断起来，也不至于太难，这里面自有技术和学问可以因循。白话入诗不一样，它不仅仅是一个文学问题。如果只是在意诗文的审美艺术成就，那些新文化运动的实践者，完全可以因循旧路，写出不错的旧体诗文，甚至可以不变革语言文字，且能写出不错的英文诗歌等。胡适在1914—1915年间所译的英诗、胡适的旧体诗词，都足以证明胡适选择现代白话入诗的举动并不是视文学的艺术成就为最高目标的。有更多的证据显示，胡适对文学的艺术成就兴趣不是很大，但同时，胡适也并非像《尝试集》中所展示的——其文学创作修为及文学欣赏能力令人生疑，胡适日记及胡适论著有足够多的证据去推翻这"令人生疑"，胡适的文学创作及文学欣赏能力没有世人想象得那么不理想。在创立范式的志向下，胡适是愿意适当放下自我才情的人。沈尹默、俞平伯、傅斯年、鲁迅、周作人、刘半农、刘大白等人，大多有足够厚重的旧体诗词功底，亦有足够的旧学根基，他们愿意去试笔"尝试"新词新文，难道他们不懂白话初入诗时的笨拙与孩子气？像沈尹默深耕书法，不可能不知道笔墨挑剔——不仅挑剔质数，还要挑剔辞章，不可能不知道笔墨与传统诗文之间的契合度。但格局大之人，也必然懂得，笔墨纸张原本就是寻常器物——可进朝廷也能进墟市，可写诗文也可写菜谱，它天然就具备走向现代的可能性。正因为有这种格局，所以，沈尹默能书《三弦》和《月夜》，其新诗与旧体诗（如《秋明诗》《秋明室杂诗》《秋明词》等）并置，并不觉得有多突兀①。另如俞平伯，新旧并行不悖，其《红楼梦辨》《读诗札记》《读词偶得》《清真词释》《唐宋词选释》等论著，与《冬夜》《雪朝》《西还》《忆》等新诗集放在一起，互相映照，实为新旧相调和的佳话。深知新词新文之不易，但仍然愿意为之"尝试"，说到底，现代白话入诗，有更高远的志向，那就是中国的文艺复兴——而且是经历"人的发现"（人文主义）之后的文艺复兴。于"人的发现"这一思潮，现代白话入诗挑战旧有文学秩序之意义，远远大于文学审美层面的意义——现代诗在审美方面的自我完善以及现代与传统的对接，只能是由后人来续接。其实，如果真是要论白话诗文的审美高低，现代白话入诗之初，已经有许多现代气象——不同于古典的现代大气象：胡适的《蝴蝶》对"孤单"的平实书写，自有其颠覆旧传统的意味，读不出"孤单"意味的人，自然会嘲笑胡适之"浅"；而鲁迅的《野草》，不见得就输于古典的经典诗文，《野草》足以证明白话文可以创造新传统；郭沫若虽然情感过剩、用词粗放，但他对情感的释放，也具有现代先锋意味。现代白话入诗，即便在新文学运动期间，其成就也没有厚古薄今之持论者所想象的那么低。更不用说，20世纪40年代还有穆旦等被称为"九叶派"的诗人群，80年代至少也还有海子这样的诗人。可以说，在那样的时代，唯有入诗，才能从根本上动摇旧有的文学秩序，并从根本上更改国人的话语方式。话语方式就是思维方式，思维方式不改变，不仅找不到与西方经验对接的合适方式，也找不到让古典经验现代化的路径，更改思维方式，比文学作品的审美价值更新要迫切得多，当然，如果诗写得好，就是锦上添花之事，但让白话成为通行之书面表达方式，是更为迫切的

---

① 《沈尹默诗词集》即是新诗、旧诗词的合集，新诗在前，旧体诗词在后，合为一集，并不冲突。此书于1983年由书目文献出版社出版。

事情。白话文运动最重大的精神贡献,是更改了国人的思维方式,找到了最适合"翻译"(说到底,现代就是"翻译"的结果)的语言文字,这正是民国与晚清思想界的根本差异所在、高下之分。现代白话入诗,从根本上开启了"人的发现"这一思潮。白话文之白,废掉了旧式的等级制度,促进了"人"的更新换代。这首先体现在"领导"阶层的更新换代,以文言文"立德""立功""立言"之阶层,如果不更新话语方式(思维方式),就会被废掉武功,这些阶层固然可以固守书斋,专事学问,但话语方式的故步自封也会使得他们无法持续影响社会。有一些在晚清产生过重要影响力的士人,基本上就止步于这场新文化运动,或者说,他们完成了历史使命,白话入诗文的运动成为终结这种使命的象征符号。这些人的影响力要再生,就得等文艺复兴的后续,学术研究最终会使这些历史中的人物重生。"人"之更新换代的另一个层面在于,这场运动透过语言文字的变革、通过现代白话入诗之惊世骇俗的举动,释放并识别了最大多数人群的表达天分与天赋。所谓"人的发现",首先必须要完成的,就是对"最大多数人"的发现,这个发现不得不以颠覆旧有的等级制度为前提,而这正是势不可挡的现代潮流。这个"人的发现",正是由白话之"白"来完成的,所谓颠覆旧的文学等级秩序,其实就是以白话之"白"——既回溯并识别古代白话文又借力诗歌翻译,从语言文字到形式及内容,建立文学创作的新范式,在诗歌这一块,新范式之新,尤其彻底。诗歌经白话洗礼,实现众生平等,尤其彻底。20世纪持续不断的政治抒情诗,"口语化""回车键"写诗,各种被冠之以什么体的诗,都足以证明,在现代新诗这一领域,确实实现了众生平等。诗歌不再是一种远离大众的文体,而成为众生之生活方式之一,这是现代对语言文字改造的结果,有好就会有坏,这是现代的宿命。这个白话之"白",就是胡适用半文半白的语言所说的,文章须从八事入手,"一曰,须言之有物。二曰,不摹仿古人。三曰,须讲求文法。四曰,不作无病之呻吟。五曰,务去滥调套语。六曰,不用典。七曰，不讲对仗。八曰，不避俗字俗语"①。胡适的《一念》《鸽子》《人力车夫》《老鸭》《看花》《一笑》《我们的双生日》《醉与爱》等，刘半农的《相隔一层纸》等，俞平伯的《冬夜》集，康白情的《草儿》集，刘大白的"卖布谣之群"组诗如《劳动节歌》《八点钟歌》《五一运动歌》等，周作人的《小河》等，傅斯年的《深秋永定门上晚景》等，确实切合胡适之"文章须从八事入手"，基本上可以说，这些有勇有谋的先行者，正是以白话之"白"，创立了现代文学的新范式。"文章须从八事入手"，现代白话入诗，再转"国语的文学，文学的国语"，胡适等人从语言及文学层面，颠覆了古代的规律与形式，在"人的发现"之基础上，进一步推动了对世界的发现（地理学）、对自然科学的发现（"赛先生"）。中国革新之难，从语言文字的学习、从"学而时习之"的传统即可得知，中国人之写字作文，离开古人，几乎是寸步难行：在日常生活、政制律例、精神生活方面，中国人是祖先崇拜，在写字作文方面，中国人同样是祖先崇拜。殷周至清代，在"文"这里，国人都是于祖先崇拜的前提下因袭传承的，现代社会极其重视的那个自我，在祖先崇拜那里，绝对是被压抑的。写字要临摹古人的碑帖，诗文要模仿古人要用典要用对仗要讲规矩，规矩从哪里来，当然从祖先那里来，祖先崇拜规定了国人的思维方式。这种思维方式显然不利于对人、世界、自然科学、地理学等的发现，在现代化的潮流中，它是被动且故步自封的。"文章须从八事入手"、现代白话入诗、"国语的文学，文学的国语"对"人的发现"之贡献，是有大功劳的。语言的变革，在一定程度上更改了祖先崇拜的趣味：现代白话入诗，本身就既是对"人的发现"，也是对世界的发现。在诗歌领域，人们透过语言文字的变革突然发现，写诗不仅可以向唐人学习，还可以向西人学习——即使不向西人学习诗文，

---

① 胡适：《文学改良刍议》，见欧阳哲生主编《胡适文集》(2)，北京大学出版社1998年版，第6页。

也要向西人学习器物与现代科学，而进入器物与现代科学的世界，没有白话为媒，指望文言文，显然难以对接。以白话入诗，破除语言文学世界里的等级秩序——把祖先崇拜先放到一边，今天看起来，其实是顺应现代大势之举，不得不为之，别无选择。晚清一直没有找到非常合适的进入世界的方式，新文化运动的倡导者与实践者们找到了。追根溯源，现代白话入诗，看似一个文学论题，实则是一个思想史的论题。与其说白话顺应了"赛先生"的召唤，倒不如说"赛先生"启蒙了白话。"人的发现"，科学功不可没。将来，"人的消失"，科学也必将"功"不可没。

颠覆旧有的等级秩序，发现最大多数的"人"，其实还远远没有完成"人的发现"。"人的发现"最终还是要落到对自我的发现及认知，也就是要落实到个体的自由与完善上来。现代白话诗如何"尝试"表现自我的发现及认知，如何发现现代意义上的独立自由的人？在这过程中，至少有三种写法是值得留意的。

其一，对自我的书写。从本质上来讲，这是抒情传统的现代移译，也是对现代人之心智的打造，更是情感发育的必经之路。这里面，有对自我的爱恋以及他人对自我的爱恋。这种爱恋之情感演化到一定的阶段，就使爱情成为现代神话的一种，使爱上升为与信仰类同的救赎之力，同时，古典诗文里极其缠绵的离别之情，到了白话诗这里，也不再"断肠"，离情成为"孤独"的必要前提，古典的离情之象征是断肠，现代的离情之写意是珍重。说到底，这种对自我的书写，就是个人主义的张扬，就是要把"我"写出来——把虽然能在爱情中获得"极乐"但又要承受无比孤单之命运的"我"写出来，把那个离弃祖先、离弃家族、抛身而出的"我"写出来。"孤单""孤独"可以说是自我爱恋的重要境界，后者更可能是形而上意义上的最高境界。"孤单"由胡适发端，"孤独"由鲁迅完成。"孤单"与"孤独"的哲学价值在于让"人"摆脱世俗的人身依附关系，尽可能地把"人"的独立性彰显出来，而这个独立性，离开了"孤单"与"孤独"，几乎无以为立。世人常诟病胡适《蝴蝶》之浅白无章,却难看到胡适对"孤单"的歪打正着。"两个黄蝴蝶,双双飞上天。不知为什么,一个忽飞还。剩下那一个,孤单怪可怜;也无心上天,天上太孤单。"① 蝴蝶因梁山伯与祝英台的传说,已成为中国文学史上极其重要的意象。化蝶之传说,寓意古典的文学趣味——活着不能"在一起",死也要"在一起",不同版本都充满了对"在一起"的渴望与期待。在这种文学书写里,"不在一起"被认为是悲剧。但在胡适的《蝴蝶》中,两个黄蝴蝶,曾经是"双双"的,但"不知为什么"——也不需要交代为什么,一个就忽飞还了。胡适觉得"不在一起"并不是什么大不了的事情,也不是非要追问清楚的事情。"不在一起"很孤单,但"在一起"也会孤单,所以诗的收尾是不仅留在天上的那个孤单怪可怜,飞回来的那一个,"也无心上天,天上太孤单",天上即使有"双双",也还是孤单。现代的"我"从哪里来,当然是从"孤单"中来。胡适之《蝴蝶》虽浅白无章法且行文似文似白——类似于今天所说的无厘头,但这首诗无意中颠覆了"化蝶"的传说与趣味,非常有远见卓识地识别了现代人——"我"的终极命运,无论是"在一起"还是"不在一起",都会孤单。"孤单",正是《蝴蝶》的卓越所在。《蝴蝶》之外,《我的儿子》也可视为洞察"孤单"之精神价值的杰作。沈尹默的《月夜》与《蝴蝶》有异曲同工之处。"霜风呼呼的吹着,月光明明的照着。我和一株顶高的树并排立着,却没有靠着。"② 无依无靠,却不至于要"断肠"。"孤独"是由鲁迅的《野草》来开启并完成的。正如诗人张枣所论,"鲁迅在《野草》中塑造的这个'我',这个抒情主体,是中国现代文学发轫以来最值得研究的符号之一,其范式性意义怎么强调也不过分,而可惜的是,其重要性却很少被领悟和

---

① 胡适:《蝴蝶》,见欧阳哲生主编《胡适文集》(9),北京大学出版社1998年版,第97页。

② 沈尹默:《月夜》,见《沈尹默诗词集》,书目文献出版社1983年版,第1页。

探究。如果大家同意中国现代文学的'现代'两字一直缺乏有意义的阐读,那么这'现代'两字,首先应该有个'现代性'的内涵,而我认为,'现代性'在文学场地里,指向的也必须是'文学的现代性'","关注西方现代诗歌的鲁迅(他甚至也研读过马拉美的作品),深谙抒情主体的虚构性,熟知消极元素是一种'苦闷的象征',是自律的唯美的诗意制作过程,也是一种维修和康复被损耗的主体的'唯一有意义的形而上活动'(如尼采所言),因而,他《野草》的写作立意,是追求文学书写本身的优异,追求艺术成就的骄傲,因为他像一个纯粹的现代主义者一样坚信,书写和发声越优异,越技压群芳,经验主体,那个作者本我,就越能在生存中康复和生长。而胡适却昧于经验主体和抒情主体的本质差异,悖理地强调两者的诗意叠合,迷信吻合日常经验的所谓'诗意经验'(poetical empiricism)的'平实意境',其结果是,他不能像鲁迅那样缔造和发明一个现代主体"①。从抒情主体的角度看,张枣对鲁迅《野草》的判断是富有洞见的。郭沫若当然也值得一提,他的《天狗》等诗作,可视为开创自我狂妄之书写先河,不能说没有贡献,至少在诗学理想上,他试图把人凌驾于天地之上,彰显人定胜天的现代思想,诗的好与坏,自有定论,无须本书画蛇添足。由对自我的爱恋,再延伸及他人对自我的爱恋,再延至数不清的以爱情为核心的现代白话诗歌,如汪静之、冯雪峰、潘漠化、应修人、冯至、徐志摩等人的爱情诗,都是在审美的视野下将自我美化的表现——美的对象与看美的主体在审美层面肯定是对等的。这些皆可视为现代白话诗歌在情感上的自我验证及自我书写。

其二,对他人的书写。即发现比自我更大的世界,在诗中演绎人文主义、人道主义。这个人文主义和人道主义,按正常逻辑来看,如果对他人的书写合适、合理、合智慧,就会反过来推动个人的自由发展与独立存在。但如果写得不合适、不合理、不合智慧,

---

① 张枣:《秋夜的忧郁》,载《当代作家评论》2011年第1期。

这种对他人的书写就可能会阻碍个人的自由发展与独立生长。这也是"现代"之悖论所在：进入现代的方式无论是顺延式还是革命式，都将面临如何面对旧制度与旧文化的问题。也就是说，如何书写那些曾经依附于君权、神权、宗法权的那些所谓得势阶层，如何"颂"，如何"刺"，如何在个人主义的基础上并行人文主义及人道主义，都是诗歌现代化所面临的问题。在白话入诗的初期，可以说，诗人们借"劳动"和"苦难"的现实与思想资源，既实施了行"刺"之力，也奠定了歌"颂"之基。对他人的书写，衍生出革命的趣味，回到历史的好处是能更清楚地看到文学事件及文学趣味的来龙去脉。其中，《人力车夫》等劳苦系列诗歌及早期革命斗争诗歌，都可见行"刺"及歌"颂"之端倪。以刘大白"卖布谣之群"组诗为例：《劳动节歌》歌颂劳动，"世界，世界，／谁能创造世界？——／不是耶和华，／只是劳动者"①；《八点钟歌》写劳动者的苦；《金钱》写血汗钱，"哦！哪儿来的金钱？——／这不是劳工们血汗底结晶片！"② 这些皆可视为非常典型的既行"刺"又歌"颂"的新诗。胡适的《人力车夫》与《威权》等，对"刺"与"颂"的力度拿捏得相对节制。另如蒋光慈，本意是要把真我放到劳动者之中，但其过剩的情感最终把自己燃烧成革命的火花，他所信奉的美，也随着他的热情，把自我一起焚烧，最后齐齐化为灰烬。行"刺"与歌"颂"的趋势，走到后来，又成为"人的消失"——集体吞没个体的前因，同时成为"人的发现"未完的精准寓言。

其三，对自然的再发现。之所以称之为对自然的"再发现"，是因为中国文学得益于"天人合一"之思想观，以情写景、以意写景的能力已经非常纯熟。有天地尊卑观在前，古典时代的诗文自然而然会由天地生情生畏生"天人合一"的自然观，对自然的认

---

① 刘大白：《劳动节歌》，见《刘大白诗集》，书目文献出版社1983年版，第1页。
② 刘大白：《金钱》，见《刘大白诗集》，书目文献出版社1983年版，第6页。

识,古人是跟等级观以及情感观走在一起的。到了现代,到了白话重新发现自然的时候,可能就不再是天尊地卑、阴阳相和、天人合一的看法了,而有可能变成是与天斗、与地斗、与人斗之其乐无穷,"天人"可能就不"合一"了,人定胜天的思想可能会被加强。人征服自然的能力越强,人不信命、人的狂妄就会越盛。其好处在于,对自然的重新发现,伴随着科学的加速到来,会为人的自由与独立创造更多的条件。对自然的再发现,现代白话诗不是以抒情写意的方式去发现的,而是以叙事的方式去重新发现自然的,适当放下抒情写意之手法,去修辞化,讲究平实,由叙事之手法来重新发现自然,有利于重新定义人与自然之间的关系。称胡适为这一卓越见识及书写趣味的首创者,绝不为过。胡适的《尝试集》,即使是写情,也是尽量以写事的方式写出来的,即使是新婚这等大事,也尽量以事收尾。如其《新婚杂诗》五首写道,"十三年没见面的相思,于今完结。/把一桩桩伤心旧事,从头细说。/你莫说你对不起我,/我也不说我对不起你,——/且牢牢记取这十二月三十夜的中天明月"①。新婚之际忆母,胡适最要顾全的,是那个周全,而不是那个情爱。还有《病中得冬秀书》,欢喜之余,还要讲理,"海外'土生子',生不识故里,/终有故乡情,其理亦如此。/岂不爱自由?此意无人晓;/情愿不自由,也是自由了"②。以事理节制情感,这同样是胡适放下自我、布局新范式的重要证据。诗文重视叙事的好处在于,它可以在一定程度上减低抒情传统及说教传统对"真实"的压抑,也可以在一定程度上增强人们对"真实"的诉求及接近"真实"。对写事能力的看重与追求,也可能是20世纪中国文学追求真实(现实)的重要源头。重新定义人与自然之间的关系,也就是正视人与科学之间的关系,毫无疑问,科学也是

---

① 胡适:《新婚杂诗》五首,见欧阳哲生主编《胡适文集》(9),北京大学出版社1998年版,第123页。
② 胡适:《病中得冬秀书》,见欧阳哲生主编《胡适文集》(9),北京大学出版社1998年版,第107页。

成就人之自由与独立的重要前提。重新发现自然，也就是增强现代成"人"的可能性。尽管科学也孕育了"人的消失"的能量，但不能否认科学对旧有等级制度的冲击力，不能否认科学对现代的推动力。由人与自然及科学的关系角度，也可以解释中国文艺复兴（再生）之外生特点。

　　白话入诗文，"国语的文学，文学的国语"，有意或无意地对应了"人的发现"之势不可挡的现代潮流，于中国的文艺复兴（再生）有不可磨灭的大功劳。就"人的发现"而言，现代白话入诗，仍然有许多悬而未决或者议而不论的话题，譬如人如何立、人如何成人的问题，也可以说，就是"未完成的现代性"①。对此，鲁迅、穆旦均有不同的回答，限于篇幅，不展开讨论。白话入诗文，其功不可没，其"过"显而易见——新诗对争的迷恋是其致命性局限，但其前景可望，新旧和解是理想的"再生"前途，这个前途，也是中国文艺复兴（再生）的前途。

---

① 拙文《80年代以来的文学思想难题：未完成的现代性》对"人的神圣性"之现代书写史有一定的思考，载《小说评论》2015年第5期。

第四章　新道德与城乡之争

无论是顺延式还是非顺延式的现代化，都是"争"之加速度发展的结果。"争"是人类的天性，也是人类赖以存活的本领。"争"不是现代事物，但现代加速并加剧了"争"。面对"争"的残酷现实，先秦诸子建构了"和"的理想主义。即使是兵家，也奉"不战而屈人之兵"为善道，"兵者，国之大事，死生之地，存亡之道，不可不察也。故经之以五事，校之以计而索其情：一曰道，二曰天，三曰地，四曰将，五曰法。……将者，智、信、仁、勇、严"（《孙子兵法·始计》），"孙子曰：夫用兵之法，全国为上，破国次之；全军为上，破军次之……是故百战百胜，非善之善者也；不战而屈人之兵，善之善者也"（《孙子兵法·谋攻》）。胜道殊异，唯不战而胜为善道。

以"和"平"争"，是农耕文明的统治术。农耕文明之社会形态的相对稳定，可容纳并完善"以和为贵"的统治术，甚至可以说，国之朝贡体系，其思想根源就在于"和"的理想主义。以"和"平"争"虽然与农耕文明的社会形态高度契合，"以和为贵"也能起到一定的作用，但明争往往会演变为暗斗。暗斗之所以成为人们的生活常态，与"以和为贵"的理想主义有关。中国历史虽有轮回之兵荒马乱，但于日常生活而言，农耕文明下的民众还是以求稳为上。华夏文明内部诸族每起争心，实生于农耕文明与游牧文明之间绵延不断的冲突，"争"之大势，源于"马"与"车"之起。"马"与"车"的驯服早于秦汉，这说明华夏文明既生游牧，亦生农耕，甚至可以说，游牧促进了农耕的养成。相传秦人兴于驯马，若无"马"与"车"，秦人则无从东进，"春秋"难成"战国"之势，秦灭六国更无从谈起。把华夏文明完全等同于农耕文明，恐怕是武断之说。钱穆曾言，"今于国史，若细心籀其动态，则有一至可注意之事象，即我民族文化常于'和平'中得进展是也。欧洲史每常于'斗争'中着精神。如火如荼，可歌可泣。划界线的时期，常在惊心动魄之震荡中产生。若以此意态来看中国史，则中国常如错腾腾地没有长进。秦末刘、项之乱，可谓例外。明祖崛起，扫除胡尘，光复故土，亦可谓一个上进的转变。其他如汉末黄巾，乃至黄巢、张献忠、李自成，全都是混乱破坏，只见倒退，无上进。……然中国史非无进展，中国史之进展，乃常在和平形态下，以舒齐步骤得之"①。换个角度看，当农耕文明占主导地位时，"和"可以在一定程度上对"争"有制衡作用，"和"是统治术，"争"是更大的现实，"和"并不能彻底平抑"争"之现实，当"和"的理想主义占上风时，"争"的现实就会由显而微。当农耕文明受到游牧文明或海洋文明冲击之时，"和"对"争"就有可能失去制衡作用。本土文明兵荒马乱之祸起，朝代之更替，常起于天灾人祸下的民不聊生。世俗社会是奉行吃饭哲学的，吃饭问题解决不了，民众即有"争"心乃至"反"心，吃饭问题能解决，"和"就能占上风。农耕文明之"争"，起于吃饭问题，农耕文明之"和"，也与吃饭问题紧密相连。两者此消彼长，应时而变。

　　海洋文明及游牧精神（游牧文明的现代化可称为游牧精神）冲击农耕文明，城的野蛮生长与乡的迅速凋零是不同文明碰撞的结果。现代社会的理想主义虽然是"和而不同"，但"争"的格局在事实上占了上风。"争"的审美观，使城乡二元对立（城市有罪、乡村受苦）成为主流的写作趣味，城乡"和而不同"的理想主义变得更加遥不可及。可是，城乡二元对立写作中有相当诡异的写作趣味：写作者认定城市有罪、乡村受苦，但作品反映出来的终极理

---

① 钱穆：《国史大纲》（上）"引论"，商务印书馆1940年版，第12页。

想却是进城而不是还乡。"还乡"抒情、"进城"索债，既是诉苦新传统下的后续反应，亦是后革命时代的创伤反应。道德的优越感妨碍了写作者的洞察力，沉醉于城乡之争的他们，也许很难意识到或者说很不愿意看到，城乡的"和而不同"也是现代出路之一。良心的自我囚禁以及对苦难的狭隘认定，限制了写作者对城市经验的想象力，所以《极花》要向城市问罪，要在城里野蛮"抢亲"，以告慰那些失去后代的乡村。

事实上，现代性可通过城市经验得以体现，未完成的现代性意味着当代文学书写城市经验的困难。

一、新道德下的城市小说困境

城市经验是世俗经验的组成部分，对城市经验的表达，是中国文学的重要传统。城与市在古代，各有不同的功能。到了现代，"城""市"合称。从词语构成来看，"城"不选择"郭""墙""邑"，而是选择"市"，可见现代"城市"淡化了城的防御意味，但加强了城的商业意味，"市""井"的连用更可以看出世俗化程度的不断加深。古代虽无"城市经验"之说，但早有"城市经验"之实。本书主论题统称为城市小说，取其约定俗成之意。对城市经验的表达，这一传统直至晚清仍然强大。城市经验无法回避庸常的享乐生活，许多古典文学的审美趣味就建立于市民的世俗生活之上。城市文学创造了很高的审美价值。后来居上的乡土文学是新传统而不是旧传统。这些本是中国诗文历史的常识，但常有论者借乡土文学贬抑城市文学，并断称乡土文学是更久远的旧传统。判断有违文学常识，多因论者的"断代"短视而致，只看到当代，看不到古代，看不到前人，当然会有妄论频出。我们曾有容得下浪漫与现实、出世与入世并存的审美格局。人们不会因为杜甫而否定李白，不会认为白居易的《卖炭翁》与《长恨歌》格格不入，不会因为苏轼而轻视柳永。杜甫有激愤，"生女犹得嫁比邻，生男埋没随百草。君不见，青海头，古来白骨无人收"（《兵车行》），也有情长,"香雾云鬟湿,清辉玉臂寒"(《月夜》),大情怀并没有抹杀小情怀的价值。有识者不会因为题材之大小、作者之身份而断定诗文的高低,譬如王国维之论李煜,"南唐中主词'菡萏香销翠叶残,西风愁起绿波间',大有'众芳芜秽''美人迟暮'之感。乃古今独赏其'细雨梦回鸡塞远,小楼吹彻玉笙寒'。故知解人正不易得"(《人间词话》)。这样的例子,举不胜举。基于审美的选择,与基于出身的判断,结论大相径庭。容得下浪漫与现实、出世与入世并存的审美观姑且称之为"和"的审美观。"和"的审美观,既强调德行,也尊重美,美善统一,善不必然高于美,美也不必然高于善。"和"的审美观,对城市经验很坦然,认可城市文学的审美及伦理价值。但"争"的审美观改变了旧传统,建构了现代新传统。"争"的审美观,对城市经验并不持坦然姿态,知识人聪明地引入了"罪恶"的观念,运用道德之罪而非宗教之罪①,对文学的高低做出了区分,进而为思想文化的阶级斗争埋下了伏笔。老子、孔子等古代思想家最警惕的"争"心,借现代性之力,游荡于世。旧传统被压抑的思想,一有机会,必然发作。

"和"的审美观,断裂于清末民初的系列文学变革。清末民初对前人的否定更为激烈,尽管梁启超、胡适所借用的大多为传统资源,但至少从观念、方法及表达上,对传统资源进行了改写,这种改写很大程度是通过否定来完成的。"进化"的选择,不能用好坏去评判,只能说时势使然,无可奈何。清末有亡国亡天下之忧,民初的知识人则在此基础上,多了苦难感与仇恨心。悖论的是,前者的启蒙色彩更浓厚,后者的救亡色彩日渐加重。黄遵宪倡"诗之外有事,诗之中有人"(《人境庐诗草自序》)。裘廷梁1897年用文言文写成《论白话为维新之本》,论及白话之八益,其中,"八曰便贫民:农书商书工艺书,用白话辑译,乡僻童子,各就其业,受

---

① 道德定罪之法其实也是传统手法。

读一二年，终身受用不尽"①。陈荣衮（陈子褒）直指文言祸亡中国，建议报章改用浅说。王照不惜开罪士林，自创"官话字母"，推广文字，欲让极钝之人亦能通文。梁启超在《论小说与群治之关系》中称，"欲新一国之民，不可不先新一国之小说"。清末士人强调语言的变革，主要是希望能让更多的人通文识字，意在开启民智。如果说清末士人看到了语言变革的迫切性，那么，民初的知识人则提出了更可行的变革办法。知识人最聪明之处正在于，借道德定罪之法，区分了文学的等级。胡适有预见性，他论文学的方法，第一点就提到"推广材料的区域"，称"官场、妓院与龌龊社会三个区域，决不够采用。即如今日的贫民社会，如工厂之男女工人、人力车夫、内地农家、各处大商贩及小店铺，一切痛苦情形，都不曾在文学上占一位置。并且今日新旧文明相接触，一切家庭惨变，婚姻苦痛，女子之位置，教育之不适宜，……种种问题，都可供文学的材料"②。陈独秀是善于提出口号之人，他的《文学革命论》，论说虽不严密，但革命的道德感鲜明。周作人③、钱玄同、刘半农等人没有特意区分阶级，但对白话文取代文言文的态度基本一致。这里面实际上也有一个"翻身"的逻辑。其中，胡适无意为之的苦难暗示，对后世文学的价值观影响最大。文学改良或文学革命的具体主张虽有差异，但在道德定罪这一层面，殊途同归，归罪于压迫者或生活无忧者，归罪于古人或贵族，都是试图在现世寻找罪恶的制造者。审判意识打破了"和"的审美格局，城市经验处于道德上的不利位置。家国的危亡、民族主义的兴起、改朝换代的焦虑、西学的诱惑，是"争"的审美观兴起的大背景。

现代文学中的人与自我，背负着家国与民族的新道德现身。清

---

① 引自《清议报全编》卷二十六。《清议报全编》未注明作者，仅标明为"无锡白话报"。
② 胡适：《建设的文学革命论》，见《胡适文存》（卷一），黄山书社1996年版。
③ 周作人由《人的文学》到《自己的园地》，对艺术与人生的关系有所变化，此处主要指周作人在《人的文学》中的看法。

末民初的知识人发现了现代意义上的人,发现了包括女人和小儿在内的人,这是思想史上的重大贡献。新道德加速了古典向现代的转变,但新道德也阻碍了文学在人与自我方面更彻底的探索,或者说,人的独立、人性的复杂、自我的完整远未得到充分的尊重与发现。人与自我的负重,从周作人及郭沫若身上可以看到。周作人受到 18 世纪英国诗人勃莱克(Blake)的影响,肯定灵肉一致的生活——实际上就是肯定"肉"与"兽性"对成"人"的不可或缺。周作人借人道主义违逆禁欲主义但又批判纵欲主义,肯定灵肉一致。这是《人的文学》最重要的思想建树,可惜人们多赞其人道主义的主张,并没有留意到肉身及兽性对人与自我的重要价值。周作人很快意识到人道主义的功利危险,不愿文艺沦为改造生活的工具,他退居"自己的园地",但这强调个性的"自己",最终受到了新道德的惩罚。周作人是发现人的现代先驱,同时也是背叛新道德的悲剧性人物。郭沫若于 1920 年 2 月初作的《天狗》,诗的全文不到 250 个字,一共用了 39 个"我"字。"天狗"由《山海经》发展到后来,已不是"御凶"的吉兽形象,而是一个令人恐惧、非善意的暴力形象。郭沫若以"天狗"喻"我",极度狂妄的"我",吞掉日、月、宇宙,这一自我形象完全颠覆了中国传统的天人关系,人凌驾于道、天、地之上。但《天狗》中这 39 个"我"的狂妄,又符合实用理性的逻辑——人是可以进化成神的,所有的世界,上界、下界等,都是按现世的模样来打造,"我"的狂妄,就来自实用理性。从这个角度来看,《天狗》也是有预言性的。《人的文学》与《天狗》,在人与自我问题上,极具象征意味。周作人与郭沫若不同的选择及际遇基本上可以说明,在现代文学的开端,知识人发现了现代意义上的人与自我,但人与自我并没有获取自身的独立价值。无论是乡土文学还是城市文学,表现人与自我时,都要受到新道德的制约。

乡土文学更符合新道德的趣味。乡土文学有如苦难的化身,20 世纪 80 年代以前,它借助苦大仇深的正义姿态成功地避过了道德定罪，80年代以来，它借助生生不息的活着哲学，成功地把乡村打造成受难者，乡村成为理想的乌托邦。毫无疑问，直至今日，乡土文学在"争"的审美观里占绝对的优势地位，乡土文学的写与评，借助生存苦难，完成了自身的升华，最大限度地实现了其神圣意味。乡土文学对应了知识人的良知，但无节制的同情心又使良知将乡村理想化，这正如梁实秋笔下的"不守纪律的情感主义"，这情感，不是经过"理性的选择"①。乡土文学中所附带的反现代性，成为禁忌话题，鲁迅笔下闰土那一声"老爷"所包含的沉重与复杂，从未得到更进一步的阐释。乡土是苦难的，城市是罪恶的，苦难是正义的，幸福是罪恶的，这是斗争哲学留给我们的思想遗产。这与其说是对苦难的肤浅认识，倒不如说是斗争对苦难的巧妙混淆。在新道德面前，乡土文学的控诉无所顾忌，城市经验的表达必须要借助升华才能获得认可。郁达夫是最突出的例子，他常用浮夸的抒情手法升华，如《沉沦》里的呼喊："祖国呀，祖国！我的死是你害我的！你快富起来，强起来吧！你还有许多儿女在那里受苦呢！"② 正因为这一呼喊，"我"的性放纵与沉沦、自我的辩护，才能够得到原谅。没有这一声呼喊，沉沦就无法神圣化。但这个中的逻辑是经不起推敲的，祖国不富强，个人要去沉沦就处处有歧视有欺负，那么反过来说，假如祖国富强起来了，个人的沉沦是否就名正言顺、正大光明了呢?！性苦闷与新道德捆绑在一起，有其尴尬的地方，但郁达夫以荒谬的呼喊暗示了极有价值的后续问题：假如祖国富强起来了，个人与自我的价值该如何判断。引而论之，不升华，不借无节制的情感主义，城市经验自身的存在价值何在？

这是新道德为后世文学尤其是城市小说设下的难题。尽管在"争"的审美观里，城市小说不占据优势地位，但城市经验迟早会

---

① 梁实秋：《现代中国文学之浪漫的趋势》，文中称"浪漫主义就是不守纪律的情感主义"，对无节制的同情心予以分析。文章见梁实秋《浪漫的与古典的》，新月书店1927年版。

② 郁达夫：《郁达夫选集》，开明书店1951年版。1921年5月9日改作。

重新成为文学表达的重要内容。按文体来看,小说对题材最敏感,标识性也最明显,所以,讲城市文学,核心部分还是城市小说。孟繁华在《建构时期的中国城市文学——当下中国文学状况的一个方面》① 一文中谈及文学潮流的新变,他认为以都市文化为核心的新文明正在兴起,"中国伟大的文学作品,很可能产生在从乡村到城市的这条道路上",但今天的城市文学也存在问题,譬如说没有表征性的人物,没有青春,面临纪实性困境等。按我的判断,孟繁华所说的城市文学问题,源头在新道德的传统里。城市文学得不到相应的重视,与"争"的审美趣味直接相关。

　　试图摆脱"争"的审美观的束缚,试图在新道德之外寻求小说的人文志趣,发生于20世纪90年代以后。此后,城市经验慢慢重回小说的中心,这一过程是新一轮的人与自我的发现。尽管80年代写城市题材的小说也不少,伤痕文学、新写实、先锋小说,都不乏城市题材,但80年代所背负的理想与道德,跟宏大的家国、民族与集体理想密切相关,小说借助这些理想,完成其经典化。"伤痕文学"迫不及待地为历史创伤拷打具体的犯人,"新写实"小说抒发斗争激情消退之后的苦闷与烦恼,"先锋小说"在语言形式上改变文学观念。从新道德的叙事话语来看,它们都承担了社会责任。至于80年代城市小说存在的问题,则是别话,在这里不展开。90年代至今,城市小说有重要的思想转变,其中最突出的,就是书写个人的尊严和自我的价值,文学思想由具体的家国、民族及集体理想向更超越的人文理想过渡,但城市小说至今未能完成自身的经典化,只有为数不多的小说突破新道德所设置的难题。更多的城市小说受困于自我主义,虽然许多小说并不是以第一人称叙事,但处处可见自我封闭的趣味。从"我"出发,是写作的起点,这本无可厚非,任何伟大的作品,都有"我"的影子,关键是

---

① 孟繁华:《建构时期的中国城市文学——当下中国文学状况的一个方面》,载《文艺研究》2014年第2期。

"我"的位置怎么放,"我"之外的心地有多宽。按传统的思想资源来看,伟大的作品,既有"我",又无"我","我"只是在道、天、地、人中居其一,"我"不会被道、天、地、人淹没,"我"也不会凌驾于万物之上,"我"有谦卑也有骄傲。但90年代以来城市小说中的"我",戒备心、受害心、反叛心、玩世心、享乐心太重,狂妄心不亚于《天狗》,以至于"我"的格局难以阔大。

自我主义本质上来讲是一种自我幽闭,具体而言,自我幽闭于日常生活的狭小空间。小说家的写作,多为世俗化的本能反应。不同于郭沫若向外的狂妄,自我主义是向内的狂妄。当下许多城市小说中的自我,是被道、天、地、人离弃的自我,是顾影自怜的自我,去高尚化,但又自以为是。自我封闭,也即与世隔绝,与历史隔绝,也与家国、民族、集体隔绝,这直接导致自我的矮小。所以,自我主义的写作虽"生活"于日常生活,但无论是向内(灵)还是向外(肉),见识都有限。

若论向外,自我主义的写作多偏爱物质与肉欲。自我主义续接了现代文学中的抒情、颓废、感伤等浪漫传统,但一些小说家对日常生活及世俗情感的理解之粗糙,令人吃惊。在这里,略举几种类型,以证此说。一些小说家极度贪恋物质生活,但他们笔下的物质,只是符号化的象征,没有生命的迹象:写茶叶,写不出茶树与水土的习性;写木头,写不出木头的年轮与质地;写戒指,写不出成色与尺寸;写咖啡,点到"星巴克"为止;写红酒,写不出品尝的最佳温度;写香水,写不出贵贱与个人气质;写香烟,写不出黄鹤楼与芙蓉王的味差;写美元,写到两眼发光为止。小说中尽是自我的感受,永远不会有物相与物性。欲望强烈,但落笔相当粗糙。人有人性,物有物性,物的生命比人的生命更长,自我的心地不宽,生活的视野狭窄,当然没有办法懂得物相与物性。以萧红为例,可见写作者用心与否,效果大不一样。萧红笔下的馒头里都有欢声笑语、酸甜苦辣,一个大泥坑都能照出世态人心①,这是因为萧红懂得物性,懂得人在这个世界上并不是孤绝的存在。城乡的人性与物性都是相通的。再如张爱玲,她笔下的一只碗、一个水壶、一张桌子、一个手镯、一面镜子、一缕烟雾等,任何一物,都是会"说话"、会传神的,人与物之间的暧昧关联,妙不可言。但谁又能说萧红与张爱玲作品里没有现代性?每一个写作者都有自己的个性,没有谁要求写作者写得都像萧红像张爱玲,但如果把自我隔绝于世,写出来的作品必然浅薄。卡夫卡看似隔绝于世,但他的大甲虫也有物质生活,也要吃喝拉撒,异化的另一面,是无时不在的日常生活。狄金森看似隔绝于世,但她并不是唯我独尊,她的诗中有他人、有情欲,她能以己身照生死。当然也有一些小说家热衷于在写作中炫富,但如果物质与精神无法沟通,这样的物质只会降低灵魂的高贵。再如肉欲,一些小说家在文字里纵情声色,小说的第一页男女已经在床上了,第二页男女估计到床底下去了,最后一页估计床已经不在了,通篇只有肉没有灵,可见写作者对肉身的理解非常肤浅。为什么这样的小说里,人不可能有尊严?玩世心、享乐心消解了肉身的严肃意味与悲剧意味。更激进的写作者,将"肉"当成反抗的武器,以缓解权力厌恶症。借"肉"书写戒备心、受害心、反叛心的,骨子里仍然是简单的二元对立——正义与邪恶的对立。滑稽的是,他们对邪恶的指控与反抗是通过女性身体的受难来完成的。拙文《性饶舌的困与罪》谈过这种困境:"今天的作家,也甚少考虑到,性饶舌对女性身心所犯下的普遍之罪。每一个性饶舌的男女作者,都会面临身体之写作问题,那么,你把女性身体放在什么样的位置——就当代作家的写作实况而言,这是不需要我去反复论证也不需要女性主义者出面指责的写作罪过,当人们在为性饶舌写作贴上反映性禁闭、反抗性压抑等虚大标签时,可曾想到过这样的乡野写作趣味也含有对女性身体的不义?!(还可以加

---

① 参见萧红《呼兰河传》,寰星书店1947年版。

上儿童的身体）这不是一个性别主义的狷狭话题，它就在'人'这一领域内，无节制的欢愉从本质上讲逃不开罪感，任何无节制的举止都会损害人的尊严。袒露感可以写了再写、没个尽头，但羞涩感是每放弃一点则消亡一点，有的东西一旦失去，就再难回头。"①二元对立不是人类社会的恒久现象，假如二元对立消失了，靠仇恨靠控诉而生的文学是否还有存在的价值，对此我感到怀疑。自我主义小说的"向外"之所以格局不大，就是因为其写作局限于有限的自我经验内。再论"向内"。也许有人会说，小说发展到今天，已经不可能像荷马那样写作，也不可能像福楼拜那样事无巨细地描写。这一说法有其道理，小说写作的确有向内转的趋势，那么，我们就来看一看其内心世界的表现。自我主义的小说写作，通常将内心活动简化为对话，形式类同于 QQ、微信等对话。对话体古已有之，文体没有任何可批判的地方，问题在这个对话，永远离不开"我"，就如郭沫若的《天狗》，怎么飞跑去吞日吞月吞宇宙，不是重点，重点在于那 39 个"我"字。将内心活动简化为对话，反复诉说自我经验，本质上是唯我独尊。自我主义的小说写作，对情感的理解也非常庸俗，基本上都是三人行、四人行等，剪去情节的枝蔓，剩下的，就只有一张床。物质、肉欲、性控诉、唯我独尊，都是自我幽闭的具体表现。但自我幽闭并不是简单的自我主观意愿，它本能地借用身体去反抗新道德与审美成见，是因为新道德与审美成见确实压抑了身体的权利，但商业的介入，又使得这种反抗肤浅无力。亚当·斯密论商业对人民习俗的影响时，有了不起的见解。他认为商业可以令人诚实和守约，"可是，也有若干不良现象是由商业精神中产生出来的。首先要提出的是它使人们的见识变得狭隘。在分工达到极点的时候，每个人只做一种简单工作，他的全部心思都放在这个工作上，除却这工作直接有关系的思想外，他头脑中没有别的。……当一个人的全部心思都用在一只扣针的十七分之

---

① 胡传吉：《性饶舌的困与罪》，载《小说评论》2009 年第 3 期。

一或一只扣钮的十八分之一的时候,见识必然更有限"①。物质的丰富给人们带来幻象,人们自以为无所不能,但实际上只要停水停电就足以摧毁个人的日常生活,物质的异化功能非常强大,个人的存在非常脆弱。个人在现代社会可以自主的事情实际上变得更少,个人在国家权力、商业精神面前变得更为渺小。小说家把握碎片容易,但要把握全景,就变得非常困难,"我"的格局不大,与此有关。

20世纪90年代以来,城市经验重回写作的中心。虽难获"争"的审美观认可,但这一趋势难以阻挡,现代化要来,城市经验就要来,城市文学就要来。如前文所言,这一过程是新一轮的人与自我的发现。与"五四"传统有别的是,家国、民族、集体的宏大理想仍然强大,但超越的人文理想也开始生发。城市小说的困境在于自我与世界的隔绝。自我主义者能看到自己的日常生活,却看不到他人的日常生活,能看到一点点当下,但看不到历史,能看到黑幕,但看不到人心的左右为难,自我主义者的见识短浅。为什么人文理想遥不可及?根本原因在于自我幽闭。

"争"的审美观、新道德能圈住大多数写作者,但总有小说家能够突围而出,摆脱自我主义的写作困境,譬如一些"新生代"②小说家,就能走出自我经验的局限。林白是从个人经验出发的小说家,她的《一个人的战争》有如女性身体经验的"人权宣言",铿锵有力、掷地有声,影响至今。但她没有停留于个人革命,她的《北去来辞》③,是文字知天命的杰作。小说的海红虽迷恋荒原,但那些促使她奔向荒原的精神动力来自城市,城市唤醒了不安的灵

---

① [英]坎南编著:《亚当·斯密关于法律、警察、岁入及军备的演讲》,陈福生、陈振骅译,商务印书馆2005年版。
② 一说为"晚生代",命名模糊,涵盖哪些小说家,没有定论。小说家自己也不愿意被归类,但为了叙述的便利,还是采用这些权宜的命名。本书的"新生代"所涵盖的小说家指20世纪90年代以后至今的成名作家。
③ 林白:《北去来辞》,北京出版社2013年版。

魂。"作为一个耽于幻想的人,即使没有真的动作,却也够她在脑子里翻江倒海,把自己折腾得奄奄一息"①,海红要离婚,但没有任何世俗回报,"但她必须经历一次人生的震荡,这对她的精神提升很有意义"②。这是林白不同于沈从文的精神发现。沈从文要在湘西建"希腊小庙",是要在乡下建构城市精神,空想成分大,希腊本来就是城邦,小庙又是东方物事,城邦世俗与宗教混同,幻觉意味强烈。但《北去来辞》反过来了:乡土的荒原既可能是生命的希望之所,也可能是生命的绝望之所,林白有意含混处理,但那精神的不安、那提升精神的可能,却明明白白来自城市。从《一个人的战争》到《北去来辞》,林白的精神气象,与日俱增。再如不太为文学界所重视但为思想界所重视的薛忆沩,在表达城市经验方面,有非常出色的表现。薛忆沩的短篇小说《流动的房间》③写人的无依无靠,知识、物质、身体都没有办法提供依靠给精神,"城市"有如时间,既让人放纵于其中,又告知人有"终"时,欲望与时间对峙,欲望最终要败下阵来。《流动的房间》也写"性",但薛忆沩将经验层面的快感最大限度地精简,让精神越过肉身的皮相,重回羞涩与自罪。其短篇小说集"深圳人系列"之《出租车司机》,取材于日常生活,但作者听到了内心的声响,领悟到生命的神圣。再譬如说魏微,她爱写小城镇,爱写干净的男女,也写乡村,她笔下的乡村有如城市的影子,白天活在阳光下,晚上倒在灯光下,永远分不开。魏微对每一样人事都用情极深,但从不以缠绵的面目示人,她愿意在人与人之间隔一层纱,这层纱是抵挡伤害的最后一道防线,这种保护手法每每令人难堪但能守住最后的尊严。魏微对人与情感的理解深邃动人,她的小说既温存又大气。这几个小说家当然不足以代表20世纪90年代以来城市小说的整体特色,

---

① 林白:《北去来辞》,北京出版社2013年版,第235页。
② 林白:《北去来辞》,北京出版社2013年版,第237页。
③ 收入薛忆沩同名小说集《流动的房间》,上海文艺出版社2013年版。

但就表现城市经验而言，林白、薛忆沩、魏微的小说极具个性，无论是向内还是向外，他们都有自己独特的精神发现，这些精神发现的灵感，许多来自城市，而不单是乡土。这些小说家不仅走出了自我，而且反过来让自我更丰富、更丰满。如果说90年代以来文学思想的新变在于对人文理想的追求，在于对人与自我的重新发现，那么可以说，这些小说家确实写出了新的精神气象。他们丝毫不亚于以乡土文学成名的小说家，但审美偏见遮蔽了文学新变的重要价值。

自我主义者所面临的困境，停留于小说写作的基本层面，要解开那39个"我"（《天狗》）的咒语，还要走很远的路。境界大的小说家也有困境，他们的疑惑在精神求救，他们的痛苦在精神疑惑没有标准答案，这种困境是人本身的悲剧。每一种原生文明都有自己的生死之道。如李泽厚言，"人生艰难，又无外力（上帝）依靠（'子不语怪力乱神'，'敬鬼神而远之'等），只好靠自身来树立起积极精神、坚强意志、韧性力量来艰难奋斗，延续生存……中国思想应从此处着眼入手，才知乐感文化之强颜欢笑百倍悲情之深刻所在"①。文学要深刻，要伟大，最终还是要走到悲剧精神上来。

跳出"争"的审美观与新道德，观察城市文学，城市文学有其核心困境，但城市文学内含的思想新变及人文理想，值得研究。

二、20世纪80年代以来的城乡伦理书写变化

20世纪90年代以来，中国的文学创作，有一些新变。进入21世纪以后，新变之变，更趋明显。乡土叙事的强大惯性与道德排他性、主流评价体系之价值观的褊狭与武断、大众媒体趣味的媚俗与逐利、80年代的自我神圣化与叙述的经典化等，各种因素合力遮蔽甚至庸俗化了某些文学新变。基本上可以预测的是，一旦"当代"的浮华权威消逝，后人必有"重写"乃至"精写"文学史的

---

① 李泽厚：《波斋新说》，（香港）天地图书公司1999年版，第219–220页。

举动。

40 年代末至 70 年代后期，文学"一体化"的大势下，革命文学的价值趣味发生了根本性的变化。70 年代后期至 80 年代中期，文学创作有相当明显的创伤感，批评话语之间的冲突，批评话语对现代写作趣味的巨大分歧，无一不反映出创作与批评转型的困难。这种转型的困难有其历史渊源。

1923 年前后发生的中国左翼文艺运动，在 1928 年的"革命文学"论争中得到壮大。1930 年 3 月 2 日，"左联"成立，并承认鲁迅的领袖地位。这些带有政治意味的策略与行动，暂时终止了左翼政治趣味与文学趣味的表面冲突。但事实上，两者之间的内在思想冲突一直延续至今。其中，歌颂光明与揭露黑暗之间，一直很难互相妥协。宗派之争、权力之争这些说法，远远不足以解释政治与文艺之间的关系。吴中杰的论证为这一论题提供了很好的思考角度。吴中杰借"抗战时期延安文艺界的两派"这一论题，梳理了所谓"歌颂派"与"暴露派"的历史渊源，其中，在论及"革命文学"论争时，吴中杰指出鲁迅与左翼"革命文学家"之间的分歧，"'革命文学家'要求作家们去写无产阶级革命斗争，写革命的英雄人物，而鲁迅则提倡作家要写自己熟悉的题材，不要去硬造那种突变式的'英雄'。这里包含着对文学社会作用的不同看法：'革命文学家'是从政治宣传的需要出发，用突变式的英雄来鼓动人心，而鲁迅则是从启蒙主义出发，所以他要'揭出病苦，引起疗救的注意'。这也就为日后的'歌颂光明'与'揭露黑暗'之争埋下了伏笔"[①]。如果说 20 年代及 30 年代早期，"歌颂派"与"暴露派"的队伍归属和政治分歧还不算特别明朗的话，那么，到了延安时代，"歌颂光明"与"暴露黑暗"的立场及分歧就明朗清晰了，随之，"歌颂派"与"暴露派"之间的胜负在延安整风运动之后也基本上确定。"文革"后，美籍华人学者赵浩生以记者的身份

---

① 吴中杰：《抗战时期延安文艺界的两派》，载《当代文坛》2012 年第 5 期。

采访周扬,写下"访问记"《周扬笑谈历史功过》。此文原载于香港《七十年代》月刊1978年9月号,后转载于《新文学史料》1979年第2期。周扬的说法可验证延安时代的两派之争,"当时延安有两派,一派是以'鲁艺'为代表,包括何其芳,当然是以我为首。一派是以'文抗'为代表,以丁玲为首。这两派本来在上海就有点闹宗派主义。大体上是这样:我们'鲁艺'这一派的人主张歌颂光明,虽然不能和工农兵结合,和他们打成一片,但还是主张歌颂光明。而'文抗'这一派主张要暴露黑暗。所以后来毛主席在文艺座谈会上的讲话说现在延安在争论歌颂光明还是暴露黑暗,毛主席对这个争论做了很深刻的解答说,他们尽管有争论,但在跟工农兵的关系这个问题上都没有解决"①。毛泽东《在延安文艺座谈会上的讲话》(以下简称《讲话》),为两派之争下了定论,"'从来的文艺作品都是写光明与黑暗并重,一半对一半'。这里包含着许多糊涂观念。文艺作品并不是从来都是这样。许多小资产阶级作家并没有找到过光明,他们的作品就只是暴露黑暗,被称为'暴露文学',还有简直是宣传悲观厌世的。相反地,苏联在社会主义建设时期的文学就是以写光明为主。他们也写些工作中的缺点,但是这种描写只能成为整个光明的陪衬,并不是所谓'一半对一半'。反动时期的资产阶级文艺家把革命群众写成暴徒,把他们自己写成神圣,所谓光明和黑暗是颠倒的。只有真正革命的文艺家才能正确地解决歌颂与暴露的问题。一切危害人民群众的黑暗势力必须暴露之,一切人民群众的革命斗争必须歌颂之,这就是革命文艺家的基本任务"②。几乎可肯定的是,"揭露派"自1942年延安整风运动之后,渐渐失去其言说的空间。"歌颂"在1942年之后的延安以及1949年以后的中国,事实上成为文学的重要"生存"方式,也几乎可以说,是文学的主要"生存"方式。当然,

---

① 赵浩生:《周扬笑谈历史功过》,载《新文学史料》1979年第2期。
② 毛泽东:《在延安文艺座谈会上的讲话》,解放社1950年版,第37-38页。

在"一体化"的文学格局里,也有不同于"歌颂"的文学声音。文学的本质决定了文学可能会消失,但不可能完全"一体化",毕竟文学的出发点是个体的人,每一个个体不仅表达方式有异,领悟能力及创作趣味也不一样。由"揭露"与"歌颂"之争,最后以"歌颂"得胜而暂时告终。本书无意追溯揭露派与歌颂派的历史渊源,在这里,主要是借"揭露派"与"歌颂派"之争,引出农民书写、城乡书写这一论题。毛泽东《讲话》明确提出文艺要为"人民大众"服务,"那末,什么是人民大众呢?最广大的人民,占全人口百分之九十以上的人民,是工人、农民、兵士和城市小资产阶级。所以我们的文艺,第一是为工人的,这是领导革命的阶级。第二是为农民的,他们是革命中最广大最坚决的同盟军"①。"农民"问题属于大格局里面的小格局。要理解城乡伦理的书写变化,离不开"揭露派"与"歌颂派"之争,甚至可以说,两派之争是城乡伦理书写变化的重要前提之一。

对"揭露派"与"歌颂派"之争,从宗派、权力、等级制度等层面去阐释的论说不少。假如撇开政治学的解释,以精神考据的办法,回到文学的本体,也许可以看到宗派、权力及等级制度之外的文学及其观念变化史。"揭露派"与"歌颂派"在农民的具体写法上,是有巨大差异的。"揭露派"笔下的农民,在书写逻辑层面必然被建构成为被拯救者、被启蒙者、受难者、被压迫者等,当然,也免不了成为揭露的对象。被启蒙者本身就意味着愚昧,鲁迅笔下的闰土,还有身份模糊的阿Q,与革命者眼中的农民形象,是相违背的。在被启蒙者这里,显然生长不出现代革命所需要的英雄形象。"揭露派"从不缺少革命信念,但在揭露时,没有阶级禁忌,只有"人性论"式的判断,因此,揭露派冒犯了革命禁忌,从文学观念来看,两者之间的冲突,实际上是"人性论"与"阶级论"之间的分歧。权力说、宗派说掩盖了文学观念之间的冲突。

---

① 毛泽东:《在延安文艺座谈会上的讲话》,解放社1950年版,第13页。

"揭露派"对农民形象的塑造,当然在建构仇恨等方面是有效的,在革命的初期阶段是重要的,但长远来看,它远远不足以建构革命所需要的英雄和救世主形象。应该说,暂时得胜的"歌颂派"扭转了"揭露派"的整个书写趣味,农民从等待解放的身份转变为翻身者、解放者、革命者。翻身者、解放者、革命者这样的形象,一直到70年代末,都是书写农民的文学正道。翻身者、解放者、革命者的形象,从精神的层面提炼出农民这一身份的高尚性、神圣性和不可批判性。从精神层面来讲,革命者至少在叙事层面完成了自己的革命理想。理想与现实之间,必然有大的差距,但不能否认的是,1921年以后的中国革命,始终把调和工农差异、消除阶级差别定为其理想的一部分。可以看到的是,革命至少在理想主义层面,用阶级划分和财产变更等方式承认了农民尤其是贫下中农的尊严。但到了1978年以后,翻身者、解放者、革命者这些形象,跟社会转型一样,也要面临转型。翻身者、解放者、革命者的农民,不是不可以写——文学面对这些形象,实际上是大有可为,但中国的当代文学似乎辜负了这样的大历史。晚清以降的中国历史与现实,包含着非顺延式的现代化,包含着无穷无尽的变数,面对这样的历史与现实,无论是虚构文学还是非虚构文学,都应该大有可为。但在一定的历史时期内,文学选择了"揭露"或"歌颂"的"生存"方式,从大势层面简化了中国近现代史与现实,简化了人的世界。这种简化并不亚于卡夫卡式的"变形记",或者说,这种"简化"也是现代性的一种。"简化"与"异化",螺丝钉和甲虫,是现代性的不同面孔。回到农民形象的变迁上来,1978年以后,旧有的"以阶级斗争为纲"的革命写作模式,必然会发生变化,即使将来有作家写历史中翻身的、救世的、革命的农民,也必为之赋予不同于"以阶级斗争为纲"的内容,这一定是一个非常有写作前景、极具挑战性的文学空间。之所以要讨论农民的文学形象,是因为中国式的城乡话题,其起点不是城市,而是乡村,乡村的主体,就是农民。没有农民,城乡伦理就失去探讨的空间,从某种意义上来讲,都市性恰好是乡土性赋予的。对此,美国可以成为参照者。正如美国作家乔纳森·弗兰岑所观察到的那样,"在美国,就连中等收入者也买得起私人住宅,土地充足到每栋房子都能拥有私人宅院。社会分散也不单单是空间性的。雷布津斯基在美国早期历史中看出'一种令人震惊的靠向广泛的同一性的趋势',他还提到托克维尔于十九世纪三十年代走遍美国边远地区寻找'美国农民',结果只找到有书有报纸,讲'城镇语言'的开拓者。除了非裔奴隶和美洲原住民这种证明规则的例外,格兰德河以北没有农民这种身份,而农村与乡土味的这种分离,造就了独特的美国风情:欠缺都市性的都市风格"①。虽然当代的乡土叙事曲解并简化了中国传统,但乡土与中国农耕文明的密切度是不容否认的。恰好是中国农耕文明这种内化的乡土性,让中国的现代城市化很难摆脱乡土的指责与控诉②,但也正是这种乡土性,让中国的城市具备了所谓的都市性。

在整个社会调整实现远大理想的手段时,文学思想发生了相应的变化。延续"五四"精神之"对人的发现",后来被叙述为20世纪80年代文学思潮的主流。但实际上,在这一主流之外,还有别的重要的思想潮流,被后来的阐释学稀释掉了。如何消除工农兵的差异,如何消除阶级差异,如何消除贫富差距,这些在平等理念启蒙下的现代性与革命理想,仍然是贯穿中国现当代文学史的重要文学思潮。如果说"对人的发现"是不连贯的文学思潮,那么,世界大同的理想,就是没有中断过的文学思潮。只不过,"上山下乡"的理想主义最终转变为"进城"的理想主义。这些理想主义,

---

① [美]乔纳森·弗兰岑著:《如何独处》,洪世民译,南海出版公司2015年版,第166页。

② 乡土不完全等同于中国传统,农民也不能涵盖整个中国传统。"农村"这一表述,当然不能涵盖殷周以降、1912年以前的中国历史。无论是从"人性论"还是从"阶级论"出发,这类阐释办法都有其根本缺陷。但20世纪90年代以来的乡土叙事及其主流阐释学显然凭借"苦难"的排他性,建构了乡土完全等同于中国传统、城市化破坏了中国传统的文学观念。不得不说,这种叙事及其阐释趣味,有其取巧及短视的一面。

无一不是对"贫穷"与"苦难"的回答。"上山下乡"的理想主义将"贫穷"与"苦难"浪漫主义化,"进城"的理想主义将"贫穷"与"苦难"现实主义化,这种文学思潮,并没有完全摆脱革命的浪漫主义与革命的现实主义相结合的创作趣味。1978年以后,不少作家敏感地留意到社会转型对文学转型的要求,并做出了相应的创作反应。不少的写作者将农民"进城"视为重点书写内容。这种写作潮流,从本质上来讲,与知青"回城"的理想主义是一致的。但悖论在于,知青的"回城"是建立在控诉"四人帮"的基础之上的,如卢新华的《伤痕》,就是典型的回城控诉文学。反过来看,如果到农村去成为知青受难的象征,那么,"伤痕"文学以及"知青"文学是否也含有对农村的道德判断?"伤痕"以控诉立身,恰好遮蔽了另一重精神趣味,作品里所呈现的视角,并没有把农村当成是多么完美的去处,但"控诉"的策略成功地避免了人们对单一道德趣味的深究。之所以说农民"进城"的写作趣味与知青"回城"的写作趣味异曲同工,就是因为在这些叙事策略里,农民及乡村的文学形象已在事实上发生了变化,作为革命者、解放者、救世主、翻身者的农民形象,在事实上已经发生了变化。农民"进城"的叙事虽然没说农村的好,但也没想尽办法美化乡村——浪漫化乡村,是由浪漫派乡土文学来完成的。把这一逐渐变形的脉络理清楚,就不难发现,为什么90年代以后农民被虚构及非虚构文学书写为"社会底层"。由此可见,消除工农差异的理想,在城市化进程中,实实在在地遇到了挫折。

农民"进城",成为作家书写的重要内容。其中,高晓声、路遥、东西这三位作家的作品,非常有代表性。如果说高晓声"陈奂生"系列小说和路遥的《人生》及《平凡的世界》开启了农民"进城"的理想主义(尤其是高晓声,对农民的命运变化,留意得早,反应得快),那么,东西的长篇小说《篡改的命》,则对80年代以来的"进城"理想主义做了寓言式的终结。

关于农民"进城"的主题叙事,为数不少。山东师范大学的翟雯，在其2015年提交的硕士学位论文《1980年代"乡下人进城"小说叙事内容研究》的附录里，附上《1980年代"乡下人进城"小说篇目（节选篇目，非全选篇目）》，共176个条目，篇目目录以高晓声《陈奂生上城》（原载《人民文学》1980年第2期）始，以路遥《平凡的世界》（第三部）（原载《黄河》1988年第3期，中国文联出版公司1989年版）终①。由小说的数量与发表的时间跨度判断，"乡土"叙事之盛，并非始于90年代末。只不过，80年代的"进城"叙事与21世纪以来"回归传统"的"乡土"叙事，在精神趣味上有着巨大的差别。尽管两者在叙事逻辑上有因果之关系，但在精神选择上，两者是不一样的。80年代的"进城"叙事，其理想主义色彩并不亚于"对人的发现"思潮的理想主义，其重要性也不亚于以先锋著称的现代主义思潮。80年代的农民"进城"叙事，是中国现代文学思潮史的重要组成部分，将其单纯地纳入乡土叙事，是将问题狭窄化的阐释策略。农村"进城"文学的整体叙事水准可能逊于90年代以来的乡土叙事，但从叙事视野及预见性眼光来看，农村"进城"文学要"大"于90年代以来的乡土叙事，二者虽有因果关系，但在精神选择上，有大的差异。90年代以来的部分乡土叙事尤其是非虚构文学，把"进城"狭窄化为逃离故乡，进而推导出无法还乡的城乡对立之单一主题。在文学的精神版图里，这种写法既是自我固化的反映，也是控诉文学的当代异化。

高晓声非常敏感，他很早就意识到农民及城乡伦理的变化，并试图为这种剧变提供相对完美的答案。高晓声借用美德和感情这些传统办法，讲述了一个个城乡和解的故事。他的"陈奂生"系列以及《李顺大造屋》，如按文学的艺术趣味来看，未必经得起推敲，但高晓声的叙述真诚而有预见性，他用非常体面而传统的方式

---

① 参见翟雯《1980年代"乡下人进城"小说叙事内容研究》，山东师范大学硕士学位论文，2015年。

维护着那信仰般的朴素信念。说到底，"歌颂光明"取代"揭露黑暗"成为主流的叙事传统，也是出于"信仰"。1979年针对《伤痕》等小说而起的"歌德"与"缺德"之争，与其说是"左右"之争，倒不如说是信仰受到冲击之后的痛苦反应。讨论80年代的文学思潮，不应该忽视高晓声的创作。80年代初，高晓声共写了五篇陈奂生的小说，包括《"漏斗户"主》①《柳塘镇猪市》②《陈奂生上城》③《陈奂生转业》④《陈奂生包产》⑤，此外，《李顺大造屋》⑥也是饶有趣味的小说。《"漏斗户"主》《李顺大造屋》《柳塘镇猪市》这三篇小说，可以放在一起讨论。与其说高晓声在这三部小说里书写了农民（乡村）的脱贫，倒不如说高晓声直接写出了乡村农民对衣食住行的基本诉求。这种写法恰好延续的是"歌颂光明"的大传统，但同时，高晓声为"歌颂光明"的文学传统增补了物质书写，正如《"漏斗户"主》里面的陈正清所说，"现在的'革命'是纯精神的，非物质的"，"陈奂生"系列从物质书写的层面回应了"粉碎'四人帮'"的历史剧变。有田种有粮食分（《"漏斗户"主》）、有瓦遮头（《李顺大造屋》）、有肉吃（《柳塘镇猪市》），这些实实在在的世俗理想，基本上由陈奂生和李顺大这样的个体来抒发。高晓声写得很巧妙，他直接写"贫穷"，但回避了对"贫穷"的追问，同时，他为"贫穷"赋予了让人乐观的希望。对现实主义来讲，"贫穷"是无法回避的问题。对此，高晓声谨慎地把"贫穷"视为单个现象而非普遍现象。《"漏

---

① 高晓声：《"漏斗户"主》，载《钟山》1979年第5期。张春红先后在《常州工学院学报（社科版）》发表《高晓声文学年谱》（2014年第2期）、《高晓声文学年谱（续1）》（2015年第5期）、《高晓声文学年谱（续2）》（2015年第3期），年谱编至1992年，未完待续，这一年谱为高晓声及其作品研究提供了必要的资料准备。
② 高晓声：《柳塘镇猪市》，载《雨花》1979年第10期。
③ 高晓声：《陈奂生上城》，载《人民文学》1980年第2期。
④ 高晓声：《陈奂生转业》，载《雨花》1981年第3期。
⑤ 高晓声：《陈奂生包产》，载《人民文学》1982年第3期。
⑥ 高晓声：《李顺大造屋》，载《雨花》1979年第7期。

斗户"主》尤其明显。高晓声只写了陈奂生一个漏斗户,"他(陈奂生)力气不比人家小,劳动不比别人差",可是"年年亏粮,越亏越多",成了漏斗户,新时期到来之后,到年底分粮食的时候,队长第一个分给陈奂生,"这时候,人群忽然静下来,几百只眼睛静静地看着陈奂生,让路给他走上来,好像承认只有他有权第一个称粮"。这样的安排当然无法自圆其说,但不得不承认,这种看似逻辑不通的安排,很有冲击力。比陈奂生境况好些的村民,他们的面目是模糊不清的,既然大家的力气与劳动都差不多,那么,为什么那些村民的境况比陈奂生要好些?高晓声不问这个为什么,也不写陈奂生为什么穷,这里面的这个"不问""不说",恰好是最具冲击力的隐喻。《李顺大造屋》同样是这个手法,高晓声只写李顺大的穷及建房子的执着,其他村民的面目在总体上是模糊的。事实上,高晓声只要写出"贫穷"这个意象,只要敢道出"贫穷"这种现象,就足够有冲击力了。在某种程度上,写出"贫穷"要比控诉"四人帮"的"伤痕文学"更有力量。显然,没有任何一种现代社会把"贫穷"当成是社会整体的奋斗理想,"贫穷"只有成为个人的自觉选择或被牺牲精神高尚化或因天灾所致时,才是难以辩驳或无法辩驳的。求富的商业精神,本身即是现代性不可或缺的内容。高晓声节制的地方在于,他延续了"歌颂光明"文学传统内的革命信仰,他相信有办法能让"贫穷"维持体面,同时,他深谙革命的精神信仰(革命的本质是乐观主义,尤其是进化论主导下的革命,必然相信明天更美好),所以,高晓声为"贫穷"预设了美好前程。这一预设是通过两个办法实现的,一个是赞美农民的美德,一个是强调工农之间的感情。勤劳、肯吃苦、节俭、老实、讲良心等这些美德,是农民的立身之本,歌颂美德,是保全贫穷农民的重要办法。高晓声借用美德与感情衍生的伦理道德,构建了城乡之间不可分割的伦理关系。《陈奂生上城》《陈奂生转业》《陈奂生包产》写了进城,也写了返乡。在进城与返乡的轮回中,高晓声有一个朴素的写作理想,那就是,无论如何,陈奂生的美德和自尊心不能丢。文学不属于政治学范畴，写作者没有维护人之权利的义务，但人的尊严却是文学义不容辞所要考虑的问题。在这一点上，"陈奂生"系列是充满善意的。正是基于善意，他笔下的城乡关系，不是立足于城乡二元对立的基础上，而是试图用感情唤起城市的良知，树立乡村的尊严。《陈奂生上城》《陈奂生转业》《陈奂生包产》三个小说里有一个关键人物——吴书记。吴书记与乡村有感情联系，这是中国现代化过程中，革命弥合工农及城乡差异的部分结果。"上山下乡""接受贫下中农再教育"等运动，虽然造成不少悲剧，但也不能否认，通过"体力劳动"这个办法，有些知识分子及干部确实跟当地的农民结下了深厚的感情。陈奂生与吴书记之间的感情，是基于这个大背景的。第一步，陈奂生因吴书记的关系，坐了汽车，还住了五块钱一晚的"高级房间"，陈奂生赚了点钱，但还远远不够，在城里享受过，这才叫体面。第二步，陈奂生因吴书记的缘故，成功帮厂里拿到材料，成为工厂的大功臣。第三步，陈奂生放弃吴书记的帮助，决心靠自己立身，"陈奂生醒过来了，他果然没有再去找吴书记。想着包产以后，只要勤快、肯学，总能赶上大家的。他记得，从前的油绳，自己也不会做，也不会卖，都是向人家学来的，难道以后倒反不能学了吗?!于是，陈奂生又信心十足了"(《陈奂生包产》)。拥有权力的城市并没有忘恩负义，乡村没有失去独立性，乡村的美德也能够创造富裕的明天，这是高晓声的理想主义。高晓声强调农民的美德，用感情维系城乡之间的伦理关系。这是道德哲学式的书写，它对叙事逻辑基本上不管不顾，但它能以善的意志取胜。高晓声笔下的城乡伦理，所延续的是以感情为核心的革命伦理，这种同志感情，超越血缘关系，以乐观和理想主义见长。

高晓声用美德留住乡村，路遥在姿态上捍卫农村（革命的姿态），在骨子里疏离乡村（中国式现代化的诉求）。两者的价值观及写作趣味，实有大的区别。路遥对城乡问题尤其敏感，他是一位非常纯粹的革命小说家。当代读者对路遥小说之励志精神的挖掘，遮蔽了路遥极其虔诚的革命趣味和极其敏感的政治触觉。路遥可能是 80 年代以来，最善于贯彻毛泽东《在延安文艺座谈会上的讲话》精神的革命小说家。

他最擅长模式化的抒情写作。他动用的感情，有别于高晓声笔下的同志感情，路遥更偏爱男女之间的感情。如果说高晓声是借用"上山下乡"的前因，创造城乡结合的感情，那么，路遥则擅长运用爱情的方式来弥合城乡之间的裂痕。虽然《系心带》① 这样的作品也强调知识分子与人民之间的感情，但表决心的意图要大过他对这种感情的重视。《人生》②《在困难的日子里》③《平凡的世界》④ 等小说，可看成是路遥"进城"叙事的代表作。小说里面隐去了阶级斗争及战争场面，但深究起来，这些小说，其实是最正宗的"红色经典"，小说的主要趣味仍然是"革命＋恋爱"式的。只不过，这里的革命志趣，在于无时无刻不强调平等。高加林与黄亚萍、马建强与吴亚玲、孙少平与城市女性们之间的情爱交结，看似是儿女情长，实际上是路遥对城乡平等的诉求。这是"红色经典"的经典手法：时刻升华世俗生活，警惕生活的世俗欲望，为生活赋予革命性，以革命性"解放"庸常生活的琐碎与无趣。90 年代以后，"平等"的思潮稍嫌暗淡，革命激情消退，"活着"渐渐成为重要的思想趣味，此为后话。路遥对城乡"平等"的执着与向往，是其革命色彩最浓厚的地方。

路遥的叙事是挽歌式的，骨子里浪漫而悲观，但一定要在姿态上获得"胜利"。路遥的"进城"叙事，有套路。小说的主人公高加林、马建强、孙少平，都是识字的农民，这样的安排，显然是在搭进城的梯子。后来的非虚构文学，显然不再把农民读过书与否当

---

① 路遥：《系心带》，载《上海文学》1979 年第 11 期。
② 路遥：《人生》，载《收获》1982 年第 3 期。
③ 路遥：《在困难的日子里》，载《当代》1982 年第 5 期。
④ 路遥：《平凡的世界》，第一部载《花城》1986 年第 6 期，第二部由中国文联出版公司 1988 年出版，第三部载《黄河》1988 年第 3 期。

成叙事中多么重要的细节来写。强调读书，反映了路遥的潜意识：不识字的农民，"进城"几乎是不可能的，无论是通过招工进城还是考大学进城，无论是走"前门"还是走"后门"，读过书是"进城"的必要条件。在这"进城"的过程中，农村不能受侮辱，农村再穷再苦，都不能受城市侮辱和轻视，但摆脱侮辱的办法，不是真正地返乡，而是进城。至于进城之后，孙少平们的农村变成什么样子，路遥其实并不太上心，晚些时候发表和出版的《平凡的世界》，在回望农村时，姿态略微改变，但骨子里的悖论还在。不说城市的好话，但一定要进城，不说农村的坏话，但只要有可能，主人公都绝不愿意回到农村，而那结局，无一例外地，都有一个光明的类似宣誓的神圣场景。高加林更像是一个没有城市户口的城里人，"他从小娇生惯养，没受过苦，嫩皮嫩肉的"，高中毕业没考上大学，当了三年民办教师，"亏得这三年教书，他既不要参加繁重的体力劳动，又有时间继续学习，对他喜爱的文科深入钻研"，"他虽然从来也没鄙视过任何一个农民，但他自己从来都没有当农民的精神准备！不必隐瞒，他十几年拼命读书，就是为了不像他父亲一样一辈子当土地的主人（或者按他的另一种说法是奴隶）"（《人生》）。路遥策略性地避免了歧视性的论断，他只需要诉苦就够了。高加林"进城"的欲望，来自对农村的恐惧感，这里的恐惧感，当然也包括对娶一个农村老婆的恐惧心。由此可知，路遥的平等诉求，是有条件、有选择的平等，从严格意义上来讲，这个平等当然是经不起推敲的。高加林回到了农村，但如果没有人举报，高加林不可能回到农村，高加林的良心发现，是走投无路之后的良心发现。《系心带》里的李稼夫，经农村"劳动改造"后，最后怀着罪感离开农村，对农村抱有罪感，但坚决回到城市。《在困难的日子里》，最后是城里的同学放下了对马建强的歧视，城乡和解，"我拉着伙伴们的手，唱着亲爱的《游击队之歌》，走向县城，走向学校，走向未来"。孙少安道出《平凡的世界》的基本价值观，"是因为世事变了，咱们才有这样的好前程。如今，少平和金波都当了工人，兰香和金秀又考上了大学。真是双喜临门呀！"（《平凡的世界》第三部），"城市"而非"农村"才意味着美好前程。《人生》和《平凡的世界》是路遥最有影响力的作品，这些内含矛盾冲突的文本，反映了路遥以骨气和意志取胜的城乡伦理观。以体力劳动为核心生活方式的农村，在路遥的"进城"叙事模式里，成为苦的根源与化身，城市成为一个可以任意谴责的对象，与此同时，悖论也清晰化，城市虽为千夫所指，但城市仍然是农村投奔的理想之所。从1949年以来的历史看，这种"进城"的趣味，是文学新变的重要表现。革命理想发生了变化，革命由劳动改造灵魂为目标，渐渐转变为摆脱贫困奔小康共同富裕为目标。"以劳动改造灵魂"的革命理想，在体力劳动者身上寄予厚望并试图以此弥合城乡差异的革命理想，成为一个思想悬念。这里的文学新变，就是文学对"以阶级斗争为纲"到"以经济建设为核心"之大势的反映，它反映了革命理想的自我调整。由此可见，路遥确实是政治触觉极其敏锐的革命小说家。其文本本身的荒诞性，刚好对应了现代社会的两个乌托邦之想：一个是平等的幻象，另一个是将城镇化等同于现代化的幻想。这就能解释，为什么路遥能长久地获得民间读者的拥戴。这种力量不是文学本身发出来的，而是理想主义发出来的。"绝大多数"将取得"胜利"，这是现代的命运。

　　情感、德行、良心，都是传统社会留给现代中国的道德哲学。以情感和美德弥合城乡差异，以良心缓解劳力者与劳心者之间的冲突，高晓声和路遥以理想主义的方式，虔诚而巧妙地阐释了现代以来的大同理想。东西的长篇小说《篡改的命》[①]续接了20世纪80年代以来的"进城"叙事传统。在"无法还乡"的现代哀愁面前，东西执着地要"进城"。东西以极端的进城故事和寓言般的方式，质疑甚至是终结了"进城"叙事的理想主义。东西所选择的，也是传统的办法：他由血缘关系入手，戏剧性地隐喻了城乡伦理的变

[①] 东西：《篡改的命》，上海文艺出版社2015年版。

化，同时对现代性进行了尖锐的批判与深刻的反思。周公创制以来，在儒家的推动和创造性发挥之下，以血缘关系为核心的宗法制及等级制不断完善，可以说，讨论传统社会的礼治与法治，都离不开血缘关系这一出发点。看清楚血缘伦理的建构、完善与变异，就基本上能把握住中国社会的大势。莫言的长篇小说《蛙》以计划生育为题材，发出来的叹息无非是由血缘关系驯化的人伦道德在现代社会的没落。《篡改的命》从血缘伦理出发，审视城乡关系的变迁。东西为汪长尺的儿子篡改了血缘关系，让农村的后代通过收养的方式进城，以此更改人的命运——不仅乡村人的命运改了，城里人的命运也变了，这是东西卓有见识之处，他并不寄望于农村的美德以及城市的良心，在一个"后悔"很稀薄（《后悔录》）、"忏悔"难生根的土地上，悲剧是整体性的，没有哪一个城乡会幸免于难。《篡改的命》的进城故事，是极有气势的追问。汪长尺本来可以通过上大学进城，但被人冒名顶替，父亲汪槐要为他讨回公道，结果示威不成，还把自己摔成残疾，家里背了一身的债，别说读书了，活下去都成奢望，无形之手篡改了汪长尺一家的命运。这一篡改反而激发了汪长尺进城的欲望。只不过，他不再奢望考大学进城。高考也是体力活，那天赋的智商终有一天会被地上的饥饿拖垮。地上的庄稼生不了钱，父亲的病没钱治，唯有进城找钱。在城市所有藏污纳垢之所，汪长尺寻找生存的可能性，帮人讨债、替人坐牢，不断突破底线，合法的不合法的、合道德的不合道德的，都做。贫穷和欲望一点点消磨掉人的骨气和美德。赤手空拳来到城市，没有城市户口的"准入证"，无论男女，能进入城市交易所的，就只有暴力、苦力和皮肉。但现代社会，暴力早已升级换代，单个的个体再强壮，也无法真正以暴力长久地立身，苦力与皮肉则早已被城市的工商业精算到尽。由卖苦力到卖皮肉，卖无可卖的时候，汪长尺把儿子汪大志偷偷放到城里人林家柏和方知之的家门口。不出意外，林家收养了汪长尺的儿子，乡村的汪大志变成了城里的林方生。最后，汪长尺以自杀换取了儿子的"永久"幸福。

更惨烈的是，林方生成年得知真相后，销毁了所有的卷宗与照片，亲手埋葬了自己的出生秘密，从情感上彻底切断了自己与乡村的联系。中国现代文学史上的"孽子"，多多少少都有创建新社会的担当与梦想，父亲与"孽子"之间，更多的是旧与新的冲突。《篡改的命》笔下的林方生，比"孽子"走得更远，他是"弑父"的象征，也是自戕的幻灭者。《篡改的命》有其局限，譬如过于依赖新闻事件，语言趋时，戏剧化冲突减弱真实度，对城市存有道德厌憎与偏见，等等。但《篡改的命》看到了人的"消失"——人活着活着就没有了。人的尊严没有了，无论是城市还是乡村，都没有尊严了。为什么在平等与城镇化的理想召唤下，人会没有了？人为什么会卑微到这种地步？这是《篡改的命》最有力量的追问。由此看，《篡改的命》并不是简单粗暴的诉苦文学。《篡改的命》虽始于"进城"叙事，但东西最终摆脱了城乡二元对立的思维模式，最有可能完成革命理想（消除城乡差异）的平等与城镇化。由理想主义进化为乌托邦之想，在反思城乡伦理变迁和现代性问题上，东西走得很远。

由高晓声、路遥、东西三位作家的遥相呼应，基本上可以看出，80年代的"进城"叙事，有其独特的地方。这些城乡伦理书写，有别于90年代以来的主流乡土叙事。可以说，这些城乡伦理书的书写变化，更深地触及了现代革命史上的诸多思想悬案，譬如光明和黑暗、平等与现代性等。

90年代以来的乡土叙事，更多的是一种中国式的现代哀愁，诸如无法还乡（"无法还乡"本是一种普遍的现代病，但中国化的"无法还乡"比一般的现代病更为复杂），将乡村浪漫美化（人与自然之关系的现代异化），将乡村等同于传统等思绪（历史虚无主义趣味），将城市等同于罪恶（城乡二元对立论），等等。不可否认的是，这些现代哀愁，很大程度上是基于乡村破败的现实而发，那些出于真正人道主义精神的善意，尤其值得敬重。但面对如此惊心动魄的大历史，仅仅只有"无法还乡"式的现代哀愁反应，仅仅只有控诉式的诉苦文学,远远不够。由此,回到 80 年代,梳理被主流文学思潮遮蔽的"进城"叙事文学思潮,在现代革命理想的视野下,思考城乡伦理的变迁,有助于摆脱单一的文学道德趣味。事实上,贫穷的农村之外,也有不少一夜暴富或勤劳致富的农村,它们与士绅传统及宗法制传统有着千丝万缕的关系,这些现实,往往被单一的文学道德趣味漠视,脸谱化的农村书写相当普遍。当诉苦成为排他性的叙事趣味时,其他不写苦的城乡叙事,便变得十分尴尬。平等的激情遇挫,"苦难"当道,"活着"便成为压倒性的、不可辩驳的价值取向。由"苦难"推导出来的"最低限度地活着",借助于生生不息的生命力哲学,大行其道。这是正在发生的文学新变。

三、《篡改的命》见证革命创伤

东西是一个难以归类的小说家,他非常善于在"现实主义"中表现"现代主义"。他的小说题材现实,手法现代,这使得他既没有 80 年代末 90 年代初兴起的"新写实主义"那么"实",也没有 80 年代中后期崛起的"先锋小说"那么"虚",以至于文学史书写,通常只能通过强调"广西"之地域性来谈论作家东西。但这种归纳法,可能会遮蔽东西的独特性。东西不是借流派或思潮脱颖而出的,他最大的"力量"与特点,就在其独特性。如果一定要冠之以所谓的"主义",倒不如称其为"荒诞现实主义",不是再现式的现实主义,而是表现式的现实主义,东西的独特性在这里。刘志荣的论文《近二十年中国文学中的荒诞现实主义》[①],对"荒诞现实主义"的词源及文学例证有所论证。刘志荣所举的主要例证为莫言、阎连科、王小波、余华等人的部分作品,在论证中,"荒诞"二字得到了强调。顺着这个话题延伸,如果把东西也纳入"荒诞现实主义"中,我觉得东西还是有他的独特性所在。如果说

---

① 刘志荣:《近二十年中国文学中的荒诞现实主义》,载《东吴学术》2012 年第 1 期。

莫言等作家的趣味在于让现实变得荒诞，那么，东西则是反其道而行之。东西笔下的现实是这样的——现实本来就非常荒诞，小说远远不如现实荒诞，东西写出了现实的荒诞性。东西的重点，还是"现实主义"，东西的情怀，还是"现实主义"。很多作家写出了现实，但写不出其荒诞性，东西突破了这个局限。没有现代主义的手法及其洞察力，作家是很难写出现实的荒诞性的。正如没有现代主义的介入，古典的世界难以真正地"复活"，道理一样。这恰好是东西与其他"现实主义"或"现代主义"作家的重大区别，东西不前不后，他走在中间，后者看他不够先锋，前者觉他不够革命，所以，很多时候，文学史书写之固守成规的观念与做法，会遮蔽东西的爆发力与杀伤力。但事实上，东西是少见的能写出力量的当代作家。

以孤胆英雄之势，"杀"入文坛，能否立身，看运气，更看实力。不抱团而来的作家，通常是文坛异数，像张爱玲、钱锺书、杨绛、汪曾祺、宗璞、无名氏、王朔、王小波、麦家、薛忆沩等作家，皆可纳入此类。从写作趣味上看，东西当然算得上孤胆英雄。

以"东西"之名安身立命，需要大智大勇。这是一个扔到词堆里转眼就无影无踪了的词语，这是一个搜索起来无边无际的词语，这样的名字要立起来，要闻于世，难度非常大。可知的是，东西的"闻于世"，影视是一大助力，但若没有小说这一前提，影视也无从助力。以"东西"这样的名字，要脱颖而出，其所面临的难度要比许多经过"算过"的名字要大得多。作者本人对其笔名如何设想，本书无意去深究考论。"东西"之名所具备的格局，暗合了东西的小说格局与基本趣味，这才是本书感兴趣之处。"东西"，既为"东南西北"之"东西"，又为"买东西"之"东西"。曾有学者考论过"东西"及"买东西"之词源流变，如陈江的

《"买东西"考》①、徐时仪的《〈"买东西"考〉献疑》②与《"东西"成词及词义演变考》③等。"东""西"作为方位名词,已无可争议。徐时仪论及"东西"的引申义,如"分离、离开"义,又由此引申出"外出"和"逃亡"义,演至明清,"'东西'一词的使用频率渐渐超过'物事'一词"④。徐文与陈文都提到了《通俗编》对"东西"之记载,这一记载,可借来阐释"东西"之名。《通俗编》卷二十六"器用"写到"东西","《兔园册》:明思陵谓词臣曰:今市肆交易,止言买东西,而不及南北,何也。辅臣周延儒曰:南方火,北方水,昏暮叩人之门户,求水火无弗与者,此不待交易,故惟言东西。思陵善之。按:此特一时捷给之对,未见确凿,古有玉东西,乃酒器名。《齐书·豫章王嶷传》:上谓嶷曰:百年亦何可得,止得东西一百,于事亦济。已谓物曰东西,物产四方而约言东西,正犹史纪四时,而约言春秋焉耳"⑤。与南火北水说对应的是东木西金之说⑥。"东西"由四方之义延及四方之物,其语义的流变,正好可以看到诸夏世俗化的大趋势。世俗化的力量,总是有能力把各种"大"的词变成世俗生活的一部分,"东西"正是如此,在诸夏文明中,要找"大"事物,必须要返身回到世俗生活本身,否则,写作者无法捕捉到那些被世俗生活淹没掉,稀释近虚无的高尚与神圣之物——诸夏文明的各种大词后面,似乎都拖着"东西",拖着"物事",世俗生活是这一文明的灵魂性存在,"东西"的"物化",是重要的例证。回到东西的写作上来,他的小说格局,恰好对应了"东西"这一词语本身所蕴含的

---

① 陈江:《"买东西"考》,载《历史研究》1996年第6期。
② 徐时仪:《〈"买东西"考〉献疑》,载《历史研究》1998年第2期。
③ 徐时仪:《"东西"成词及词义演变考》,载《汉语学报》2010年第2期。
④ 徐时仪:《"东西"成词及词义演变考》,载《汉语学报》2010年第2期。
⑤ [清]翟灏著,陈志明编校:《通俗编》(下),东方出版社2013年版,第479页。
⑥ [明]张存绅(叔行)《雅俗稽言》曾提出东木西金(春始秋成)之说,此说虽不可能得到确证,但也不失为一种有意思的提法。

格局：既可去到大处，也可抵达微处；既可看到天地圣人之不仁，也能深知万物刍狗之卑微；既能看到灵的后悔，也能看到肉的不幸。没有力量与智识，"微物"不可能有"神"在，东西之"小"不可能至四方之"大"。以"东西"之名安身立命，足见其难，亦足见其强。

"东西"这一笔名，本身就有现代性的意味在里面。借用其长篇小说《篡改的命》①之表达方式来讲，东西篡改了他自己的"命"，篡改了"田氏"的命。何以说有现代性的意味在里面？"现代"是不信命的，信不信命，是"现代"与"古典"之间的重大差异。这个论断，适用于中国文明，也适用于欧洲文明。欧洲古代文明是通过神权与君权的双重力量让民众"信命"的，所谓"信命"，实际上就是安于其等级乃至性别的身份。在现代化的过程中，欧洲人是借助哲学、科学、商业、战争等力量变得"不信命"的，他们的现代力量，当然也得力于强大的古典思想资源。中国古代社会，尤其是殷周之后，"命"就成为诸夏子民之精神层面的重要组成部分。生命生命，生下来就是命，初民信仰、制度设计等，在实际上强化了"命"之说的权威性。譬如殷周以来逐渐形成的嫡长子继承制，就是最有说服力的例证，没有谁可以去改变"嫡长子"的身份，"嫡长子"自己也无法改变这个身份，这种制度设计，事实上就是顺应天意的解决办法。从《易经》所载卜筮之法，周代金文、周诰，以及《诗经》《左传》《国语》《论语》《孟子》所载各种命之说，都能看出文明之原初选择的特点，那就是对"命"的认同与强化②。初民信仰及制度设计基本上规定了人的身份（本分）。在很大程度上，人是认命的，这个命，当然不能狭隘地理解为阴阳五行说下的"命"，应该理解为各安其命以及"安之

---

① 本书所引东西《篡改的命》，均引自上海文艺出版社2015年版。
② 有关"性""命"之训义，傅斯年之《性命古训辩证》对本书有启发，此论见欧阳哲生主编《傅斯年全集》（第二卷），湖南教育出版社2000年版。

若命"(《庄子·德充符》)之"命"、儒家之命、老庄之命、文明原初选择之下的命。现代革命革掉了这个"命",中国人的"不信命",中国现代的"人的发现",是从这里发端的。东渐的西学、器物、制度,大大增强了"革命"的能量,一旦现代意义上的人的力量增强,君权与神权的力量将得到制衡。当然,在现代科技及医学进步的助力之下,人类会走向另一种形式的"君权"与"神权",人类狂妄的终极追求,仍然是"君权"与"神权",区别在于,一种是信命式的"君权"与"神权",一种是不信命式的"君权"与"神权"。孔子所说的"君子有三畏:畏天命,畏大人,畏圣人之言。小人不知天命而不畏也,狎大人,侮圣人之言"(《论语·季氏》),所谓的"小人",演至后世,已经不止于"不知天命",而是已经自命为"天命""大人""圣人"了,君子不再。现代化的趋势下,人的力量得到了壮大,这大大增加了革"命"的可能性与可行性。由信命到不信命,这是古典社会到现代社会的一个重要思想转变。撇开道德礼法等统治术不谈,这个转变,对"人的发现"及人的独立是有重要贡献的。

《篡改的命》之所以有力量,就在于这个小说相当准确地敲中了中国现代化过程中的重要关节,作者看到了现代革"命"下的重大转折。整个现代,长久地笼罩在"篡改的命"之阴影下,甚至可以说,中国的现代史就是一部由认命到"篡改的命"的历史,"篡改的命"所带来的,有不少世俗好处,但同时,"现代"也要背负"篡改"之原罪所带来的沉重负担。《篡改的命》取材于现实,并把现实中的荒诞发掘出来,让现实本身的荒诞发出寓言与悲剧之声。比如高考被冒名顶替、跳楼秀、村民堵路、救人被讹诈等情节,都是现实中常发生的真事。没有多少写作者有勇气以受难之心态去书写现实,没有多少写作者有能力把新闻报道中的题材写成好的小说。写现实太难,这也是为什么21世纪以来,许多作家"回归"传统去寻找叙事资源的重要原因。《篡改的命》所写的,基本上都是无法让读者产生陌生感的题材,那为什么《篡改的命》

这么有力量？

　　作者的写法，是挖土机式的写法，实打实地掘地三尺，耗尽全部的力气，把那些坚硬而沉默的地表凿开、敲碎，把那些穷的富的贫瘠的污秽的，通通翻出来，以蛮力呈现真实，以真实逼问良知。《篡改的命》以革"命"的方式，更改血缘的伦理关系，让天堂与地狱相通，让天堂看起来像地狱，让地狱看起来像天堂，现实的荒诞就在这亦真亦幻的状态下发出声音，那极具穿透力的荒诞之声似乎又具备了摧毁现实的力量。这一直是东西的长处，其小说发端于现实，但绝不停留于现实的表面，作者有掘地三尺的恒心与魄力，他的作品常常能在庸常中发现不平常，能在一片祥和声中分辨出哀音，《篡改的命》是这样，《后悔录》《耳光响亮》《没有语言的生活》《救命》《我们的父亲》等小说，莫不如此。很多作者写到现实，不是漏洞百出，就是自然主义为上，有不少作品是观念为先、价值至上，缺乏智慧，没有常识。东西则非常善于寻找现实的自生力量，他笔下的荒诞，是现实本身发出来的，而不是按观念与价值观生造而成的。既然是"东西"与"物事"本身的自生力量，那么，无论什么题材，都不会成为写作的障碍。挖土机或推土机是修辞的说法，这象征东西的写作有蛮力，无惧无畏。有蛮力，并非贬义之说。这种蛮力近似于洪荒之力，混沌野性，有爆发力，还没有完全被现代城市文明及人道主义驯服。正是这种混沌野性之力，让《篡改的命》具备了对中国现代文明的批判力。

　　《篡改的命》里面包含了三种命的意识：一种是本命，一种是篡改的命，一种是由篡改之命回到本命之命。本命是穷，东西把这种本命放到了农村。这个本命，是传统思维里面的"命"——生命生命，生下来就是命。汪长尺生在农村，农村在这里，成为一个本命式的象征符号。篡改的命，是富，富又意味着有权有势。东西把篡改的命放到了城市，城市似乎是一个能给人带来尊严的地方。"进城"的前提是通过高考的方式，更改血缘关系，但高考这个被世人寄予厚望、被世人默认为公正的办法，最终没能实现汪槐父子的乌托邦之想。当然,穷与富、乡村与城市的参照,只是一个障眼法,或者说只是现实框架的一种。这种参照,不存在绝对的对与错,但借这种参照,能看到许多超越于贫富及城乡的问题。事实上,《篡改的命》虽然对城市有批判,但这种批判仍然有所节制,没有陷入控诉式的完全否定。关于这个问题,可以从小说中的一些叙事安排看出。一个是汪长尺报志愿的荒谬性,只填北大清华兼服从分配,这样一来,高出分数线二十分也没有用,被冒名顶替虽然是决定性原因,但前者也算是小小的插曲,汪长尺自身并不是完全无辜,高考也并不是一无是处,这就是现实自生的荒诞。一个是汪长尺进城之后,亦善亦恶,汪长尺并不完全是一个受尽屈辱无处求生的受难者形象,选择"篡改的命"并不是谁拿着枪逼着他这样做的,这是他自己的选择,因为他看到了自以为更好的生活,严格意义上来讲,汪长尺是一个追债者的形象(追债者也许比讨债者更不择手段),所以《篡改的命》里一定会出现老板欠工钱等情节,汪长尺是在追债的过程中,一步步"献身"给那个乌托邦的——以为有钱就能实现的那个乌托邦,最后为这个赔上了自己的性命。汪长尺的身上也有罪恶,这些罪恶未必全是城市造成的,有些可能就是他的天性。在讨债的过程中,汪长尺也不尽是清白,就这一点,《篡改的命》就与控诉式的现实主义有了大的区别。不把汪长尺写成一个受难者的形象,而是写成一个追债者的形象,这是值得称赞的写法。尽管这样的写法,不可避免地要把城乡对立起来,但作者在"受难"之外书写出"追债"之举,已使《篡改的命》超越了一般意义上的"底层"文学。另一个是汪槐的进城梦。最迫切的进城者是壮志未酬的汪槐,他拖着残疾之身拼死拼活进城后,"汪长尺用了整整一块肥皂,才把汪槐洗干净。也许汪槐没那么脏,但汪长尺觉得必须要用一块肥皂,才配得上汪槐目前的身份"(第157页)。进城后的最低限度是,可以寻死,但是不能讨饭,"宁可饿死,不能讨饭"(第158页)。刘双菊说"农民的收入不一定比乞丐高",汪槐说,"不能光看钱,还得讲气节"(第159

页)。这样的细节很多,非常夺目。障眼法下,城乡对立似乎是成立的,但实情并非这么简单。这是东西处理得非常巧妙的地方。"城市"是一个乌托邦的所在,乌托邦集聚了梦想,但同时,又不断在制造罪恶。就如前文所提到的,天堂看起来像地狱,地狱看起来像天堂,事实上,这正是乌托邦的本质。在行善的绝对意志下,不断制造新的罪恶,这是乌托邦的宿命。东西之"荒诞现实主义"所发出来的寓言,是乌托邦的寓言。从这个角度看,《篡改的命》虽预设了城乡与贫富对立,但"荒诞"之能量,又使得东西能从城乡与贫富对立思维之限中跳出来,看到更大的威胁与更大的现实。本命叙事的预设前提是城乡及富贫的二元分立。本命被篡改之后,革"命"之后,最终的那个命,既在汪长尺的意料之中,又在他的意料之外。汪长尺赴死,汪长尺的儿子彻底切断与农村的血缘关系,革"命"之后的命,生活无忧,没有任何生活上的风险,但没有基本的人伦道德了,革"命"后的命,支撑穷日子的信仰坍塌了,"人"没有了,无论是城市还是乡村,都没有真正的后代了。这可能是小说写得最残酷的地方,也是小说最懂得中土文明之所在。

在写穷之本命时,《篡改的命》强调了汪家的穷,这个穷经不起半点风浪。贫后面是病,病一定会对这个贫有致命性的打击。汪槐意外坠楼后,汪家雪上加霜,为了供汪长尺读书,汪家甚至把房子和宅基地都抵押给了张鲜花。这个时候的汪家,一贫如洗,负债累累。田里虽然能长出红薯,但生不出钱,土鸡蛋当然养人,但敌不过大规模的批量生产。吃不上饭,没钱治病,再怎么勤劳也致不了富,卖血都找不到门路,一场意外一场病,就足以让一个家倒下去,永无翻身的可能性,穷到这个分上,其实就是死路一条了(这种死路,当然不限于乡村,但作家有作家的题材选择,无可厚非)。东西为这条死路赋予了悲壮的仪式感:在这条死路上,汪长尺得到了献身式的神圣感,他自以为是地认为他为儿子选择了一条最好的路,他抵达了他的乌托邦。同时,汪长尺死前饱餐了一顿,

"汪长尺想我从来没有吃得这么饱过，……但即便是那一次，我也没饱到站不起来"（第300页）。做个饱死鬼，这是世俗理性对本命的最后安慰。最终，在叫魂般的仪式里，汪长尺又投胎到了城里。

假如这个本命在古典的社会，大部分人也就心安理得地接受了本命的不幸，也就是前文所论证的"信命"与"认命"。古典社会里的改朝换代，不同于前文所指称的现代意味上的"不认命"，因为，改朝换代在本质上是天命观下的循环式的更替。现代社会虽然没有完全颠覆天命观，但人抗命的力量是大大增强了。"现代"为"篡改的命"提供了条件。汪长尺之"篡改的命"有两条路径。一条路径是高考——高考事实上是"篡改"科举制的命。受限于本命，这个"篡改的命"没能实现。另一条路径是收养。更改血缘关系，这并不是现代人的发明。但《篡改的命》之收养，不同于古典式的收养。古典式的收养，志在传宗接代，延姓氏香火之续，保祖宗得享血食，其恐惧心源自殷周尤其是周代以来日益强化的祖先崇拜。《篡改的命》之收养，是现代意味上的"不信命"。这种"不信命"，在中国，是现代革命的产物，换言之，现代革命对"不信命"有创造性的发挥。现代革命在伦理关系方面最为激进的举措，就是以革命的"血缘"伦理关系，取代了生物学及宗法制意味上的血缘伦理关系。东西之"篡改的命"是对现代伦理革命的延伸。无论是高考还是收养，于中国而言，它们都是更改出身的重要办法，对这两种办法的依赖与求助，正是现代意味的"不信命"。

由本命，到篡改的命，再到篡改后的本命之命。第三种命，跟第一种本命，有着千丝万缕的联系，但又超出了本命的预设。《篡改的命》用城乡贫富对立之障眼法，写出了更本命之命，那就是寻找人之尊严的绝望。从小说的许多细节（不一一列出）可以看到，汪槐父子要进城的强烈愿望，并不是要赚花不完的钱，汪槐父子寄望于高考与收养改变出身，并不一定是要做顶层高官和顶级富豪——林家柏一家并非社会的顶级阶层，汪槐父子的欲望没有那么大那么野，说到底，他们是要寻求一种身份，这种身份能在制度的保障下，获得人的尊严。但找了半天，乡里没有，城里也没有。本命为富与城的城里人，也没有这个东西。林家柏与妻子的生活，虽物质优厚，但内心亦是荒芜无靠，家庭说散就散。由此看，城乡有别之写法确实是障眼法。篡改后的本命之命：高考在形式上没有失去公义，但在本质上已经失去了公义，生在乡村之人，即使有现代革命助力，他们也无力更改乡村之本命；收养之后的命，父亲永远失去了儿子，儿子永远失去了父亲，前者以爱的方式失去——汪长尺为永守秘密跳江而死，后者以恩断义绝的方式失去——林方生（汪大志）扔掉卷宗照片永藏身世，无论是城乡，都没有自己真正的后代。高考更改不了乡村之命运，亲情唤不起人的良知，这是类同于信仰的坍塌。高考的价值观（公义）与血缘的伦理关系（亲情）这两样东西塌掉了，社会的核心精神也就塌掉了。现代社会可以等同于天命式的信仰，不多的，塌一样就少一样，东西看问题看得很准。更可怕的是，悲剧无法扭转，"听说是个'男孩'，站在门外焦急等待的林家柏顿时兴奋得手舞足蹈"（第304页），这个男孩，是转世投胎的汪长尺。欠账与追账，无休无止，东西把城乡纳入轮回的悲剧。对于乌托邦之害，东西给了一个诅咒式的虚幻答案。篡改的命，付出了沉重的代价。

我不觉得这个作品内含多么大的希望，我反而认为，《篡改的命》所含的绝望，是这个作品更有价值的精神力量，因为绝望意味着更深的同情。同情之力，可能是现代社会自生的自救力量。同情心未必会包含很多的智慧，但它一定是平衡这个世界不可或缺的洪荒之力。《篡改的命》虽有城乡之分野，但东西的内心也有矛盾所在。他把乌托邦放到"城里"，汪槐父子要进的是城，而非乡，这里面是否含有东西不太确定的想法：城市可能是罪恶之手，但乡村不可能自带汪槐父子想要之物。东西把城市写得如此糟糕，恐怕在东西心里，也有其"不信"之处，这个"不信"，对以平等与城市化为核心的现代化幻象,有批判之意。《篡改的命》的精神气,在于东西的绝望。《篡改的命》的洞察力,在于东西验证了革命的创伤与历史的吊诡。

发于现实之微,至于四方之大,这是东西之独异境界。

四、《极花》与罪

读贾平凹的长篇小说《极花》① 时,极度不安。《极花》争议之大,大得不敢轻易动笔。

但我想,文学批评并不只有膜拜或批判两种方式,思考及探讨问题何尝不是文学批评的一种。同时,现代是一种眼光,不那么现代也是一种眼光,文学及批评不能只容得下现代一种眼光,更何况,现代眼光也不是铁板一块,其自身伦理也是充满矛盾与冲突的。不同的眼光所引出的争议是有差异的。以《小二黑结婚》② 为例,从革命斗争之现代眼光看,赵树理对农民的代际冲突表现得淋漓尽致,这是书写农民的杰作。革命的价值观、民间的趣味,借现代追溯传统曲艺的形式意味,对赵树理经典地位的确立,起到关键性的作用。但假如从不那么革命的现代眼光看,《小二黑结婚》的争议点在哪里?至少可以这样说,作者对二诸葛和三仙姑的描写是相当刻薄的,尤其是对三仙姑极尽羞辱之能事。三仙姑"是前后庄上第一个俊俏媳妇","村里的年轻人们觉得新媳妇太孤单,就慢慢自动地来跟新媳妇做伴,不几天就集合了一大群,每天嘻嘻哈哈,十分哄伙"。三仙姑与年轻人之间的关系究竟怎么样,不需要写实,只需要捕风捉影就行。"三仙姑爱的是青年们,青年们爱的是小芹。小二黑这个孩子,在三仙姑看来好像鲜果,可惜多一个小芹,就没了自己的份儿。……开罢斗争会以后,风言风语都说小二黑要跟小芹自由结婚,她想要真是那样的话,以后想跟小二黑说句

---

① 贾平凹:《极花》,人民文学出版社2016年版。
② 赵树理:《小二黑结婚》,山西人民出版社2009年版,第1-14页。

笑话都不能了,那是多么可惜的事",这一笔下得更重。无论真相如何,三仙姑不好的名声已成定局。装神弄鬼,不守"妇道",都是罪状,"四十五岁"的女人,去区上还要换上"新衣服、新首帕、绣花鞋、镶边裤","又擦了一次粉","老太婆"还擦粉,那是罪上加罪。在滑稽可笑、羞辱嘲弄中完成斗争的仪式,仓促地否定旧生活肯定新生活,"过门之后,小两口都十分得意,邻居们都说是村里第一对好夫妻"。这种处理手法,当然是赵树理的折中之举。比之更血肉模糊的斗争文学,赵树理已经是相当克制。这种克制使赵树理能游刃于革命与不革命之间,同时为文学阐释留下巨大的空间,革命伦理观及传统价值观都能在这里找到阐释点。但即便是用现代眼光来看赵树理对二诸葛与三仙姑的描写,也不能对其刻薄之书写完全视而不见。是什么让《小二黑结婚》超越了革命与不革命的分歧?当然是对三仙姑的刻薄书写。写日常生活中男子的"坏",常写到抛妻弃子、嫖赌滥饮、杀人越货等为止,只有在改朝换代的大场面,才会笔涉男子之"贞节"。但写日常生活中女子的"坏",随手拈来,都事关"妇道",落笔皆是对女子灵魂的诅咒,吊诡的是,激进主义在这个点上能与文学一拍即合。三仙姑的名声,在传统眼光看来是"坏"的,在本土式的革命眼光来看,这种"坏名声"也是无法翻身的。在所谓的新生活这里,只能看到旧人成为新生活的障碍(取巧的办法是否定并打倒这些旧人),但看不到二诸葛与三仙姑如何由乡村的权威人士变成滑稽可笑的革命对象。争议点在于,二诸葛与三仙姑能不能发出自己的声音。假如作者同情的是二诸葛与三仙姑,那作品还能不能获得革命伦理观、民间立场及传统趣味的认可,实在是存疑。单一的现代眼光、文学及批评的宗教化倾向,也许已经让文学批评陷入现代价值观的陷阱,似乎只有符合现代价值观以及宗教忏悔观的,才是"政治正确"的。但归根到底,文学是人学,它的世界不是断代史,不是宗教史,它既应该看得到新人的笑,也应该听得到旧人的哭。

每一样文明生态的养成,后面必有代价。许多放足的女学生在婚姻里取得优势,就意味着不少缠足的女子将在生活中埋骨。鲁迅与许广平在一起的"代价"是朱安,这是不可否认的事实。同情是最不能自圆其说的情感,到了现代,苦难被无限放大,同情的精神漏洞于是变得更大。同情了放足的女学生,不少缠足的女子就要付出代价。同情了许广平,鲁迅的"遗物"就要付出代价。当然可以两者都同情,但同情对前者来讲有效,而且锦上添花,而对后者来讲,是无能为力的,是没有办法的。现代是不可挡的大势,但并不代表绝对正确,现代的养成是有代价的,这个代价也不具备绝对的道德优势,但代价就是在那里,是个事实,可以说,"代价"就是《极花》要阐发的问题。现代的好处可以书写,孤独的审美可以书写,现代的代价为什么不可以书写?"人的消失"是继"人的发现"之后出现的重大精神现象,当代中国至少经历了两次"人的消失",技术与官僚体制下的"人的消失"可以书写,城乡互搏中的"人的消失"为什么不能书写?回到最朴素的问题意识,少一些大词与浮词,也许可看到缠绕在这个作家身上的精神焦虑。

《极花》不谈灵魂,谈现实之罪。既然没有鬼神了,夜观天象也没有大作用了,那就在世俗的框架里论辩。以情感论之,《极花》恐怕是目前为止贾平凹写得最为沉重的一本书。《极花》写的是真事,这个事在他心里埋了十年,"我十年里一个字都没有写"①。在《极花》的世界里,连土地都失去了力量,这里的土地不仅种不好庄稼,也"长"不出人了,土地的意象败亡了,死亡成为罪的辩护词。土地失去了自己的神物,天生天养的极花最终成

---

① 贾平凹:《极花》(后记),人民文学出版社2016年版。

为死亡之象①，死亡成为重于土地的意象。挽歌式的写法在贾平凹的小说里很常见，但"死者为大"的死谏式写法在贾平凹的小说里非常罕见。不是恐惧到极点，不是绝望到极点，贾平凹不会写到这一步。

《极花》是由死亡恐惧催生的绝望大书。这种恐惧既来自个体经验的体悟，也来自对社会的观察。"年轻的时候，对于死亡，只是一个词语，一个概念，一个哲学上的问题，谈起来轻松而热烈，当过了五十岁，家族里朋友圈接二连三有人死去，以至父母也死了，死亡从此让我恐惧，那是无语的恐惧。"② 人上了年纪，死亡就不再仅仅是一个哲学概念，而是与己有关的迟早要面对的问题。死亡到自己这里，到了自家人这里，怎么样都是重的，什么哲学问题，就是轻的。恐怕没有多少人能真正坦然面对死亡。有个体经验的感受，相应地，对社会的观察也就来得更真切。贾平凹一个非常直观的感受是，乡村将在没有生育的情况下消亡，乡村留不住女人，乡村生不出孩子，乡村将要绝种。"我是到过一些这样的村子，村子里几乎都是光棍，有一个跛子，他是给村里架电线时从崖上掉下来就跌断了腿，他说：我家在我手里要绝种了，我们村在我们这一辈就消亡了"③，"拐卖是残暴的，必须打击，但在打击拐卖的一次一次行动中，重判着那些罪恶的人贩，表彰着那些英雄的公安，可还有谁理会城市夺去了农村的财富，夺去了农村的劳力，也夺去了农村的女人。谁理会窝在农村的那些男人在残山剩水中的瓜

---

① "那是疯狂了近十年的挖极花热，这地方村子几乎所有人都在挖，地里的庄稼没心思种了，但这里的极花原来就少，周围的坡梁上挖得到处是坑，挖完了，远处的沟壑峁台也挖得到处是坑，挖完了，最后就得跑很远很远的熊耳岭，那里常年云雾缭绕，野兽出没，极花很难挖到。后来，凡是见到还在地上爬的毛拉就捉，捉了把草根插进毛拉的头部，晒干了冒充，以至于连毛拉都少见了。虽然还有人去挖，继续做着发财梦，但这个村子的绝大多数人都不干了，生活又恢复了以前的状态，他黑亮才开始从县上镇上批发些日用杂货回来再卖，赚些差价钱，以至于办了杂货店。"（贾平凹：《极花》，人民文学出版社2016年版，第22页。）
② 贾平凹：《极花》（后记），人民文学出版社2016年版。
③ 贾平凹：《极花》（后记），人民文学出版社2016年版。

蔓上，成了一层开着的不结瓜的谎花。或许，他们就是中国最后的农村，或许，他们就是最后的光棍"①。后一段话，所引起的极大争议，在这里先存而不论。把城乡对立起来，在逻辑上是有漏洞的，在表述上也是有争议的，但在策略上是有效的。它策略性地陈述了一个基本事实，那就是乡村的消亡。但事实上，乡村的消亡，并不只有贾平凹所看到的那一种消亡。乡村至少有两种消亡的方式：一种是人没有了，一种是田没有了。前者多见于内地，乡村没人了。后者多见于大型城市群落，到处都是人，乡村没有田了，也没有农民了，但乡村并没有变成真正的城市。相对而言，后者的消亡可能比前者更可怕，表面的繁华下面，掩藏着更肆无忌惮的暴力与欲望，这何尝不是另一种形式的"人的消失"。农耕文明在形式上如果要面对终结的命运，其死亡的地方，最后一定是呈现在土地上的，更具体点，就是乡村。农耕文明的衰落，自近代以来就开始了，这是一个缓慢的发展过程，先是乡绅不见了，地主不见了，教书先生不见了，郎中不见了，通神之巫人不见了，鬼神不见了，终于有一天，农民也开始消失了。但人要吃饭这一基本常识并不随着农耕文明的没落而消失。贾平凹以极具争议的方式，道出了一个异常沉重的基本事实，那就是中国乡村的消亡。

以"极花"为题，不是没有道理的。它既满足了贾平凹的美学追求，又象征了死亡与绝望。极花被挖得干干净净，这是重要的隐喻。华夏民族的传统里，奉诗为经与以食为天是同在的。诗与食都是能与天神地祇相通之物，它们在各种礼仪中都是不可或缺之物，诗与食自有其神圣性。对食的敬畏之心崩坍，意味着某些类似于信仰式的东西也随之坍掉了。乡村不再具备自我持守的能力，自毁与天神地祇相通的食物，意味着能摆上神台的祭品不多了，也意味着无所禁忌的日子不远了。"极花"这一标题，取得极佳。极花是乡村贵重之物，贵重得在旧时代上得了神台救得了人命，它象征

---

① 贾平凹：《极花》（后记），人民文学出版社2016年版。

着乡村的神圣性与自在性。现代化的结果是,"极花"与钱等值了,"极花"被挖干挖净,挖过的土地上什么都长不出来了。极花因土地而贵重,土地借极花生生不息,在旧时代,极花有如农民,农民因土地而贵重,农民是土地上的庄稼,靠天也能生生不息,但是,现在不行了。"钱"这个东西摧毁了一切。极花没有了,农民也极有可能绝种。这是中国式现代化的代价。绝种,就是乡村的死亡。即使被解救的胡蝶最后回到了圪梁村,也为了那个村留下了儿子,从生物学意义上看,圪梁村没绝种,但从社会学意义上来看,圪梁村已经绝了种,光棍们相当于是"消化器官和性器官"的存在了,孩子生下来了,但其实人都没了,那个无处可去又折回圪梁村的胡蝶,把自己风化成石头女人,活成了一张随风腐蚀的纸,入不了宗祠,进不了家门。贾平凹不是没有批判乡村,他借胡蝶之口道出:"我是被拐卖来的,这本身就是违法犯罪,黑亮爹还把我的高跟鞋吊在井里,我就能不再反抗、逃跑,安安然然地给黑亮当媳妇,老死在这一个只有破破烂烂的土窑洞和一些只长着消化器官和性器官的光棍们的村里?"① 但他把乡村的死亡看得比拐卖罪更大,城市比人贩子犯了更大的罪,这正是《极花》会引发极大争议的重要原因。这也是为什么我说《极花》是"死者为大"的死谏式写法,对于贾平凹来讲,在这样的中国经验内,他找不到更高的精神力量来解释这么大的苦:这么悲的痛,只能以死相劝谏、以死相逼问。对一个写作者来讲,找不到精神力量了,在贾平凹许多作品里反复出现的鬼神意象,在《极花》里只是一闪而过,起不了大作用了,这是多么深重的幻灭感。有些经验就是有国别及地域性的,作家使出浑身的解数,也写不出所谓的全人类普适性。贾平凹面对这个题材,十年没写一个字,到能下笔的时候,他想到的是死亡,要说普适性,死亡总是算的吧。

"极花"之名,解决了小说所需要的象征问题。"罪"之实,

---

① 贾平凹:《极花》,人民文学出版社 2016 年版,第 20 页。

则承担了小说的叙事结构及伦理冲突。罪的多重性及冲突性建构了叙事的多重性与复杂性。从技术角度看《极花》，没什么好挑剔的，写的是真人真事，那就意味着作家只能老老实实地写，来不得半点花哨，无论是语言还是结构，贾平凹处理得都相当克制。借死亡逼问现实之罪，不逐大流，返身到被现代化遮蔽的地方，审视现代化的"代价"，让那些迟早被"现代化"吞噬之人事发出微弱而无助的声音，无论如何，这都需要极大的勇气。有没有罪，谁有罪，谁的罪大谁的罪小，都到"死亡"面前来陈述。无论基于何种立场，都要认"死者为大"这一中国式的道德规约上面来。这是破釜沉舟之笔，没有退路，但事实也没有生路了，写到这个分上，只能勇往直前了。在"死者为大"这一中国式的旧道德规约下，除非是被驱逐出宗族或失大节者，无大过错的"死者"都是要上神台的。"乡村"是死亡的主体，在《极花》里，乡村为大，乡村是最少过错甚至是无过错的一方。《极花》里的罪，是现实之罪。不同于宗教式的原罪，也不同于多神论世界里为凡人所设下的罪。这个罪涵盖的是以"恶"为核心的法律及道德层面的罪。贾平凹为罪分了层次，这些罪就放在中国经验里面谈，甚至也不涉及灵魂，更遑论宗教了。

《极花》至少写了三重罪——拐卖妇女罪、无后之罪、城市掠夺乡村之罪，三者互为因果，关系复杂。在乡村死亡这一意象面前，拐卖妇女罪是为了缓解无后之罪，拐卖妇女罪似乎小于无后之罪，城市掠夺乡村之罪是罪恶之源。如果没有乡村死亡这一大前提在，只看这三种罪，当然很容易激起读者的怒火，尤其是胡蝶重返圪梁村，更是让人怒火中烧。客观而言，贾平凹也不是有意识要让胡蝶重返圪梁村，但既然写的是真事，那就按真事来，没有必要编造一个让现代人心安理得但当事人仍然得不到救助的故事结尾。《极花》之最大价值在于，作者以记录甚至是复活历史罪恶的方式揭示"现代化"的代价，罪的书写只是一个手法，小说的价值在于写出了"代价"。历史之罪、父辈之罪、时代之罪所推导出来的是个人之苦,而非个人之罪。《极花》所写之罪,最后没有一样是落到个人头上的,看似城市是罪恶之源,但城市里没有哪一个个体承担了罪恶。妇女拐卖罪,没有哪个具体的人贩子入了罪。无后的罪,可以推给城市。所以,罪在《极花》里只是手法,作者的落脚点在"代价",在苦,但又由于没有罪的具体承担主体,这些个人的苦最后也化为集体的苦、乡村的苦、个人的苦,最终还是落了空。贾平凹有再大的本领,最后也只能写乡村的消亡,他想要表达的悲剧,落不到个人头上来,它成为一种集体式的悲愤情绪。

　　拐卖妇女罪与无后之罪是一体的,它们都是来自历史深处的罪恶,诸恶之中,来自儒家道统里的道德之恶尤其突出。拐卖妇女罪是刑事罪,这是前提,《极花》无法避免。在现代的语境里,这个罪根本不在争议的范畴之内,这个就是反人类罪。即使是在本国历代律法中,强抢强娶之事亦受律法之治。贾平凹也并不想否定这个罪,在书写拐卖妇女之罪的时候,他下笔并不手软。黑亮花了三万五,在人贩子手上买了胡蝶,然后在窑洞里关了将近一年,"六个月来,我被关闭在窑里,就如同有了腥气,村里人凡来找黑亮爹做石活,……都要苍蝇一样趴在窑门缝里窥探,嚷嚷着黑亮有了个年轻漂亮的媳妇,而且读过中学有文化"①。喜庆酒的晚上,胡蝶逃跑,大概全村的男子一哄而上,乘乱暴打、乘机猥亵,"从此,胡蝶的脚脖子被绳拴上了。那不是绳,是铁链子"②,关到第三百零三天的时候,胡蝶被黑亮强暴了,五个同村男子共同施暴,协助黑亮强奸胡蝶,惨状不忍引述,详见第66页至69页。之后,黑亮不再关胡蝶了。死过一回的胡蝶,看到的圪梁村是这样的,"到处都有尸体,到处都有亡灵在飘浮。我看着各个窑洞门,那真的不是我在窑洞里看成的蘑菇状了,是男人的生殖器,放大的生殖器就竖在

---

① 贾平凹:《极花》,人民文学出版社2016年版,第5页。
② 贾平凹:《极花》,人民文学出版社2016年版,第38页。

那里"①。然后,大了肚子。最后看到的是,生了,生的还是个儿子,"皆大欢喜",极具讽刺意味的"皆大欢喜"。罪是实的,用什么样的方式来辩解,都是有罪的。没有人能否认这个罪。贾平凹想追问的是,这个罪为什么会发生。现代理性极力要消灭的反人类罪,为什么还会发生,为什么每年还是有那么多的失踪人口。在中国的经验里,拐卖妇女罪连带的是无后之罪。拐卖妇女当然不只是卖往边远农村去当生子机器,女性还可能被控制卖淫、乞讨,严重者,可能器官甚至是生命不保。但当拐卖妇女与乡村连上线之后,就必是沦为性器沦为生殖机器。当男人成为"消化器官和性器官",女性在这样的乡村必定也会被生物化,必定会成为功利性的承担生育功能的生殖器官。男子的野兽化、女子的弱智化、人的消失,这是文明极速进化中的极速退化。说到底,即使乡村面临死亡,现代社会里,拐卖妇女罪也是不可以原谅之罪。陀思妥耶夫斯基《罪与罚》里杀人的拉斯柯尔尼科夫,不仅承受了法律之罚,也承受了宗教之罚,人可以赎罪,但不能否定罪恶的存在。没有原谅的空间,但至少可以看到历史的变迁,可以看到现代社会里那些难以言说的罪恶与苦难。假如由拐卖妇女罪推及无后之罪,或者由无后之罪理解拐卖妇女之罪,都是对传统思想的简化。孟子所说"不孝有三,无后为大"是有原始语境的。圣人并不是一味地叫人们生育且要生到儿子为止。"无后为大"是有前提的,那就是昏义这个前提,它是以明媒正娶为前提的,娶妻也好,纳妾也好,是有前提的,它是有仪式有规矩的,除了生育功能之外,它是有定乾坤、正风俗、明尊卑之功能的。文明自昏义之始,就为人与生物性的存在,设下了界限,"礼"这个东西,虽然贻害无穷,但它在文明设计之初,有意识地把人跟牲口区别开来了。宗法制固然强调生育的重要,但同时要看到,"由齐家而治国而平天下,与夫伦常之原造端乎夫妇,恒为先哲所重,故又视婚姻为社会组织之基础,所

---

① 贾平凹:《极花》,人民文学出版社2016年版,第71页。

谓定人道之一目的是也"①（陈顾远）。宗法制也借婚姻之道来框定人道，告鬼神告祖宗在今天看起来似乎不合时宜，但在婚姻的秩序里，它就是能助力于人道之框定。所谓"无后为大"，它不是以"强奸"为前提的，而是以昏义及宗法制为前提的，这个区别要明晰，不能含混处理。"盖男于昏时娶妇，妇因男而来，并随而定夫妻与戚属之关系，虽于一聘一娶之间，不无存有掠夺婚购买婚之痕迹，但既依礼而行，必娶而后得妻，称以婚姻云云，实不啻承认由聘娶方法而成之两性结合为正当也。"② 当礼的约束消失，在乡村这里，生育便成为本能式反应、生理性反应。晚清以降，有两种并行不悖但又容易混淆的思潮，一种是关于"种"的书写，一种是关于"人"的书写。前者推动了辛亥革命，后者推动了新文化运动，两者各有贡献也自有局限。《极花》所续上的，是"保国保种"这一脉络的趣味，它的叙事，是从"种"的角度出发的叙事。

　　拐卖妇女罪与无后之罪，能不能归罪于城市对乡村的掠夺？或者说，在这乡村消亡面前，城市是不是罪魁祸首？《极花》的后记，对城市是有抱怨的，"可还有谁理会城市夺去了农村的财富，夺去了农村的劳力，也夺去了农村的女人"，小说中的黑亮也持此看法。在这里，不必过多地去纠缠内在的逻辑性问题。我们当然知道乡村之"绝种"不仅跟城市圈地发展有关，也跟选择性生育有关（男女出生比例失衡），更跟教育及医疗资源分布不均有关。乡村之"绝种"，不能以一句城市化的罪恶来打发。同时，乡村传统的消亡及农耕文明的衰落虽然跟现代化有关，但是现代化、现代城市并非没有半点好处。《极花》里的乡村女子到了城市就不愿意再回到乡村，胡蝶宁愿做收破烂为生的城市人，也不愿回到乡村重温旧生活（后来回到圪梁村又是另一回事），黑亮开杂货铺其实就相当于是半农半商，跟城市也脱不了干系，年轻人宁愿在城市吃泡面

---

① 陈顾远：《中国婚姻史》，商务印书馆2014年版，第8页。
② 陈顾远：《中国婚姻史》，商务印书馆2014年版，第6页。

也不愿意回到农村吃肉,这些都很能说明问题。大智若贾平凹,不可能不懂得这些道理,否则他十九岁的时候不会来到西安。与其把声讨城市的趣味看成是写作上的偏执,倒不如视之为写作的策略。指责城市是最不需要负具体责任的写作策略,它没有一个具体的可指责的人,甚至没有一个具体的可指责的制度。"现代"并不是十全十美之物,"现代"也自含极权之基因,要批判"现代",总是需要一个入口。城市对乡村的掠夺虽然不能全部坐实,但至少有一部分是可以坐实的,城市对乡村劳动力、乡村土地、乡村环境的掠夺及破坏,在数据统计上都是走不掉的。点到城市为止,在学理上难以百分百说得通,但在道义上说得通。在乡村死亡的意象前面,城市更是百口莫辩,只有以城市为参照物,乡村消亡这一代价才能纤毫毕现,也许贾平凹想要的是这个效果,他要把这个"代价"写出来。

贾平凹试着去理解胡蝶被解救之后重回圪梁村的行为,他想了很多办法去解释这个连被拐卖者父母都想不明白的问题。用死亡这种大悲痛去平息那些因罪而发的怒火,是一个办法。以传统风物、乡土旧习俗、乡村食物、天象等入胡蝶之眼,试图解释胡蝶何以重返圪梁村,甚至不惜写到性的本能来解释胡蝶何以重返圪梁村,也是办法。贾平凹用这么多办法试探,乡土究竟还有哪些物事,可以留得住这个识字的城市女孩,在试探,有什么样的办法,能让乡土生长出新的地母。这一过程,写得小心翼翼,也写得异常绝望。天上的办法,贾平凹试过。《极花》里的老老爷反复以天象暗示胡蝶,示意她认命,终于有一天晚上,胡蝶看到了自己的星,"我那时心里却很快慌起来了,我就是那么微小昏暗的星吗?这么说,我是这个村子里的人了,我和肚子里的孩子都是这村子的人了?命里属于这村子的人,以后永远也属于这村子里的人?我苦苦地往夜空看了多么长的日子啊,原来就是这种结果啊"[①],于是当天晚上,

---

[①] 贾平凹:《极花》,人民文学出版社2016年版,第124页。

"这是我第一回知道了什么是做爱"①。地上的办法,贾平凹也试过。贾平凹几乎把能想到的留住女人的习俗都写出来了,"黑亮爹从此每天晚上用绳子把高跟鞋拴吊在水井里,第二天早上再把高跟鞋从水井里提出来,一日一日,不厌其烦"②,"我差不多已经知道了这个村子里许许多多的讲究,比如手的中指不能指天,指天要死娘舅……是如此多的讲究,才维持了一村人生活在这里吗,可现在,是什么年代了,他们还都这样,我只觉得荒唐和可笑"③。怀旧的办法也用上了,"黑亮说,他是八年前就没有了娘的,他的娘活着的时候是村里最漂亮的女人,而且性情温顺,……茶饭好,针线好,地里活也好,……他娘一死,家里没了女人,这个家才败下来"④。乡村的好、乡村的传统,都试过了,但试过之后发现,这些都解释不通,都没有说服力,这些都不是决定力量,即使看了星星做了爱,还是解释不通。最后,只能是孩子,"我可着嗓子给娘说:我有娘了,可兔子却没了娘,你有孩子了,我孩子却没了"⑤。如果说乡土还残存半点神圣的意味,也就是在生育这里了,胡蝶含恨生下儿子,但她不希望自己的孩子变坏,"村子里在十一年前枪毙了一个罪犯,鬼魂作祟,被村人在坟上钉木楔,在旧窑上贴咒语,我也害怕我成坏灵魂,生育的孩子将来是孽种"⑥。有了孩子,哪里都去不了。孩子在哪里,当妈的归属就在哪里。回到城市的胡蝶,受尽城市的羞辱,连续不断的采访、防不胜防的相亲等,把胡蝶推回圪梁村。但回了圪梁村,除了孩子,什么都没有。《极花》最明智的地方在于,作者没有把这种重返写成是团圆式的场面,而是让乡村成了更深的死亡象征,而这祭礼上的祭品,就是极花一般

---

① 贾平凹:《极花》,人民文学出版社 2016 年版,第 125 页。
② 贾平凹:《极花》,人民文学出版社 2016 年版,第 19 页。
③ 贾平凹:《极花》,人民文学出版社 2016 年版,第 19-20 页。
④ 贾平凹:《极花》,人民文学出版社 2016 年版,第 21 页。
⑤ 贾平凹:《极花》,人民文学出版社 2016 年版,第 198 页。
⑥ 贾平凹:《极花》,人民文学出版社 2016 年版,第 107 页。

的胡蝶。或被镶在镜框里，或变成纸成为乡村的一道符，"我靠在了一个石女人像上，唤了一声，眼泪就流下来。我感觉流的不是眼泪，是身上的所有水分，我在瘦，没了水分地瘦，肉也在往下一块块掉下去地瘦。我靠在那里了许久，就那么等着瘦，瘦得身上的衣服大了，松了。后来沿着漫坡道往硷畔上走，我没有了重量，没有了身子，越走越成了纸，风把我吹着呼地贴在这边的窑的墙上了，又呼地吹着贴在了那边的窑的墙上"①，胡蝶一并死在了乡村的死亡里。贾平凹借胡蝶之眼，写了乡村那么多的好，风景、人情、鬼神、天象、食物，还写了乡村的异象如地动等，似乎要重新把天和人捏在一起，但这些，实际上在胡蝶一边看的同时，就一边在死亡。最后，"胡蝶一并死在了乡村的死亡里"。结尾是整部小说中写得最为沉重也最为出彩的一笔。撇开现实主义手法与世俗伦理争议不谈，联系贾平凹以往的写作习惯及其惯有的民间趣味来谈，胡蝶在这里，再次成为圣母一般的形象，她以无罪之身，立身高地，全知全觉，既负责大慈大悲，又负责受苦受难。胡蝶是叙事的视点，也承担生命的意义。《极花》的争议不在文学技巧层面——在技术层面贾平凹交足了功课，争议在伦理层面。

面对可想而知的伦理争议，贾平凹想出来的终极办法是死亡之谏。在中国现代化的历程中，有什么比乡村死亡的代价更大？《极花》是一篇祭文，里面有哀悼，也有追思，更有祷告之意。如果说《小二黑结婚》写出了小二黑与小芹等人的得胜，那么，《极花》就写出了二诸葛与三仙姑等人的落败。两者虽然逆向互补，但面临的局限是相似的，三仙姑与胡蝶的命运并无二致。贾平凹所背负的精神难题也是这个时代的精神难题。

面对这样的题材与现实，很难写出伟大之书。以死相谏的绝望大书，无非是说出了一些朴素的想法，譬如，乡土得有人在，得有人种庄稼，得有人往灶头添柴加火，得有人养老送终，得有鬼神可

---

① 贾平凹：《极花》，人民文学出版社2016年版，第202页。

告，祖宗得有血食可供，等等。不必急着从文学里提炼普世性的价值观，不妨把《极花》看成是一份忠于现实的证词，证词里记录的是乡村的野蛮之力与败亡之象，每一句证词，都触目惊心。《极花》是中国式的"悲惨世界"，有勇气写出来并大方承受无尽争议的作家，非常非常少。

第五章　现代性的追问

一、"80年代"理想主义的大遗憾

20世纪80年代以来，现代化的迫切性取代了近代以来激进革命的迫切性。激进的革命，终有一天，要兑现那个现代化以及大同社会的承诺，而这个承诺是无法通过"以阶级斗争为纲"来完成的——历史已经证明。从古老文明之现代化的角度，可看出"80年代"与新文化运动之间的一致性。"拨乱反正"转向"以经济建设为中心"，是激进革命自我抑制的结果——历史必然性与偶然性共同作用的结果，因而革命狂热不可能随着政令的颁布而突然终止。"80年代"的理想主义似乎要努力撇清与革命的关系，殊不知理想主义正是从革命狂热中分离出来的精神现象。或者说，理想主义很难完全撇清与革命的关联，现代化的冲动、知识的启蒙、西学再次东渐的推动，都足以构成理想主义的动力之一，但那控诉与审判的激情、重获"新生"的"感恩"、对罪恶的世俗审判、对琐碎生活的排斥与回避、对物质生活与富裕的道德厌倦、对肉体牺牲的迷恋、将贫穷等同于善与高尚、视受难为担责的道义，等等，无不带有革命的痕迹，甚至可以说，"80年代"的文学及其思想主流，是没有"生活"的文学，是纷纷向各种主义朝拜并带有精神洁癖的文学，尽管在经典化策略上与"十七年"文学、延安文学、左翼文学、早期革命文学等文学有别，但就对世俗生活、私人快乐以及"人的发现"之戒备心来讲，两者表面上有差异但实际上仍有相通之处。即使在1985年、1986年之后，革命文学的表现形式、意识形态及价值体系，仍然没有彻底瓦解。停止"以阶级斗争为纲"的举动，否定的是"反革命集团"，而不是革命本身，革命所激发的个人激情与家国情怀，并没有因为"1976 年"的事件而中断，相反，革命所激发的家国情怀与个人激情，正是因为"1976 年"的事件，得到了更进一步的激发，当"反革命集团"被定罪之后，"80 年代"所寻求的，是如何续接"五四"新文化运动以来有分歧的多元理想主义，这其中，就有自 1921 年 7 月（或 1920 年 5 月）以来的远大理想。多元理想主义虽各有主张、互有冲突，但在大方向上是基本一致的，那就是实现这个文明的"现代化"。中国选择与欧美不一样的现代化道路，毫无疑问，有对这一文明的古老统治术的迷恋。秦始皇建制，在很大程度上就是这一文明的原初选择，这种建制可能规定了华夏古代文明将来走向现代文明的路径，现代化有其可选择之处，也有其难以选择之处，不同的文明，其现代化的道路，很大程度决定于文明的原初选择。现代化的方向一致，但文明的原初选择决定了现代化内涵、路径乃至信念的差异性。秦始皇所创建的中央集权制似乎决定了，华夏文明走向现代化，要在精神层面选择救世主与天命天子。"80 年代"是被平反或不再被打倒的知识人重新寻找"牺牲与奉献"之可能性的时代（尽管这一过程多多少少启蒙了个人主义，但个人主义一直要到 90 年代才成为都市的重要思潮），"牺牲与奉献"的精神不断，这正是身心被革命改造过的结果。对"现代化"的"牺牲与奉献"，构成了"80 年代"理想主义的重要内容。这种激情，持续到 80 年代末。"80 年代"终结，消费主义与技术奴役相继汹涌而至，激发了世人对感官享受的无止境欲望，以"牺牲与奉献"的精神与理想遭遇了它生成以来的最大挫折。从现代化的关联来看，"80 年代"与"十七年"之间，并不是完全断裂的关系，"革命"与"后革命"之间，存在隐秘的关系。

"革命"时代与去革命化的"后革命"时代之间，存在隐秘的精神联系。要理解这种精神联系，就有必要厘清"80 年代"理想主义之伦理道德生成史。

理想主义的道德自律，很大程度上是通过保持对物质生活及世俗化（尤其是感官享受）的警惕来完成的。道德自律与感官享受的节制，存在互为因果的关系：道德自律决定了人们对感官享受的认知有限；感官享受的有限保证了道德自律实现的可能性。"革命"最大限度地限制了物质生活——当然，这并不意味着限制了肉身的欲望，相反，革命可能最大限度地启蒙了肉身的欲望，一旦革命为肉身提供的精神激情与救世情怀消退，肉身的世俗欲望必将汹涌而至，相应地，对"贫穷"的叙事策略将改变。不可否认，革命对物质生活的限制，富含理想主义。不富裕状态下，革命在客观上实现了有条件的"平等"（平均），换言之，"平等"的不富裕——或者说不富裕为实现平等提供了可行性，以此为事实前提，革命部分地实现了它神圣的救世理想——即通过生产资料所有权及财产所有制的改变进而部分地消灭剥削，在"被压迫"的阶级内部实现一定程度的平等。当平均下的贫困取代剥削下的贫困（马克思的发现）之际，苦难叙事也因此完成自身的伦理转换，"贫穷"成为革命鉴别血统及出身的前提，随着"翻身"的实现，"贫穷"为"解放"增添了合法性。"贫穷"最后演化为对感官享受的节制，"翻身"之后，"贫穷"不再是"贫穷"，而是"牺牲与奉献"，出于革命与建设的目的，物质生活的贫乏被赋予了高尚的意义，这是现代"牺牲与奉献"精神的重要伦理来源。以"牺牲与奉献"为核心的"80年代"理想主义，既是对传统士大夫之浩然正气的传承，也是自近代社会以来"贫穷"叙事对意义及价值进行置换的结果。在"革命"文学里，"贫穷"被苦难叙事高尚化，"贫困"成为划定阶级成分和"翻身"的哲学前提。"贫穷"的神圣感终结于80年代末，尤其是"新写实"文学之后，"贫穷"的文学内涵发生了重大的转变，"贫穷"的神圣感被屈辱感取代，"贫穷"成为写作者主持正义、书写尊严、歌颂生命力的重要思想资源，"贫穷"的文学气象不再是革命的胜利气象，而是向城市讨要尊严的破败气象。"贫穷"的叙事变化,早在路遥的《人生》①中已见端倪。路遥巧妙地表达了对革命终结的恐惧心以及革命对小资产阶级始终如一的戒心。当黄亚萍决定与相恋两年的克南分手时,亚萍的父亲怒斥:"你这是典型的资产阶级思想!你们现在这些青年真叫人痛心啊!垮掉的一代!无法无天的一代!革命要在你们手里葬送呀!"《人生》很明显批判了城市(户口、文学、物质等象征了城市所含的权力),与此同时,路遥让劳动和土地承担了拯救之力。从这个角度看,《人生》所继承的是革命情怀。但有意思的是,"贫穷"与"知识"在《人生》里,扮演了不断被羞辱的角色,"贫穷"几乎等同于"知识","贫穷"与"知识"最终必须由"劳动"来拯救。乡村与知识的尊严建立在对城市否定的基础之上,《人生》暗示了城市对良心的败坏、对革命的终结,但假如不被老干部举报,高加林不可能主动退回农村,高加林借助于文学进入城市的迫切梦想并没有真正被否定。城市人为地断送了知识之梦后,知识走向了"劳动"与"土地",在"劳动"与"土地"面前,"知识"找到了良心,但"贫穷"自始至终不被视为荣耀之事,只有当"贫穷"跟"劳动"捆绑在一起的时候,"贫穷"的神圣性才隐隐约约地呈现出来②。同时,"贫穷"被视为"知识"洁身自好的象征——证据很明显,《人生》中的有钱人和有权人都是没有知识的,只有来自贫穷家庭的高加林是有知识的,城里人虽然有知识,但没有良心(亚萍)或者非常懦弱(克南),这是劳动的对立面——没有骨气没有力量的表现。《人生》十分切合时代要求,这个作品虽然出版于1982年,但其文学趣味仍然是1942年《讲话》精神下的产物。《人生》的受欢迎恰好说明《讲话》

---

① 1981年完成初稿,1982年出版。本书引文出自《路遥中篇小说名作选》,陕西人民出版社1993年版。
② 悖论在于,"贫穷"与"劳动"的关系存在两种可能,一种是劳动致富,另一种是劳动致贫。自从马克思、恩格斯在资本主义社会中发现了"剥削"之后,更多的现代叙事把重点放到劳动致贫这一层面上来,这种叙事直接为革命提供了现实依据。

精神的强大召唤力，而非阐释者所解读的所谓奋斗精神感人。尽管《人生》回避了革命，但其道德预设式的修辞法，十分精到地写出了革命的伦理要求。劳动召唤了知识，良心站在贫穷这一边，但贫穷并没有得到改变，从骨子里来讲，《人生》是靠土地、良心和肉体之美（巧珍）来赞美农村的，在赞美声中，《人生》巧妙地利用赞美农村之举洗去了贫穷的耻感。在耻辱感与尊严感的平衡中表现贫穷，这是"文革"后贫穷书写的重要变化。贫穷书写的后续变化，可能要从所谓的"打工"和"底层"文学及部分非虚构文学中去探寻了，如果延伸到当下，东西出版于2015年的《篡改的命》①，象征了贫穷书写的更大变化。城市在这里，似乎是能为小人物赋予尊严的场所，但城市的残酷又异化了这种诉求。羞耻感与尊严感共同建构了《篡改的命》的内在精神，《篡改的命》对贫穷的感情复杂而丰富，此为后话，在这里，不展开论述。

　　厘清"贫穷"意象的"进化"史以及劳动所承担的改造任务，有助于理解"80年代"理想主义之伦理道德生成史。如果文学始终把"贫穷"看成是罪恶之结果及受害者的话，文学将永远不会停止为"贫穷"寻找罪魁祸首的冲动，相应地，文学必有能力找到具体的罪人，进而为之定罪，"阶级斗争"也将永无休止。从"贫穷"叙事对意义及价值的置换角度看，是贫穷和物质生活的匮乏坚定了人们的献身精神，借用法国思想家邦雅曼的说法喻之，"在罗马共和国，贫穷将所有公民禁锢在一种极其简单的道德规范之中"②。这是革命的当代轮回，"80年代"有如"50年代"，理想主义从"翻身""解放""获救""新生"等救世理想中出发，这些救世的理想，无一不是来自革命的启蒙。革命终结了激进的"以阶级斗争为纲"，但革命所打造的救世理想并没有终结，经革

---

①　东西：《篡改的命》，上海文艺出版社2015年版。
②　[法]邦雅曼·贡斯当著：《古代人的自由与现代人的自由》，阎克文、刘满贵译，上海人民出版社2005年版，第44页。

命改造后的个人灵魂，多多少少有一些超越于个人情怀的精神抱负。对灵魂的改造，先施以知遇之恩，再唤起负罪感：诉苦的攀比让人产生负罪感，没有一个人是"最苦"的，只有更苦，没有最苦，当面对"更苦"的苦，没有人能以"最苦"自居，但人人都要为那个想象中的"最苦"负罪；马克思、恩格斯发现剥削之后，各国革命为实现消灭剥削的目标，做出不同的选择，"简单地说，以后的中国革命者均想通过平民教育的手段实现脑力劳动与体力劳动的结合，这与他们对中国社会的一个基本判断有关。他们认为，历史上脑力劳动与体力劳动的分离是社会发生不平等和导致个人贫困的根源"（杨念群）①。在"贫穷"的翻身问题上，革命找到了"牺牲与奉献"的依据，对知识的改造求助于劳动，就变得顺理成章。诉苦的攀比与劳动的改造，最终摧毁了人的个人意志。革命对贫穷进行了叙事层面的道德转换，革命发现了贫穷的重大伦理价值，贫穷为革命做出了思想贡献。

重新寻找"牺牲与奉献"但又兼顾个人趣味的"80年代"，其理想主义的生成，固然跟西学重新"东渐"密切有关，但更根深蒂固的成因，恐怕与革命的伦理要求有关，革命叙事对"贫穷"的价值置换，在很大程度上有利于道德自律，有利于"牺牲与奉献"精神的形成——尽管"牺牲与奉献"并不一定使贫穷走向富裕，但"牺牲与奉献"是革命最基本的伦理要求。

如果"牺牲与奉献"继续成为后革命时代理想主义的核心要求，那么，理想主义献身的代价是什么？从史实及经验的角度看，理想主义在很大程度上是以牺牲或疏离世俗生活来实现的。物质生活的贫乏衬托精神生活的高洁与脱俗——前者似乎是后者的必要前提。这种选择既符合这个古代文明一贯的道德习惯，也反映出一些

---

① 杨念群：《"五四"九十周年祭——一个"问题史"的回溯与反思》，世界图书出版公司北京公司2009年版，第24页。

基本的中国历史事实。一方面，无恒产但有恒心者①，曾经对中国的精神体系做出过重大贡献。但他们也在历史中留下了阴影，恒心与恒产似乎有意要撇清关系。无恒产对精神的损害，似乎很少被这个文明重视，过往的本土文明，过多地看重"无恒产"对精神的增益与持守——这一传统，似乎在"80年代"的理想主义那里得到了延续和体现。但另一方面，仕途及仕途的诱惑似乎又为这些无恒产者提供了精致化恒心的可能性，恒产与恒心之间的关系被道德化、审美化。这可能是中西精神产生方式的巨大差异所在。中西文明世界，权贵者与知识人之间，都存在过供养关系，中国古代文明供养的重点在术，不在道。官员对幕僚的供养力度，明显大过对诗文艺术的供养力度，幕僚制度由周代直至晚清，都没有中断（区别在于公聘与私聘）。与精神层面有关的诗道，多为余事，而非正事，科举取士之内容，多为统治术，而非诗道——诗道之显，多为统治术所用。西式文明的供养，用中国的表述方式来讲，那就是道术皆不偏废，由古至今，西方文明道与器的供养是皆不偏废的，道德并没有在恒心与恒产之间充当过分严厉的审判者，对道器的均衡供养，似乎避免了非此即彼的尴尬，从而在一定程度上也决定了"道"不太会为世俗权力所操纵，其精神之道被世俗化及权力淹没的可能性不大。在恒心与恒产之间，中国文明似乎很难摆脱非此即彼的尴尬，担心被世俗化与物质化淹没的恐惧心远远大于对权力的恐惧心——无数例证可证，士人对物质伤害精神的警惕远远大于对权力伤害精神的警惕。从这个角度看，"80年代"、"五四"新文化运动、晚清士人改良维新在理想主义层面的悲剧性，有一致的地方。只有极少数人，能够逃脱恒心与恒产之间无法两立的传统思维。这种状态一直到20世纪90年代，才有所改变，但又走向了另一个极端，此为后话。用修辞的办法来讲，恒心与恒产不两立的传统，恒心必须要依附于权力才能立德立功立言之传统，恒心找不到

---

① "无恒产而有恒心者，惟士为能"（《孟子·梁惠王上》）。

可靠的同盟者，多种因素导致恒心的脆弱，恒心（精神诉求或理想主义）不具备左右根本大势的能力，所以，理想主义，尤其是自近代以来的文人理想主义，不断地遇到挫折，并面临终结的风险。

文学基本上见证了"80年代"理想主义与革命之间的精神联系，文学也为重新寻找"牺牲与奉献"的献身精神做出了努力——献身精神甚至是文学的精神动力之一。可以说，文学既是"80年代"理想主义的一部分，也是"80年代"理想主义终结的见证者。从文学思想史的角度看，文学的现实主义与虚无主义分别见证了"80年代"理想主义的终结。薛忆沩的长篇小说《遗弃》是进退于现实主义与虚无主义之间的杰出作品——虚无主义为实，现实主义为虚，薛忆沩并不是彻底的虚无主义者，他的作品充满对孤独与意志的迷恋——这是讲述"80年代"的叙述话语里漏掉的精神气象，但这一迷恋同样是以牺牲或疏离世俗生活为代价的。

今天回过头去看薛忆沩出版于1989年3月的长篇小说《遗弃》，人们将会吃惊地发现，文学家早已为历史留下了精准的证词与预言。《遗弃》惊人地与"80年代"保持了思想上的同步，这部被"遗弃"于历史深处的长篇小说既是"80年代"理想主义的重要范本，也是"80年代"理想主义终结的重要见证者，正如作者在2012年版的《遗弃》中自信地写道，"这痕迹一定是80年代中期中国人日常和精神生活的一份罕见的档案"①。《遗弃》是一部通过重写而"复活"的长篇小说。"它初版于1989年3月，我25岁生日的前夕。可是，接踵而至的历史迫不及待地证明了它和我的'生不逢时'。在随后的八年时间里，这本书销声匿迹。用我自己的话说，它的读者数量'即使以二进制计也不会超过四位数'（注：二进制里最大的四位数相当于十进制里的'十五'）。"② 至

---

① 薛忆沩：《遗弃》（后记），上海文艺出版社2012年版。
② 薛忆沩：《遗弃》（后记），上海文艺出版社2012年版。

此为止,《遗弃》有四个版本,1989年初刊版①、1994年修订版②、1999年修订版③、2012年重写版④。前三个版本更像是"80年代"理想主义的重要范本,2012年重写版则是"80年代"理想主义终结的见证者。从美学标准和思想深度而言,2012年重写版是薛忆沩自己更为满意的,"我惊奇地发现尽管这本'著名'的小说具备不错的总体素质,在细节上,它却已经远远落后于我现在的美学标准。如果这'古老'的传奇想重现于世,我必须对它进行彻底的重写"⑤。尽管重写版是美学趣味下的自我修正,但这并不代表初版和修订版不值得更深入地研究并探讨,也并不意味着重写版一定是初刊本的进化结果,反而那个"只有十七个读者"的初刊版,更能看出薛忆沩对哲学与文学的朝圣情结,尽管对语言的悟性与思辨能力远不及2012年重写版,但个中的青涩与笨重足见作者对现实的冲撞力,旧的版本恰好充满了理想主义的情调。假如不纠缠于审美趣味的变化,这种不断的修改反而能让人探寻出作者想隐藏且不愿意提及的"过去",对薛忆沩而言,重写的过程也堪称是一个自我"遗弃"的过程。"这重写是比'原创'更不可思议的劳作。它是一个苛刻的写作者与时间、历史和语言的角斗。它是一个疲惫的中年人与虚荣、身体和心智的角斗。"⑥ 文本修改的话题,可纳入版本学的范畴专文讨论。修改文本是20世纪中国文学史上较为突出的文学现象,这一文学现象既反映了审美趣味的变迁,也见证了写作者对内心及信念的自我保护、修正乃至否定,是以修改、重写,同时具备了版本学与思想史的价值。薛忆沩的重写是对自我的调整,他对精神朝圣的来处与去处重新做了审视。笔者相信,不同

---

① 薛忆沩:《遗弃》,湖南文艺出版社1989年版。
② 薛忆沩:《遗弃》,湖南文艺出版社1994年版。
③ 薛忆沩:《遗弃》,广东人民出版社1999年版。
④ 薛忆沩:《遗弃》,上海文艺出版社2012年版。
⑤ 薛忆沩:《遗弃》(后记),上海文艺出版社2012年版。
⑥ 薛忆沩:《遗弃》(后记),上海文艺出版社2012年版。

的年龄，造物主所给予的礼物不一样，通过专注这一强悍的品质，薛忆沩先后获得了羞涩感和完美感，前者让他敏锐，后者让他思辨。对于一个文学家而言，这两份礼物堪称完美组合，敏锐与思辨让他在文学与哲学之间进退自如。

孟繁华、程光炜留意到，"1985年后，文学的'去政治化'逐渐成为一种潮流、思潮，众多'寻根''先锋'作家都把'现实生活'等同于'现实政治'的理念带入到他们小说创作的实践之中，他们把对'生活'的远离看作是实现'文学是文学'目标的绝对前提，如马原的《冈底斯的诱惑》、阿城的《棋王》、莫言的《透明的红萝卜》、余华的《现实一种》、苏童的《妻妾成群》、王安忆的《小鲍庄》等"①。对文学与生活之间的关系，这两位学者有独到的观察。对"生活"的淡漠，基本上是"80年代"理想主义的道德共性，这是革命训练的结果。铁凝的《没有纽扣的红衬衫》②无疑有"日常生活"，但"日常生活"总在寻求革命的对象与理想。母亲的不可理喻与父亲的专制，既是生活的写照，也是革命的写照——铁凝无意间点中了革命的本质、革命的对象，非常诡异地成为革命的实质与结果。《没有纽扣的红衬衫》聪明的地方在于，铁凝在"好看"这里，找到了另一种献身精神，为了姐姐的"好看"，安然舍己忘我，"好看"让"革命"放下了武装，对"好看"的追求，一方面符合"女为悦己者容"的传统价值观，另一方面也是"人"之自我意识立起来的表现。张扬"好看"的诉求，为日常生活的合法性做出了精神铺垫。《没有纽扣的红衬衫》有难得的思想先锋意识，只不过，这篇小说的内在逻辑仍然是献身式的理想主义——为了姐姐的"好看"，为了他人的幸福，安然做出了牺牲的准备，这当然是一种献身式的理想主义。安然的身上，有着

---

① 孟繁华、程光炜：《中国当代文学发展史》，中国人民大学出版社2009年版，第174页。

② 铁凝：《没有纽扣的红衬衫》，载《十月》1983年第2期。

拯救"人类"的梦想，这在本质上，是与革命精神相通的。但《没有纽扣的红衬衫》有一个最大的思想贡献，那就是强调"好看"，这是成全式的献身，不是毁灭式的献身。强调"好看"，是非常明显的古典趣味，这个趣味与"平等"的趣味不是一个路子。它的重大意义在于，"好看"的德行，有助于匡扶肉身的合法性，有助于抗衡鄙弃肉体的哲学态度与革命精神，它肯定是启蒙或恢复世俗生活的强大力量。铁凝在这个方面的精神贡献，远没有得到重视。对"好看"这一德行的扶持，在当代文学史上，是非常罕见的精神现象。无论是"献身"的理想主义还是"不献身"的理想主义，他们对世俗生活的冷淡或离弃，都是革命训练的精神结果。现代主义当然是"80年代"理想主义的重要思想资源，但由革命培育而成的献身精神，是更内在更核心的思想资源与精神动力，对世俗生活的淡漠不是现代派的核心精神，在世俗化程度极高的中国文明里，对世俗生活的淡漠，归根到底，是革命的结果。如果说"80年代"理想主义的主流是献身式的，那么，薛忆沩的理想主义就是不献身式的，用他自己的表述来讲，就是"遗弃"。《遗弃》以"不献身"式的理想主义，见证了"献身"式理想主义的终结。薛忆沩以虚无主义为"信仰"，凭借对孤独与意志的迷恋，在小说中最大程度地净化了世俗生活，且在这一过程中提炼出稀少但纯度极高的精神生活，颠覆了精神荒原的文学成见，同时，罕见的精神生活又反过来发现了同样罕见的、真正的世俗生活（有别于庸常生活的世俗生活）——仅凭这一点，薛忆沩的见识就远远超越那些总是借助于贫苦去强调正义与尊严、总是借助于生命力去神圣化"活着"的写作。从精神发现及精神建树的角度看，薛忆沩独辟蹊径的叙事手法，乃书写中国历史与现实的大手笔。

薛忆沩的"遗弃"是多重的，其内在的语态既是被动的，也是主动的——被动遗弃、主动遗弃，在被动与主动交替的叙事中，薛忆沩不断让"消失"发生。"消失"与对"遗弃"的意义补充，或者说，"消失"与"遗弃"互为因果。对生活的遗弃，一直是薛忆沩小说中很重要的隐喻趣味，如《空巢》①《白求恩的孩子们》②《通往天堂的最后那一段路程》③《流动的房间》④，其意不在消灭生活、不在鄙夷生活，而是借"消失"这一动作隐喻世俗生活的"基本不存在"或"根本不存在"。薛忆沩所遗弃的、遗弃中消失的，远不止于生活，他对时间的野心，远大于对生活的野心。由此角度看，薛忆沩的"遗弃"式理想主义，与"先锋文学"之远离政治与疏远生活的写作趣味，有本质上的区别，也因此，他的理想主义在"80年代"的思想史中独树一帜。

对生活的"遗弃"贯穿整个小说。《遗弃》中的图林，是一个业余哲学家。这个身份当然暗示了哲学家式的对肉体罪恶的嫌恶，那里多多少少有来自柏拉图对精神与真实的迷恋。也许薛忆沩并不那么强调欲望的罪恶，作者借图林的口道出，"我不喜欢日常生活，可是我喜欢记录日常生活"（《遗弃》第18页），他更迷恋灵魂的智慧，他恐怕不大相信肉体能给人带来多少智慧，肉体在他的小说里，是灵魂的载体，灵魂的事，是不必在肉体死后发生的智慧之事。

"遗弃"血缘关系的过程，不断有人"消失"。血缘关系包括父系母系亲属，父系被蔑视——这似乎是来自新文化运动的思想习惯，而母系充当了讲述故事的角色。血缘关系是更深远的"体制"，尤其在中国，那是自周公建制之后不断完美的法则，血缘关系规定等级关系财产关系，它奠定基本的社会伦理与民间秩序，它无所不在。它是现代社会最无法摆脱的古典法则，它是根植于生育这一自然法则的与人类相始终的法则，它最具备规定人身依附关系的能力，自古以来，宗教、无神论甚至是现代世俗法都对血缘在人身依附关系上的独断地位提出了不断的质疑。人属于谁，人能否属

---

① 薛忆沩：《空巢》，华东师范大学出版社2014年版。
② 薛忆沩：《白求恩的孩子们》，新地文化艺术有限公司2012年版。
③ 薛忆沩：《通往天堂的最后一段路程》，花城出版社2009年版。
④ 薛忆沩：《流动的房间》（小说集），上海文艺出版社2013年版。

己,历来都是重大的思想问题。"五四"新文化运动从现代意义上的"人"入手,对血缘关系内的人身依附关系进行了严厉的批判,革命曾试图打破这种以血缘为核心的等级制度,但革命很快以一种新的"血缘"关系代替了旧有的血缘关系,从而建立更严密的人身依附关系。由此,书写中国社会,血缘关系定是一个重大的突破口。薛忆沩非常聪明,他找到了这个入口。父亲是第一个在小说中出现的与图林有血缘关系的人,父亲推开"我"的房门,"我"缩进了被子里,父亲"在我的被子上轻轻拍了几下","我很不喜欢他的这种身体语言"①,革命后的父子关系,已没有办法习惯世俗生活里的温情相对。"我"蔑视所有父亲,"我蔑视的不仅仅是我的父亲,而是所有的父亲:亲生的,继养的,修辞学意义上的……我蔑视象征着权威的'父亲'这种身份,这个词"(《遗弃》第4页)。"我"对亲生父亲的遗弃是因为他一生都依赖组织相信组织,当父亲失去了组织之后,赌博,完全活在自己的世界里,这样让"我"更蔑视父亲。"母亲与我的关系也变得越来越疏远了"(《遗弃》第4页),对母亲的遗弃是因为她总是以关心的理由指挥"我"的生活,母亲一辈子都被荣誉奴役,荣誉规定了她一生的价值观与行为规则。外公躺在病床上,"我"是以理性的态度来看待疾病和死亡的,"病人需要探望大概只是健康人的幻觉,就像死人需要葬礼一样",外公的面无表情,实际上是"我"的面无表情,"我"没有痛苦和同情的欲望,在死亡面前,"我"所做的,只是思考。外婆不能缺席,她是重要的讲述者,她连接着比"现在"更长的历史,"有唠叨不完的现在,也有唠叨不完的过去。她甚至有唠叨不完的未来"(《遗弃》第40页),"我惊叹她的过去。……那是她用记忆捍卫的世界。那是永远也不会遗弃她的世界"(《遗弃》第41页)。外婆是作为一个讲故事的人得到"我"的重视,

---

① 薛忆沩:《遗弃》,上海文艺出版社2012年版,第3页。除注明外,本书所引《遗弃》,均引自此版。

家庭史总是需要一个有智慧的人来讲,这个人,不可能是母亲,因为"体制给她的信仰和教条剥夺了她已经通过遗传获得的叙述能力"(《遗弃》第41页)。老外公、老外婆是知道"过去"之德行的人,老外婆是通过死亡"消失"的,老外公在"改朝换代的前夕突然离家出走,从此杳无音信",虽然最终都是死亡,但老外公的"消失"似乎另有深意,他的"消失"也许意味着"过去"的同情心与内疚心之德行,亦将要"消失"。老外公是过去时态的"德行",外婆是连接过去、现在、未来的智者,母亲是过去作用于现在的结果,"我"是试图要摆脱这个结果的智者。还有参军的弟弟,"我和弟弟的关系一直都很疏远"(《遗弃》第92页)。这个血缘关系的设置,只不过是为了让作者更方便思考战争与哲学的关系,甚至是思考战争与性的关系。还有母亲婚前生下的孩子,只有外婆知道的那个孩子,让"我"看到了"福音",原来,一生视荣誉为信仰的母亲,也有违逆规矩的时候。母系亲属的关系是清晰的:母亲、外婆、外公、老外婆、老外公、舅外公,以及母亲的非婚生孩子(性别不明)。父系亲属是单薄的,只提到了父亲。薛忆沩也许并不是偏重母系亲属,而只不过是看重母系亲属的叙事能力,这是一个合乎经验的处理办法,从说话的角度来看,似乎女性承担了更多的口述传统。血缘关系在《遗弃》里,既充当了叙事的功能,也充当了自我终结的意象。老外公消失在历史中,弟弟死在战场上,"我"消失在时间里,也许三人分别代表了良知、勇敢、智慧等美德。这些美德的消失,似乎能把过去、现在、未来连接起来。《遗弃》把人从血缘关系中剥离出来,让他们成为单个的、孤独的个人,成为对他人没有人身依附关系的个人。虽然"我"在消失之前,一直待在家里(短暂离家是为了寻找人间天堂),但"我"是以漠视血缘关系的方式待在家里的,"我"不愿意以血缘的方式与家人发生联系,但"我"愿意以思考的方式与家人发生关联。通过这种叙事处理,薛忆沩巧妙地"遗弃"了血缘关系的世俗意义。

两性关系是血缘关系的基准。两性关系是世俗生活中长久的稳固关系,这种关系天然地有让"个人"消失的能力。薛忆沩所做的尝试是,把个人从两性关系中抽离出来,让人处于"分离"的状态。小说进入两性关系的叙述,是从对彼此背叛的恐惧心开始的,不是害怕失去,而是害怕不忠诚,"我"与Z"必须"隔得很远,分离的激情远胜于在一起的庸常,彼此通过写信维持激情与想象,罕见的见面是为了分离,为了彼此遗弃。让感情消失的是时间,"感情是无法与时间、耐心和平庸的生活抗争的"(《遗弃》第27页)。"我"与Z是大学同学,毕业的时候,尽管组织已经知道两人之间的关系,但组织"却不同意将我们分配在一起或者距离稍近一点的地方"(《遗弃》第87页)。但组织的力量只是偶然性的,分离才是两性关系的终极追求。"我"与Z之间的关系终结于怀孕——Z与他人发生关系之后的怀孕,最终分手是因为Z怀了他人的孩子。薛忆沩遗弃了两性关系,"我"对情人的情感似乎只能存活在没有怀孕的分离状态中,一旦怀孕,一旦血缘关系"进攻"我的"生活",我便感到恐惧,感到世界对个人及哲人王的摧毁力。从世俗意义来看,薛忆沩完全剥离了两性关系的功利性功能与非功利性功能。他在"性"这里,找到了革命的意味。薛忆沩充分运用了"性"的叙事能力与洞察能力。"性"在薛忆沩的小说里,一直是非常重要的隐喻,那不是生活,是隐喻,他写性,不带感情,他的兴趣总是借"性"的本能反应揭示事情的本质,他对"性"的日常生活不感兴趣,他不关注性的"脂肪",他透过性的"肌肉"与"骨架"关注"性"的精神取向。"性"是日常生活的核心力量,它规定了血缘关系,它推导出血缘关系,"性"是贯穿人类始终的精神力量,"性"是同时具备古代性与现代性的世俗力量,它融合了人类的功利性诉求(生育)与非功利诉求(情感)。薛忆沩对"性"叙事的悟性,不全是来自俄狄浦斯与弗洛伊德的启发。恋母情绪、自我本我超我等归纳法,似乎太过机械,我猜想,薛忆沩在革命这里(革命启发了他对"性"的理解),找到了与之相关的叙事节奏,他似乎把"性"看成了日常生活中的"暴动"。例如,《空巢》写到母亲与父亲的第一次性生活,性生活是在杀声震天中完成的,"我没有想到性交与战争会有如此密切的联系"①,"除了杀声震天的第一次之外,我们整个的性生活都极为平淡"②。这也能解释,为什么薛忆沩的许多小说里,总是有革命叙事的味道,是革命在启发薛忆沩的写作,而不是日常生活在启发薛忆沩的写作,或者说,在革命这里,薛忆沩找到了连接形而下与形而上的关键点。薛忆沩从"性"这里,发现了摧毁世俗生活的隐秘力量,胆识过人,假如"性"对生殖后代产生恐惧(孩子这一意象终结了"我"的爱欲,《遗弃》里 Z 的小孩最后没能来到这个世界),假如"性"放弃了生殖的自然法则与功利性诉求,"性"自然而然就具备了革命的能量。薛忆沩对"性"的遗弃,同样始于对其世俗意义的遗弃。

互为因果的血缘关系与两性关系,共同建构了一种有如宗教一样强大的神圣力量,甚至可以说,这两者构成了本土文明最根深蒂固的世俗"信仰"——生生不息。血缘关系与两性关系,是中国世俗社会里的"道",它几乎是不变的。《遗弃》从这个入口进入对这一文明的思考,作者似乎在思考,净化了这两种世俗关系之后,打碎生生不息这一世俗信仰之后,精神生活与肉身生活各自还剩下什么。

体制与战争,是中国世俗生活里的"器"。体制与战争虽为常态,但具体的形式不断变化,所以,从"器"的层面去理解是合适的。体制与战争建构的这个"器",其实是世俗社会为"成功"或"胜利"所设计的规范。《遗弃》写得巧妙的地方在于,体制与战争成为互为隐喻之器,你能在体制里看到战争,也能在战争里看到体制,但《遗弃》显然对体制与战争没有太大的批判欲望——

---

① 薛忆沩:《空巢》,华东师范大学出版社 2014 年版,第 155 页。
② 薛忆沩:《空巢》,华东师范大学出版社 2014 年版,第 155 页。

"批判"太浅表,"批判"的结果是要打倒推翻,《遗弃》志不在此,志在"消失",志在如何让人找到"消失"之路。薛忆沩对所谓体制与战争之"恶"①,在道德层面批判的兴趣不大,他的兴趣在于考究人与体制及战争之间的关系,在他那里,体制与战争反而成为启发自我遗弃之冲动的现实力量。"如果我也能被分成两半,我就可以让一半去忍受无聊的体制,一半来欣赏迷人的自由。这种双重的生活也许会让关于生活的证词更有魅力。"(《遗弃》第85－86页)人与体制与战争共生,《遗弃》更大的志趣在于,作者要从所谓的"成功"与"胜利"后面,发现"悲剧"的所在,作者要寻找中国式的"悲剧的诞生",进而挖掘"悲剧"对日常生活的净化作用。如果说体制的关键词是无聊的话,那么战争的关键词就是激情,它们之间的关系,如果以日常生活去隐喻的话,那就是庸常与性的关系,前者忍受痛苦,后者创造激情。"我"对体制的离弃方式是,"我"成为一名"自愿失业者","这一天我彻底摆脱了这种虚伪和冷酷的体制,不仅与'现在'断绝了关系,也与'过去'划清了界限。当然,这也可能意味着我已经与'前途'势不两立"(《遗弃》第83页)。体制与战争的世俗趣味是"成功"与"胜利"。"现在""过去"和"未来"之间,如果存在必然性的话,那这个必然性的叙述逻辑,无疑也避免不了"成功"或"胜利"的世俗趣味。但是,假如遗弃了"成功"与"胜利"的世俗趣味之后,还剩下什么,"战争是混乱的顶峰。它令死亡迫在眉睫,令恐惧无地自容","想家的士兵就像是一个迷路的孩子,他比那些视死如归的士兵更容易失去'回家'的机会"(《遗弃》第128页)。遗弃体制与战争——并不是要否定体制与战争,都是对成功与胜利的大逆不道。在遗弃的过程中,"我"对"成功"与"胜利"充满了怀疑与不安。"成功"与"胜利"这一世俗趣味的可怕性在于,它有能力让所有的人都过上同一种生活,譬如献身式

---

① 纠缠于体制与战争之恶,多为俗见。

的生活。献身于体制，让体制打磨人们忍受痛苦的耐性；献身于战争，让革命彰显其正义性与合法性。战争看似是远离世俗生活的，但如果借用柏拉图对肉体罪恶的理解来看，战争的根源来自肉体的欲望与罪恶，那么也可以说，战争恰好是世俗欲望的集大成者。如果从暴力乃天性的角度看，战争也是世俗生活的重要组成部分。"要说战争永远是一种罪恶，那不真实。在人类历史的某些阶段，战争完全符合人性。它有利于开发人类最精妙、最优秀的官能。……但是，战争的所有这些好处，无不依赖于一个必不可少的条件：战争应该是势所必至和人民的民族精神的自然结果。"① 革命对战争的偏爱，恰好是因为革命可以从战争中提炼出尚武精神的高贵品质，譬如忠诚、勇敢、视死如归、信守承诺、牺牲与奉献等世俗生活中罕见的品质，对这些品质的强调，抽离了基本的世俗生活。正是由于抽离基本的世俗生活，对这些品质的强调，才背离了革命的初衷。至少可以这样说，建立世俗生活的目的并没有在革命时代实现。"80年代"的理想主义，正是在没有世俗生活的基础上生发的，它的出发点，似乎也决定了它自我终结的命运。

　　写到这里，基本上可以看到薛忆沩的犹疑之处，薛忆沩疏离世俗生活的趣味，看上去似乎是一个有关灵肉的哲学趣味，但落实到中国80年代的语境，它无疑带有革命的精神记印，"我"似乎在想尽办法摆脱革命的精神印记，但他为"性"所赋予的革命性，又体现出他对革命的隐秘激情。性是日常生活最为常见的暴力，战争是日常生活中不那么常见的暴力。在自我遗弃中，薛忆沩发现了摧毁世俗生活的隐秘力量。当然，这种遗弃是不彻底的遗弃。图林最好的朋友韦之是历史学家，图林把他消失前的文稿留给了历史学家，"亲爱的朋友，请立即销毁我留给你的那份'关于生活的证词'"（《遗弃》第1页）。这个细节很难不让人想起卡夫卡留给朋

---

① ［法］邦雅曼·贡斯当著：《古代人的自由与现代人的自由》，阎克文、刘满贵译，上海世纪出版集团2005年版，第205页。

友布洛德的遗嘱,薛忆沩的写作雄心与骄傲可见一斑。遗弃血缘关系、两性关系、体制、战争之后,终于来到了对"自我"的遗弃,这是极其现代的理想主义。"遗弃"显然还有一个哲学志向,那就是突出"我"在这个世界上的无依无靠,没有亲人,没有情人,没有体制,没有尚武之道可以求助,"我"想依靠思考的力量,借助对孤独与意志的迷恋,摆脱对各种具体形式及抽象意义的人身及精神依附,通过"无依无靠"的方式,建构人的独立性。这是现代乌托邦的书写方式。即使"遗弃"是虚无主义的姿态,是遗世而独立的个人情怀,但极少虚无主义是"不活着"的虚无主义,虚无主义的预设哲学前提仍然是活着,从本质上来讲,虚无主义是对功利主义的劝谕与克制。薛忆沩对语言与革命的迷恋,是智慧理性信仰的结果,这也是他不能彻底遗弃的重要原因,同时,世俗生活的不可彻底摧毁性,也是不能彻底遗弃的重要原因。小说想象了一个沙漠的场景,这是一个极佳的隐喻,沙漠上的汽车变成一头石象,"它坚挺的鼻子像箭头一样指向那个跳舞的女人。她不断撩起自己的裙子……那是一条无限的裙子,那是她向无限的挑战"(《遗弃》第169页)。人与欲望同在,欲望这种看似形而下之物,恰好可以通往无限的形而上之境。《遗弃》的理想主义,是从中国的历史与现实中,发掘出中国式的"悲剧的诞生"。如尼采所言,悲剧以悲剧英雄为化身,"把我们从追求这种此在生活的贪婪欲望中解救出来,并且以告诫之手提醒我们还有另一种存在,还有另一种更高的快乐——对于后者,奋斗的英雄通过自己的没落,而不是通过自己的胜利,充满预感地做了准备"[①]。在这里,中国式的悲剧"英雄"化身为没有任何世俗能力只剩思考能力的"珊瑚碎片"。薛忆沩借助"珊瑚碎片"身上呈现的个人主义特征,思考中国文明的现代遭遇。这种没有世俗能力的个人主义,虽然克制了世俗的感情用事,但不足以颠覆整体性与集体性。这种理想主义从一

---

① [德]尼采著:《悲剧的诞生》,孙周兴译,商务印书馆2015年版,第153页。

开始就埋下了"消失"的伏笔。悲剧英雄被粉碎为"珊瑚碎片",巨人变成怪人,个人自足于私人生活。这正是虚无主义所预言的现代悲剧,也正是薛忆沩的"不献身"式理想主义。

理想主义与革命最为相通的地方就是对世俗生活的疏离与淡漠,这也是"80年代"的主流理想主义与边缘理想主义遭遇挫折的重大原因。从哲学的层面讲,这是灵与肉、短暂与永恒之间的论辩。深究起来,对肉身的轻贱无非来自灵魂说。灵肉之说,当然不是西方的独有产物。据闻一多的《神仙考》,由火葬可证,"神仙是随灵魂不死观念逐渐具体化而产生的一种想象的或半想象的人物",在这之前,有肉毁灵生之极端不死说(肉体死亡灵魂释放),后有中和的灵肉共生说,再有肉体不死说,等等①。当然,还要加上灵肉皆灭的说法,这是灵肉共生的变体。灵与肉之关系的流传,无非反映了人对短暂与永恒、虚假与真实的基本看法。当灵与肉并置时,"肉"当然处于叙述与论辩的劣势,因为肉身必死、精神超验,短暂意味着虚假,永恒意味着真实②。以轻贱肉身、疏离世俗生活的方式完成道德自律,这是"80年代"理想主义不及新文化运动之处。从历史的层面讲,这是古代性与现代性的关系问题。顺利发生且顺利发展的现代化,必定为世俗生活赋予现代性。世俗生活的现代化,是古代性向现代性顺延的必要条件。献身式理想主义和不献身式理想主义,不约而同地表现了对物质的疏离与厌弃,献身式理想主义的道德自律,是通过对"贫穷"转向"牺牲与奉献"的书写来完成的。显然,"贫穷"有助于奖励牺牲与奉献的献身精神,但不利于建构世俗生活的尊严与现代性。不献身式理想主义的办法是通过净化日常生活,寻找精神生活及中国式现代悲剧。不同

---

① 闻一多:《神仙考》,见《伏羲考》,上海古籍出版社2009年版,第118－137页。
② 闻一多考论神仙,描述"真人"时称,"升天后既有那些好处,则活着不如死去,因以活着为手段,死去为目的,活着的肉体是暂时的,死去所余的灵魂是永久的,暂时是假的,永久是真的,故仙人又能谓之'真人'"。参见闻一多《伏羲考》(《神仙考》),上海古籍出版社2015年版,第128－129页。

的理想主义作品里，也呈现了罕见的世俗生活，但这稀薄的世俗生活，远远不足于建构世俗生活的现代性。

如前文所言，"80年代"与革命时代有隐秘的联系，"80年代"理想主义的核心是重新寻找"牺牲与奉献"的献身精神，尽管这一过程重新张扬了新文化运动所启蒙的个人主义，但这种个人主义是依附于集体情怀之中的，它是没有经过良好而成熟的世俗生活培育而成的个人主义，所以，它也仅限于个人主义，一旦集体情怀烟消云散，个人主义也就魂飞魄散。"80年代"理想主义的遗憾，在于没有合适而良好的机遇，对被精神生活长期压抑的世俗生活进行精神及尊严层面的匡扶与认定，世俗生活的现代性，直至今日，尚未获得健全。对世俗生活的疏远、淡漠甚至是心存戒心，忽视世俗生活对现代性的塑造，这是"80年代"理想主义的大遗憾。个人主义停留于理想主义层面，这个理想主义在客观上牺牲或离弃了世俗生活。这种牺牲或离弃，恰好是理想主义最终遇到重大挫折的重要原因。随之，也就能解释，"90年代"的个人主义离弃理想主义而去，但这种背离理想主义的个人主义同样没有能力为世俗生活赋予现代性。"90年代"的个人主义不幸深陷恶意的批判，消费主义文论以及社会学文论的武断与功利，遮蔽了90年代以来重要的文学审美及思想新变。

二、现代神话的讲述

爱是现代神话的核心精神资源，爱也是救世主与终结者，看上去无所不能又无处不在，通行于各种文学体裁，甚至担任"人的发现"思潮中的先锋。"我一直认为人的生活其实是两个魔术师斗法之后留下来的败局。一个是代表死亡的魔术师'时间'，一个是代表生命的魔术师'爱情'。虽然时间是最终的胜利者，爱情的抗争却给人类的失败带来了诗意。……爱情把人带到神话的境界。每

个人都会因为爱情而变得与众不同。"①（薛忆沩）

　　爱情堪称是现代世俗生活的普适宗教。爱情不是现代的产物，但爱情是以这样的方式具备现代性的：走向现代的过程中，爱情成为精神获救的重要方式，更成为提倡平等、打破等级制度的重要推动力量。长久以来，人们把爱情限制于世俗乃至庸常生活的内部来理解，这无疑局限了对爱情之思想史价值的判断。爱情的思想史变迁，其价值绝不见得输于制度的思想史变迁。以中国为例，清末民初的思想变迁，人们对爱情（自由恋爱）的态度，直接冲击了传统的婚姻制度，接下来改变的是宗法制度、等级制度。对此，文学的反应是迅速且极具洞见的，尤其是民国以来的小说，较多地书写了大家族及小家庭的危机，这后面，当然离不开爱情之现代意味的崛起。政治经济文化制度的变化相对明显，精神与思想的变迁则需要突破陈见方能有所察觉。以欧洲为例，在平等化的现代潮流中，爱情同样充当了重要的角色，其作用并不亚于宗教与资本之力。宗教抹平了贫富的身份差距，贫者同样可以通过僧侣制度获得权力。资本一旦可以直接购买贵族的身份，血统原定的高贵性迟早都会被稀释。爱情比宗教与资本来得更潜移默化，爱情有足够的能量冲击旧有的通婚制度，它甚至不存在真正意义上的原罪。从精神层面来讲，爱情是能够说服宗教和世俗制度且能与之达成协议的重要力量。就基本事实而言（伦理争议是另一回事），同性恋在英美等国获得世俗制度的认可，其实都可以说明是现代化之后的爱情力量在起作用。所谓的人权，是可以直接放到立法层面的力量，但后面的精神力量，仍然来自爱情的道义，其力量不仅在于其能激发类似宗教信仰般的情感，也在于其能揭示人生的普适性悲剧，拥有爱情是世俗与精神层面的大欢喜，但与时间相比，它又必然是悲剧。爱情的原罪，大致能从生育和欲望等层面去寻找。但这些所谓的原罪，

---

①　薛忆沩：《薛忆沩对话薛忆沩："异类"的文学之路》，华东师范大学出版社2015年版，第42页。

到了现代，已经基本不再成其为原罪。爱情似乎已被现代文明塑造为能够优化生育的重要办法，生育不再是婚姻的首要目的，在欧洲一些国家，生育甚至有与婚姻剥离之势。即使是在婚姻制度内，爱情也似乎已被视为婚姻及生育的前提之一。到了现代，世俗中的爱情虽然也深受世俗道德及功利性诉求的约束，但从文学的角度来讲，爱情早已是冒犯婚姻道德律的重要力量，就像文学冒犯现代语法一样，文学里的爱情通常享有免受道德制裁的权力，正是这种冒犯之力以及思想特权，使人类的精神胸怀及境界向更高远处推进。

同时，爱情堪称现代审美的重要精神之源，也是不需要借助传统宗教就能获得神圣感的重要力量，这恰好是"现代"的重要体现。现代文明成功地把爱情与天性联系在一起①，"人的发现"因而找到了最强有力的非理性因素的支持。现代性不仅把爱情打造成受难者的形象，也把爱情打造成改变旧制度的革命者形象。平等也许只是精神上的幻觉，但在各种力量的共同作用下，以等级制度为核心的旧制度至少在形式与法律层面被瓦解了。在这一过程中，爱情及其叙述策略所起到的作用，不可忽视。爱情被"现代"神话为可以自救的力量，相应地，能与爱情相制衡的世俗精神力量，大概就是自我的实现欲与永恒的孤独感了，此为后话，不赘述。爱情的伦理变迁，可归于精神层面的思想史，这样的历史，同样需要考据。

爱情不仅参与了现代化的进程，而且因此实现了自身的现代性。从某种意义上来看，爱情的现代性，恰好在于其宗教意味或神性，"现代"把爱情的宗教意味或自我完善的神性释放出来了。"现代"失却了"古典"的节制美德，但感情用事的思维习惯却释放出爱情的神圣意味，有如宗教，爱情的神圣意味也在于奉献与牺牲。爱情的宗教及神圣意味，为现代神话的书写提供了神迹般的启示。领悟此种神迹且能书写出相应的现代神话的作家不多，苏曼

---

① 爱情是天性所致还是文明驯化的结果，存疑。

殊、沈从文、张爱玲、王小波、薛忆沩是能写出现代神话的作家。苏曼殊的小说如《断鸿零雁记》等，缠绵气、自恋心、暮气太重，言辞间有不节制之气，有不寿之相，但脱俗之审美教养帮他留住了诗意，他的现代神话，就建立在那一点点残留的脱俗之美上。沈从文的现代神话建立于爱与美之上，"评论者总是被沈从文的'乡土性'所迷惑，但他最具理想的作品，是以'城'命名的（《边城》），沈从文是要在走向现代的社会里经营一见钟情的中国式神话，他的世界，远远不止乡土性，因为有爱与情的神话在，他的'城'得以建立在'乡'之上，以单纯的城乡对立思维去理解沈从文，恐怕还是过于简单，沈从文的现代趣味，隐藏得非常深"①。假如沈从文的《边城》更名为《边村》，个中的滑稽将可想而知。张爱玲的《倾城之恋》及《色，戒》亦是讲述现代神话的杰作。《倾城之恋》剥离了世俗社会的所有物质，让爱成为天荒地老后仅存的诗意。《色，戒》让爱冒犯世俗社会的既定制度与秩序，作者把爱写成"大同书"，同时让爱成为殉道者。死亡成为爱情的最佳隐喻，无论是修辞还是能指，都十分惊世骇俗。即使是剥离了所有的物质，世俗生活仅剩下断垣残壁，那被过滤出来的爱，还是世俗生活净化后的结果。张爱玲笔下的爱情，远远不止于儿女情长，无论是通俗文学还是女性主义的视角，都是对张爱玲的矮化。王小波的《黄金时代》②也值得一提：王二与陈清扬之间若有若无的爱——从性里分离出来的稀薄之爱，为没有孤独自由的时代留存了孤独。人的尊严不仅仅来自对爱的信仰，更来自对孤独的领悟与践行。孤独是比爱情更终极的境界，孤独的拯救之力在于它有可能让人对任何集体及人身依附关系有所警觉，爱不能让人摆脱集体主义、民粹主义、民主暴政的诱惑，但孤独在某种程度上可以做到，

---

① 拙文《杨克诗论》，未刊文。
② 本书所引《黄金时代》，均出自《王小波作品精选》，长江文艺出版社2005年版，第49–88页。

孤独也可以使人倒向人群，但孤独始终能保留一份"格格不入"，就像"伟大友谊"中的陈清扬，"她和任何人都格格不入"，无论是爱还欲，都无法从根本上更改她对"格格不入"的执着。从精神之思想史来看，"现代"正是人在孤独的驱使下追逐孤独的结果，尽管对自我独立的追逐最终可能只是一场幻觉，但孤独一定会长于人的始终。王小波以爱的幻觉，扶持了孤独的力量与尊严，陈清扬是孤独的幸存者，也是爱与孤独之间的犹疑者，显然，孤独对陈清扬的诱惑更大，虽然在生死关头两巴掌拍出了爱——"那一回差一点死了"，是死亡而不是性启蒙了爱与罪，爱生发的地方，罪也发生了，性"活"在革命与日常生活中，但生死、爱、罪才能在精神世界里互相匹配。在性里写荒原——"陈清扬说，在章风山她骑在我身上一上一下，极目四野，都是灰蒙蒙的水雾。忽然间觉得非常寂寞，非常孤独。虽然我的一部分在她身体里摩擦，她还是非常寂寞，非常孤独"。在爱里写原罪，这是《黄金时代》写得放肆又庄重的地方，也是显示王小波才华逼人的地方。爱与罪同时发生了，但爱的命运仍然是孤独。小说的最后，火车开走后，王二就再也没见过陈清扬，他们之间的"伟大友谊"，在完成修辞的政治隐喻后，烟消云散，一闪而现的爱和永恒的孤独，是《黄金时代》里的神迹所在。假如小说只是沉醉于爱欲的政治修辞，其格局不可能太大。对于一个智者来讲，完善自我比政治修辞更具备诱惑力，正如色诺芬笔下的苏格拉底与安提丰论辩时所说的，"能够一无所求才是像神仙一样，所需求的愈少也就会愈接近于神仙；神性就是完善，愈接近于神性也就是愈接近于完善"[①]。《黄金时代》是通过这样的方式，完成了自我的完善，也因此完成了对爱欲之政治修辞的超越。

所谓写出现代神话，绝不仅限于宗教般的忏悔与救赎。神话乃

[①] ［古希腊］色诺芬著：《回忆苏格拉底》，吴永泉译，商务印书馆1984年版，第36页。

至文学的现代讲述,过多地依赖于宗教思维,处处强调忏悔与救赎的意味,这实在是文学的短视。宗教是忏悔式的、皈依式的、祷告式的,而文学则是可以争辩的,虽然走到最后都可能是对罪的同情与宽恕,但文学也许少了审判这一关。人最后的精神出路并非是大一统的,文学比宗教更具同情之心。20世纪以来的中国文学,不乏重写神话的动作,但能写出神话意味的,少之又少。这在很大程度上是因为鲜有写作者能仔细去思考并探究神话之"现代"讲述的可能性:不完成伦理的现代转换,是无法完成神话的现代讲述的,缺乏现代性的认知,古典神话很难在现代讲述中复活。"现代"并不意味着完美,但它一定意味着变迁,"现代"是不可挡的大势。以此话题延伸,神话的现代讲述是文学一种,现代神话的发现也是文学一种。相比起来,现代神话的讲述,可能会面临更大的困难。越往后走的现代社会,从大势来看,是去神话色彩的。"现代"释放了爱情的神圣意味,这种神圣意味填充了世俗生活的精神缺陷,且在一定程度上解决了灵魂的安放问题。但这并不能改变越来越"现实"的大势,譬如科学,它一定怀有究尽爱情秘密的技术雄心,只不过,若真有那么一天,人类作为有灵性的物种,恐怕也离终结不远了。在大悲剧的格局下,要写出人生的那一点喜色与欢喜,绝非容易之事。在去神秘化的现代,要写出神话之色彩,更是难上加难。"当代"之盛行现实主义、现代主义、后现代主义,绝非偶然,但这些主义并不能代表全部的思想事实,甚至可以说,它们可能已经成为简化人类精神世界的思想成见。在看似不可逆转的大势下,回过头去思考神话的现代叙述及现代神话的书写,自有其价值在。现代神话的讲述之所以重要,就是因为这种讲述足以建构世俗生活中的神圣性,也能够看到现代社会中的"伟大"之处,尤其是世俗生活中的伟大之处——这一点,恰好是"现代"所具备但曾被"古代"遮蔽的品质。欧洲文明的现代化,相对较好地解决了这个问题,解决的手法多元,但解决的核心思想资源仍然是来自"人的发现"。这个问题如果很好地得到了解决,"伟大"

的现代过渡也就得以完成。这样的现代社会，因此具备识别世俗生活中伟大品质的能力。这种识别能力恰好是召唤个体的人追求完善（神性）的最好助力。中国文明有不一样的地方，"伟大"这一品质在集体层面的现代过渡是非常成功的，但在个体层面，"伟大"这一品质的现代过渡是有遗憾的。极度重视世俗生活是中土文明的重要特点，如中医对天地万物（花草树木、飞禽走兽等，各种有形无形之物）的天才识别能力，诸夏子民在吃的方面无所不用其极，都是可坐实的例证。极度看重世俗生活，并非必定缺乏敬畏之心，它同样可以孕育伟大品质与敬畏之心。这些传统，其实为个体之现代自我完善提供了很大的可能性，但遗憾的是，我们的"现代"，并没有充分地意识到这些传统的重要性，在革命等诸因素的作用下，世俗生活由被赋予原罪到逐渐庸俗化。这种大势，对识别世俗生活中的伟大与神圣品质，对书写现代神话，都是有障碍的。相应地，必然就会出现矮化及虚化世俗生活的文学趣味。细究起来，反而是那些不在文学思潮归纳范围内的写作者，能够发现被大势遮蔽的灵魂之事、思想之实。

王小波与薛忆沩于1991年同时获得台湾《联合报》文学奖，也许冥冥之中有天意在。在书写现代神话这一点上，二人有异曲同工之妙，他们都有能力看到荒原并能从荒原中发现一点点神迹，这神迹的发生，又与前文所说的爱情之宗教意味有关——只是以宗教隐喻，并非以宗教为至上。所谓宗教意味，是一种修辞的手法，喻指人性中最有可能接近神性的那一部分，这也是本书以"神话"入题而不是以宗教入题的重要原因。以爱情入笔，写出破败人生的残存诗意，这是薛忆沩的神话之境。薛忆沩对神迹的处理，一向非常谨慎。无论是谦卑、忏悔还是救赎，凡是与神性接近之事，薛忆沩都隐藏得至深，有时候甚至是以虚无自弃的方式掩盖之，譬如修改后的长篇小说《遗弃》，就是典型的例证。《遗弃》中的"我"，一步步剥离世俗身份，如单位人、儿子、兄长、情人等身份先后被遗弃，最后把世俗中的"我"变成了精神上的"无"，而这个

"无"恰好是最可能接近自我完善（神性）的存在，但薛忆沩把这个自我完善藏得很深，他更大的兴趣在于骄傲地说出时代的预言，以完成智慧意义上的自我加冕。《通往天堂的那最后一段路程》①里的"天堂"二字有一定的迷惑性，它未必是上帝的那个天堂，也许它只是一种有关灵魂的意指，灵魂与天堂似乎是自然而然的必然关联，但殊不知，在人间地狱里，灵魂也能找到安放的幻觉，天堂是镜像，它并不意味着灵魂的必然归宿，天堂有可能在灵魂的最黑暗处、在激情的巅峰，也可能在乌托邦的尽头，这个信仰不是在皈依中实现的，而是在人神的冲突中实现的。短篇小说《上帝选中的摄影师》②借用上帝之名书写"荒诞的神话"，"上帝"在这里，更多的是历史与叙事层面的隐喻，上帝让叙事者变得全知全能，但这个未必真的是神迹所在。虽然薛忆沩的每一部作品，都可能存有接近自我完善（神性）的求索，但有意写出神话之境的小说，并不多。迄今为止，其长篇小说《希拉里，密和，我》③ 看上去可能是最靠近神性且深具神话意味的小说。把薛忆沩的长篇小说《空巢》④ 与《希拉里，密和，我》对照起来读，更是饶有趣味。两者的连接点是废墟与荒原：前者写的是理想主义崩坍之后的废墟，后者写的是废墟上有可能生长出来的奇迹；前者是中国的，后者是全球的。薛忆沩的小说常有数学的精准与哲学的美妙，互文性非常强：多年前的小说里滴的眼泪，能在多年后的小说里落到实处，多年前的小说中响起的枪声，能在多年后的小说里散发硝烟。他对时空中的物质微粒及超越时空的精神气象，识别精准。薛忆沩心思之细密、洞察力之深刻，常令人叹为观止。

《空巢》透过两个充满骗局的世界构想了两种得救的幻觉，而

---

① 薛忆沩：《通往天堂的最后那一段路程》，载《书城》2004 年第 5 期。
② 薛忆沩：《上帝选中的摄影师》，见《首战告捷》，华东师范大学出版社 2013 年版。
③ 薛忆沩：《希拉里，密和，我》，华东师范大学出版社 2016 年版，原载《作家》2016 年第 5 期。
④ 薛忆沩：《空巢》，华东师范大学出版社 2014 年版。

这两种得救的幻觉,都是从"相信"的感觉中得出来的。相信母亲,相信革命伦理层面的母亲和血缘伦理层面的母亲,两个母亲共用一个肉身,至小说终结,"我"都没有摆脱母亲对自己的精神诱惑,假如将这个精神诱惑略微形而上一点,就可称之为政治及伦理的乌托邦。正是"相信"这种类似宗教信仰般的情感,让人间变成了一片废墟。血缘伦理层面的母亲,看似拯救了革命理想幻灭后的人间,看似通过"大便失禁"的方式得到了身心的解放,但这种"解放"最后还是迎来了母亲的召唤①,血缘伦理层面的母亲,象征更大的幻灭。小说的最后,母亲的魂灵出现在路边的小树丛中,"'我知道你不会骗我。'我说。'当然不会。'我母亲说。'只有你。'我说,'只有你不会。''永远都不会。'我母亲说。我的眼泪继续像刚才的虚汗一样涌冒出来。'我想跟你走。'我说,'我想离开这个充满骗局的世界。'我母亲对我招了招手。'你过来,孩子。'她说,'我带你走。'"② 母亲的承诺让"我"再一次走向了"相信"——后面也许是更大的骗局,欺骗与相信必是有无之相生。假如小说只是纠缠于历史与现实的荒谬,那格局就会小。薛忆沩的作品,皆有洞察历史与现实之本领,对中国现代史及当代现实的观察力尤其强大,但与人相比,历史也好,现实也好,都有其小的地方,文学毕竟不是政治也不是宗教,文学终归要悲天悯人的。很难说薛忆沩的作品都有悲天悯人之意味,相比起悲天悯人来讲,可能薛忆沩更迷恋智慧与自我完善(智慧常与同情相冲突,有的文学以智慧为上但残酷异常,有的文学以同情至上而智慧不足,实难两全),但至少《空巢》多少带有"悯人"之意味。其"悯人"

---

① 薛忆沩:"我一直预想的结尾是'大便失禁'的场面,而我一直又觉得那不够利索不够有力。没有想到,写到那里,母亲的鬼魂再一次出现,她不仅准备带走自己不想在这个'充满骗局的世界'上活下去的女儿,也给小说带来了一个强有力的结尾。"(《〈空巢〉:八十年代历史的"心传"》)见薛忆沩《薛忆沩对话薛忆沩:"异类"的文学之路》,华东师范大学出版社2015年版。

② 薛忆沩:《空巢》,华东师范大学出版社2014年版,第279 – 280页。

之举，在很大程度上是因为作者对历史与现实所预设的世俗道德伦理观有所警惕。这种直觉的智慧，使《空巢》不在大解放那里戛然而止，而是延伸到母亲对"我"的召唤，让解放的神话终结于幻觉之中。"我"因而从对革命伦理的相信转入对血缘伦理的相信，由一种不容置疑的骗局迈向另一种更不容置疑的骗局。在"相信"之神话转换里，"衰老"起了决定性的作用，"独立的精神和自由的意志是应该能够减少羞辱对人的伤害的。当然，'衰老'是一个相当复杂的过程，它包含我们多少能控制的心理状况的嬗变，也包含我们无法抵制的生理机能的退化。……'救救老人'与'救救孩子'其实是同样的诉求，因为它们都是对欺骗的抗议。当然，'救救老人'应该更加绝望，因为它要克服整整一生的重压，要克服人生全部的荒谬"①。"衰老"不仅寓意着历史的空、现实的空，还寓意着人本身的空。钱财被骗、子女离散，这些还算不上是彻底的空巢，衰老才意味着更彻底的空巢。《空巢》可能是目前为止薛忆沩写得最具幻灭感的小说。

　　荒原与废墟建立于"相信"之上，这何尝不是现代神话的一种。推而论之，荒原与废墟，可能正是神话发生的地方。各大文明起源的叙事传统里，但凡神话传说的讲述，皆无法绕开荒原之意象。到了现代，荒原与废墟可能不再承担古典式的意象了，它反而成为失去神灵眷顾的象征和寓言。现代的荒原与废墟上能否生长出神话以及可能长出什么样的神话，于文学而言，肯定是思想难题。如果回到色诺芬笔下之苏格拉底关于神性与自我完善的话题来讲，不妨这样来理解文学所面对的这一思想难题：尽管个体有别，每个人感受孤独的天分不一，但从普遍意义上来看，"现代"为人提供了与孤独相伴的思想契机；孤独是人的终极命运，并不是古代人就不孤独，而是说，世俗化的现代人更接近孤独这种终极命运；但同

---

① 薛忆沩：《〈空巢〉：八十年代历史的"心传"》，见薛忆沩《薛忆沩对话薛忆沩："异类"的文学之路》，华南师范大学出版社2015年版，第252-253页。

时，孤独反而为人提供了自我完善（接近神性）的重要契机。原来属于神性的伟大——专属神及神之子的伟大，也可能在人之子身上得到实现。恰好是革命，为这种神话的现代转换提供了可能性。于中国而言，没有革命，就没有现代式的"相信"，也就没有《空巢》中"我"一生清白之幻象。革命助力荒原与废墟之现代养成，是历史与现实的荒谬所在。荒原与废墟、神迹与神话，都是母题式的文化隐喻，无论形式如何变化，这些文化隐喻一直都在。薛忆沩的《空巢》和《希拉里，密和，我》正好对应了荒原、废墟和神迹这些文化隐喻：如果说《空巢》书写了人类对抗时间之下的败局，那么，《希拉里，密和，我》则以书写爱情的方式，见证并接近了现代神话。

对结构的执念以及强大的洞察力，使《希拉里，密和，我》"继承"了《空巢》的荒原，并将荒原具象化为实实在在的废墟。抽象对应具象，荒原对应废墟（圆明园），通过虚实相间之手法，《希拉里，密和，我》见证了"全球化"的大时代，也"见证了最古老的喜悦和悲伤"（题记）。"全球化"的大时代，让孤独更加清晰可见，孤独有如净化器，它澄清了"最古老的喜悦和悲伤"。孤独成为连接荒原与神话的重要精神力量，孤独成为寻找神话的原动力。《希拉里，密和，我》里面仍然有强烈的"遗弃"情结，"遗弃"世界但又不甘心"遗弃"自我，自我终将通过孤独寻求自我完善或自我救赎之道。在薛忆沩的作品里，无论人物及结构怎么变形，他始终对孤独与自我有所表现，《希拉里，密和，我》更是有相当强烈的自我投射感。小说中的希拉里、密和、"我"都身处荒原，他们是受难者，也称得上是幸存者。孤独是受难的方式，也是得救或重生的通道。在历经一连串死亡之后，"我"与世界的关系发生了变化。"我妻子的死亡对她和我都应该是一种解脱。与这死亡相比，我在三个月后经历的另一次死亡至少对我来说就是纯粹的折磨。那是我与我女儿关系的死亡"①,接下来,"我"卖掉经营十三年的便利店,又卖掉居住十年的房子,这些都是被"我"视为死亡的事件。其中妻子主要象征生存性及功利性诉求,这些诉求加深了"我"的孤独感与厌倦感,妻子的死亡意味着解脱。虚实之间,"我"重回皇家山溜冰,新的生活要靠旧的记忆拯救。在旧的记忆里,"我"发现自己与世界的关系彻底发生了改变。"我"不再是丈夫、父亲、业主,"甚至不再是一个男人",这种自我的逃离,遥相呼应了其长篇小说《遗弃》。逃离后的"我"是谁?有可能是女儿(儿子)、韩国学生、希拉里、密和、父亲、母亲、妻子等。"我"借助回忆把每个人的生活重新过了一遍,回忆这种精神生活使"我"看到了全局。变形后的"我"成就自我的必经之路,无一例外都是孤独与绝望。希拉里是"健康的病人",她经历过父亲死亡以及自己的"三次死亡",其中,爱的背叛与死亡更使她成了孤独的信徒,她自喻为孤独的啄木鸟,她的全部生命意义最后落在对莎士比亚的阅读与解读上。密和是"神秘与单纯的结合体",她也是"全球化"的化身,父亲是中国人,母亲是日本人,自己出生在巴黎,讲一口纯正的法语,家人因爱而离合。这个形象是希望与绝望的共同体,在全球化的语境下,恐怕只有爱才能突破语言及民族国家的屏障,相信爱,就能置身于现代神话之中。但正是这种相信爱,使得密和成为精神意义上的孤儿,或者说,"全球化"让人之子进一步变成了孤儿。密和以残缺之身写出爱的"现代性",这是由孤独启蒙的献身精神。献身既是现代意义上的人靠近神性的重要办法,也是现代人逃离柏拉图"洞穴"咒语并摆脱自我囚禁命运的理想办法。希拉里在孤独中所发现的是爱的绝望,密和在孤独中所发现以及执着书写的是爱情的神话。两者以孤独为连接点,暗示圆明园遗址与"全球化"之间的神秘联系,同时找到了荒原与神话的精神联系。薛忆沩对世俗生活本身的兴趣不大,他

---

① 薛忆沩:《希拉里,密和,我》,载《作家》2016 年第 5 期,第 132 页。

常常为世俗生活做减法，并力图穷尽世俗生活中的哲学意味，这是薛忆沩获取把握全局能力的重要办法。讲究故事的纯度与讲究精神的纯度同为欧洲叙事传统的重要组成部分，前者在口述传统中尤其明显，后者在案头传统中更为明显。深受外国文学及哲学影响的薛忆沩，其写作趣味偏向于后者，他在精神上的获取常常是以对世俗身份的离弃为代价的。正如小说中的王道士所言，"一是哲学的方式，也就是让那些抽象的问题把你带到思想的制高点；一是死亡的方式，也就是让关于虚无和荒谬的体验将你推到生命的最低处。只有站在这两个极点上，人才能够看到生活的全景"①。这近似预言式的武断表达，构成了薛忆沩的叙事特色。他所偏爱的，仍然是全知全觉式的极其讲究工整对仗的古典叙事趣味。小说中的"我"，在死亡的极点上，凭借记忆与想象，在哲学的极点上寻找并虚构有孤独也有爱情的神话般的生活。假如从性别主义的框架里去看这个小说，会有生理上的不安：男子的平庸、傲慢和自以为是，令人生厌；一男数女，婚内的女子令爱情死亡，婚外的女人让爱情重生等，故事俗套。但对于擅长为世俗生活做减法的薛忆沩来讲，这样的理解未必过于简单。由死亡及哲学的极点来看，也许薛忆沩由始至终都是在写自己的命运与使命，所有虚构出来的人物，都有他自己的影子，性别只是一个符号，希拉里是他，密和是他，护士长也是他，父亲母亲都是他，《希拉里，密和，我》只不过是他其中"一个影子的告别"。每告别一个影子，自我囚禁的状态就更清晰。回到面目全非的故乡，找到世俗可依的伴侣，这都是在死亡与哲学视角下对生活重新审视后的结果，很难说里面有没有忏悔之意，但至少"我"自以为看到了全景，看到了单调重复的婚姻及移民生活中自含的精神力量。死亡发生之前，"我"只感受到了厌倦与绝望，经历死亡之后，"我"看到了哲学的极点，看到了背叛爱情的价值，也看到了忠于爱情的神话。薛忆沩是乔伊斯的忠实信徒，当

---

① 薛忆沩：《希拉里，密和，我》，载《作家》2016年第5期，第170页。

他跟世界发生关系的时候，实际上是在跟自我发生关系。说到底，《希拉里，密和，我》写出了现代社会自我完善的神话与幻觉，而这神话，恰好是在一个俗套的故事框架里实现的。但谁又能说这个俗套的故事框架不是世俗生活的某种投射呢？同时，俗套的故事框架本身何尝不是埋骨的废墟一种呢？薛忆沩的小说，迷恋古典式的结构，但他并不迷恋古典式的意象，他甚至无意去讲述与古代有关的人事，其文学思想的核心趣味是"现代"，也许正是因为对"现代"的执着，他才能写出现代神话。《希拉里，密和，我》既是废墟与神迹的对仗，也是孤独与爱情的对仗，前者无意中对应了古代的意象，后者点中了现代的命运。

在书写现代神话时，薛忆沩与王小波最有可比性。王小波以幽默之心杀敌拔城，场面惨烈，但志气不灭，他的精神去处是现代意味上的人。薛忆沩以虔诚之心朝拜"耶路撒冷"，但又不太为悲天悯人所诱，他誓要"回到"荒无人迹的故乡，他看重的是自我。他们不约而同地讲述了有关孤独与爱情的现代神话。孤独与爱情之力，虽然无法与宗教之力同日而语，但事实上，在世俗生活中，它们是更普世更自在的精神力量。按原罪、赎罪、审判、宽恕、得救等思维模式去解读现代神话，显然是远远不够的。在孤独的关照下，个体的爱情也许终将烟消云散，但爱情自有其生生不息层出不穷的生长力量。具体到经验史及思想史，孤独与爱情既推动了现代性的生成，也完成了自身的现代性，它们是互相制衡又互相扶持的精神力量。古代神话是属于神及神之子的，现代神话是属于人之子甚至是属于"孤儿"的。现代神话的讲述，见证了有别于传统宗教力量的精神气象。

三、未完成的现代性

思想变迁过程，生成不少悬而未决的思想难题。"爱"虽然是现代神话里的救世主，但同时也充当现代神话里的终结者。本土文明里的"爱"，不是以顺延的方式生长出来的，"爱"所能借助的精神力量极其有限,"人"被发现之后,是孤立无援的。这决定了个人的神圣性很难建立起来,即使有现代人道主义启蒙下的爱,人也很难站立起来,更不要说失爱后的人了。

1921年至1978年,"新民主主义革命"或"社会主义革命"的倡导者汲取马克思主义和列宁主义的精神,选择了阶级斗争作为革命的核心手段。"把阶级斗争作为党的纲领、路线,是基于中国共产党人对马克思主义的认识",据史学家王也扬的考论,李大钊、陈独秀、蔡和森、周恩来、瞿秋白、毛泽东不约而同地选择了阶级斗争这一学说,"把马克思主义理解为关于阶级斗争的学说,这绝不仅仅是毛泽东个人的学习体会"①。1921年,中共建党时,对"中国共产党的纲领"达成了基本一致。据俄文译本,"我们党的纲领如下:(1)革命军队必须与无产阶级一起推翻资本家阶级的政权,必须援助工人阶级,直到社会阶级区分消除的时候;(2)直至阶级斗争结束为止,即直至社会的阶级区分消灭为止,承认无产阶级专政;(3)消灭资本家私有制,没收和征用机器、土地、厂房和半成品等生产工具;(4)加入第三国际"②。革命纲领的操作性及号召力都非常强大。一直到1978年以前,"以阶级斗争为纲"都是革命的主要手段。本书不再追溯"以阶级斗争为纲"的理论演变——那是另外需要专文专著论证的话题。本书意在由此入题,观察1978年以后中国文学的某些思想新变及难题。

古典社会向现代社会转变的过程中,有一个思想动向引人注目,那就是对平等的诉求。这一诉求来自对古典社会等级制度或宗

---

① 王也扬:《"以阶级斗争为纲"理论考》,载《近代史研究》2011年第1期。
② 按中共驻共产国际代表团档案俄文件第二次译文刊印,参见中共中央党校党建教研室主编《党的学说教学参考资料 中国共产党章程汇编》,中共中央党校党建教研室1979年版,第1页。该书还收入英文译本,译文为"(1)以无产阶级革命大军推翻资产阶级,由劳工阶级重建国家,直至阶级差别消灭。(2)采取无产阶级专政以完成阶级斗争的目的——消灭阶级。(3)推翻资本私有制,没收一切生产资料,如机器、土地、建筑物、半制成品等,将其归为社会公有。(4)联合第三国际",译自1960年美国哥伦比亚大学东亚研究所出版的《中国的共产主义运动》一文的附录,第3页。

教特权的厌倦乃至厌恶,尽管任何社会都无法做到绝对平等及事实平等,但这并不妨碍平等成为走向现代之最具召唤力的口号。现代化进程中,古典社会的等级制度乃至专制制度的正统性与合法性已被根本性动摇。现代思想的良心,始终对平等问题抱有激情与大志,平等甚至称得上是现代乌托邦的象征之一。人类历史总是伴随着乌托邦之想行进的,它的理想去处无非有二,一是远古,一是未来。远古的黄金时代与未来的"大同社会"(康有为)、"共产主义",都是理想主义的终极。把完美的社会放在无法验证或兑现的远古和未来,这是人类对现实或现世局限的必然反应。人类总是不甘心接受现实或现实的种种不完满,通俗一点来讲,人类总是很难接受死亡这一必然大限,建构乌托邦也是寻求永恒与不朽的重要办法,这一办法,有别于宗教与文学理想,本书倾向于将之归于思想史的范畴。悖论的是,"完美"的乌托邦往往对现世有大的破坏力,它总能让现世为"完美"付出沉重的代价。从比革命更大的范畴来讲,平等作为乌托邦重要象征之一,它的出现,是人类对不幸更进一步的理解与同情,它的情感驱动力来自同情心,它充满善意。清末民初,中国对平等的诉求,附生于民族主义和国家主义的兴起。最具代表性的是梁启超的主张。梁启超认为,国家主义与个人平等之间有一定的平衡度。梁启超是善于折中又善于把握大势之大才,19 世纪晚期,梁启超也强调由劣种进至优种的以种族竞争为核心的进化论,但梁启超在国家主义与平等的看法上,要比后来的革命者更具包容性,这可能就是梁启超与革命者的分歧所在。梁启超将满汉人与泰西人之争称为"黄种与白种人玄黄血战",主张满汉通过"散籍贯""通婚姻""并官阙",以"平满汉之界",强调"合种"而自强①。进化论从生物学延伸至社会学,必然会催生种族主义,"平满汉之界"的改良主张,显然不足以改变机械进化

---

① 梁启超:《论变法必自平满汉之界始》,见梁启超著、何光宇评注《变法通议》,华夏出版社 2002 年版。

论的必然趋势。晚清一些革命小说以及邹容（《革命军》）、陈天华（《警世钟》等）的政论文，再强调"合种""平满汉之界"已不合时宜，以种族主义为核心的民族主义渐渐成为影响社会甚广的主要思潮。革命的启蒙，显然并非始于1921年。中国现代化（现代性）所面临的困局是，它伴随着种族主义和民族主义而生，中国现代化过程中的创伤感远远大于欧美现代化过程中的创伤感。后者更多的是夸大特权的罪恶。中国对特权的仇恨及对平等的诉求是后发，后于种族革命而发，如梁启超提出"平满汉之界"，其前提是对皇上的忠诚，"有我英明仁厚、刚断通达之皇上"①，梁启超所说的这个"平"，恰好是承认最高特权的"平"，这个"平"并非从仇恨特权开始。

但毫无疑问，平等是古典社会向现代社会转变的核心诉求之一。资本主义的全球扩张，使中国的现代化进程遇到了极大的挑战和挫折。"甲午中日战争"的沉重打击，使中国的国运开始转向。严复翻译的《天演论》②，适逢其时，"物竞天择，适者生存"之观念，恰好能安抚一心为政的执政阶层及知识阶层。不能说《天演论》直接促进或引发了维新和革命，但至少可以说，赫胥黎的

---

① 梁启超：《论变法必自平满汉之界始》，见梁启超著、何光宇评注《变法通议》，华夏出版社2002年版。

② 《天演论》的始译及初版时间有争议。李宪堂认为是1896年至1908年，孙迎见认为是1879年，闵杰认为是1896年，王宏志认为是1897年，刘梦溪认为严复的翻译始于1898年（参见黄忠廉《严复翻译始末小考》，载《读书》2009年第2期）。黄忠廉的判断是，"现今发现最早的《天演论》译本，一八九五年三月由陕西味经售书处刊印，它无自序和吴汝纶序，无译例言，文字与后来译本有较大出入，表明该译本为初稿，毛笔书写甚至是誊抄，大约需要两个月；译稿从天津传至陕西，加上刻版、校对、印刷、装帧等，大约需要一个月。从译到印，前后至少得三个月。从一八九五年三月往回推算，起译时间也应在一八九四年底至一八九五年初。而一八九八年六月湖北沔阳卢氏慎始斋私自木刻印行的是第一个通行本，同年十二月天津侯官嗜奇精舍石印行发行的是刻印质量最好的版本之一。一九〇五年由商务印书馆正式铅印出版"（参见黄忠廉《严复翻译始末小考》，载《读书》2009年第2期）。除《天演论》之外，严复还翻译了《群学肄言》《原富》《群己权界论》《社会通诠》《穆勒名学》《法意》《名学浅说》等。除非译者本身确切说明，始译的时间实难确定，但可以通过版本获知译本与时代之间发生的关联，《天演论》尤其具备这个特点。

《进化与伦理》（*Evolution and Ethics*）被译为《天演论》的时候，恰好对应了甲午中日战争和随后到来的"百日维新"运动。尽管严复几乎把现代化的种种观念都引入中国，但在众多的可能性中，中国挑中了社会乐观进化论，这个"进化论"最终"进化"为极具救世色彩的阶级斗争论、无神论、唯物论。每一种观念选择，都有其长处。乐观进化论的好处在于，它能让追随者相信明天会更好。明天会更好的信念可能会导致两种结果，一是为了明天牺牲今天，二是为了明天改善今天。从总体上来讲，这一信念确实切合革命的激情。

　　由古典社会走向现代社会，是人类社会的大趋势。从人文理想层面看，资本主义与社会主义并无本质性的区别，都是要实现或完成现代化（现代性）。舆论（民意）往往强调两者的差异性与对立性，而对两者的共性则避而不谈。理想没有本质性的区别，但通向理想的手段，差异相当大。从革命的核心手段看，除了暴力革命及法律预设，中西方不约而同地求助于经济革命，生存方面的差异相对容易界定，但政治层面的尊严虽然可以经过法律认可，但要在日常生活中得到体现，并不是一件容易的事情，所以，选择经济手段迅速体现革命的"正确"，似乎是革命的聪明之举。中国及欧美主要国家都试图在经济层面彻底满足包括平等在内的现代化诉求，这是共性。差异在"私有财产的神圣不可侵犯"与废除私有制，中西方选择了不同的办法去实现包括平等诉求在内的现代化。欧美之"私有财产的神圣不可侵犯"，何以也可称之为经济"革命"？革命的结果并不一定是废除私有制，革命的结果是特权与平权之间的调整，封建式的君王与贵族特权被大大削弱，平民获得个人平等及自由的权利，但相应的革命后果是分散的权力有被无限集中的趋势，工业社会实际上助长了权力集中的趋势，但这一趋势被遮蔽了。所以，不能以是否废除私有制来断定革命。如果说立法保证"私有财产的神圣不可侵犯"强调了人的神圣性——至少君权、神权、人权有一个互相制衡的平衡点，那么，中国"废除私有制"则强化了理想与家国的神圣性,"以阶级斗争为纲"强化了"平等"(或平均主义)的神圣性,人的神圣性归于阶级属性。在这样的语境下,一旦阶级属性的解释办法失效,人的神圣性就需要重新建构。通过"以阶级斗争为纲""废除私有制"等手段,中国革命完成了救世理想的阐述与实践。救世理想除了显而易见的共产主义理想之外,实际上还有不易为人所知的另一重理想,那就是如何为世俗化程度极高的社会提炼一种更高的精神生活。这一重理想,事实上在革命时代基本上实现过。1957年至1976年,可以再加上1942年至1946年的延安时期,至少在这两个时段,救世理想为庸常的世俗生活提供了更高的精神生活。尽管在精神生活的后面是物质生活的事实贫乏,但从思想史的角度来看,这无疑是值得重视的非常独特的思想革命,这种思想革命远大于富含家国情怀的保卫战,这恰好也是毛泽东革命与孙中山革命的重大差异所在。"无神论"前提下的理想召唤,是哲学层面而非神学层面的精神出路,它既实现了有条件的经济平均,也让"主人公"有了政治定义下的尊严,理想主义遥相呼应了看重现世的世俗理性传统。

在古典社会走向现代社会的过程中,革命显示了向一切旧制度开战的决心与勇气。在这一点上,中国革命与法国式的大革命并无本质的区别。但中国有未完成的现代性,个人的神圣性问题一直悬而未决。无疑,追随革命的个人,通过革命获得了神圣感,但"以阶级斗争为纲"的核心革命手段,决定了个人并不可能因此获得非阶级的神圣性。历史的悖论在于,"阶级"不是放诸四海而皆准的划分法,"废除私有制"的远大理想不是共同贫穷,而是共同富裕,一旦共同富裕成为全社会的远大目标,"以阶级斗争为纲"就很难有延续性(按马克思的理论,最可靠的阶级划分法是对财产关系的界定),曾依附于阶级属性的神圣感,就必然消退,这是经济规律对革命斗志的微妙反拨。

如何建立个人的神圣性,这是革命的难题,也是文学的难言之隐。80年代以来的文学思想新变,与未完成的现代性,有莫大的关联。这也是笔者用一定的篇幅去论证革命变化的原因。一旦上文所论的"精神出路"从世俗社会里消退,个人所依附的阶级属性被淡化,革命不再是集体主义的核心,"改革开放"成为集体主义的重心(尽管这是另一种形式的"革命",但"以阶级斗争为纲"的口号被"停止使用"了),个人的神圣感从何而来?"后革命时代"的文学要问答的,是这个历史现实。

"以阶级斗争为纲"的革命时代,广义的革命文学,以接受及阐释革命理念的方式,助力或跟随革命。无产阶级文学、左翼文学、延安文学、"十七年"文学、"文革"文学都不属于异端的文学,都在努力解读革命的价值。革命的抱负与革命文学的抱负,大方向一致。出于对私有制和特权的厌恶,革命文学的问罪及审判意味都较浓。革命时期的革命文学,在精神层面,能够直露出来的困惑不多,远近目标都明确,革命的理想早已为革命文学指出了精神出路。当然,革命文学的精神困惑,深于修辞与隐喻之中,远未得到有效的精神分析,这是难以尽书的题外话。可以看到的是,随着"后革命时代"的到来,文学思想发生了新变。文学思想史有必要对之进行考论。

把"80年代以来"定位为"后革命时代",在学理上是合理的。转变的标志性话语是,"果断地停止使用'以阶级斗争为纲'这个不适用于社会主义社会的口号,作出了把工作重点转移到社会主义现代化建设上来的战略决策"[①]。但这个"后革命时代"并不是在某一个确切的时间点进入的,过渡的色彩持续了整个80年代。在文学层面,"朦胧诗""伤痕文学""改革文学""知青文学"等文学现象的过渡色彩都很明显。"以阶级斗争为纲"的革命时代,寄望最深的乌托邦之想,是消灭阶级差别,最后扩大化为对精神与灵魂的改造——必然地扩大化为对灵魂与精神的改造,革命有精神

---

① 《关于建国以来党的若干历史问题的决议》,1981年6月27日中国共产党第十一届中央委员会第六次全体会议一致通过,第41、42页。

洁癖，出于对罪恶的厌恶，革命要把人改造成没有污点的人。为实现终极理想，"以阶级斗争为纲"也要求助于经济手段。革命时代向后革命时代的转变，一个可能性是来自正统的解释办法，即对错误的纠正，另一个可能性在于，经济落后于西方，与理想的初衷相违背。社会理想决定了执政者不可能长时间漠视经济问题，尤其是在一个世俗化传统相当高的社会里，更是如此。求助于经济手段，消灭社会分歧，在革命时代与后革命时代，是一以贯之的，但"以阶级斗争为纲"的革命激情却实实在在地消退了。

80年代以来，能反映革命激情消退的突出文学现象是"新写实小说"与"个人化写作"。其中，"新写实小说"是最能"看到"革命激情消退的文学现象。"新写实小说"有两种值得寻味的思想暗示：一是隐藏得很深的对贫穷的极度厌憎，二是白描激情消退之后的庸俗。两者都是理想主义幻灭之后的结果。但事实上，革命时代的贫穷远甚于"新写实小说"笔下的贫穷，但显然，贫穷被革命高尚化了，所以，贫穷不再"贫穷"。"新写实小说"忠实地表现了时代的精神困境：革命激情消退，人们如何面对庸常的世俗生活，革命过的人们如何在庸常的世俗生活中继续"战斗"下去的困境。"新写实小说"的价值在于，作者记录了世俗生活中所延续的细微而持久的"战斗"（没有革命，但有革命的战斗遗产，一切变得庸俗起来），世俗生活中因种种琐事而引发的"战争"，未必全是日常生活的庸俗所致，那斤斤计较的热情，恐怕也与革命的"战斗"遗产有关，生活变得猥琐，并不全是因为鸡毛蒜皮对人的消磨。那无穷无尽的互相折腾，是不是也有对革命斗志的追念？甚至正是革命斗志的余威在发挥作用？庸俗生活显而易见，革命生活不易让人察觉。在某种程度上来讲，"新写实小说"的这种价值，有如革命文学的独特经验价值，都没有得到充分的文学思想史之考论。不得不说，因为过于写实，"新写实小说"没能在精神生活中走得更高远，但也正因为写实，它忠实地记录了依附于阶级属性的个人神圣感的终结，同时，揭示了非阶级的个人神圣性在庸俗生活中所遭遇的不幸——即使"一地鸡毛"的人群最终住上大房子，也没有办法建构个人的神圣性。

90年代的"个人化写作"，进一步展示了建构个人神圣性的困难。事实上，"个人化写作"继承的，仍然是"战斗"遗产，以个体身体的能量去对抗集体的宏大力量，从中获取个体解放的假象。更为不幸的是，消费主义汹涌而至，它把个体身体局限在私密的经验里。自我物化的趣味，90年代末以来技术管控体系的升级，结果是，商业和权力联手淹没了个人"解放"的可能性。"个人化写作"回应了"新写实小说"的写作困境：假如小说人物的物质生活从贫困难堪的庸俗中脱身而出，日常生活会不会变得不那么庸俗猥琐？以"小资"生活为主要题材的"个人化写作"的回答是否定的。"个人化写作"只不过把庸俗与猥琐更精致化了。方方《风景》里的十三平方米小房子（装着十个活人，七哥睡床底下，窗外面还埋着一个），可能在"个人化写作"那里变成了三百平方米（住一两个人，或者空着），日常生活精致化了，但个人的神圣性并没有因此而建立起来，对物质的迷恋消磨了个人神圣性建构的可能，不厌其烦地沉湎于小房子的逼仄、大房子的豪气，说到底，都是对物质的极度迷恋。从精神结构来看，"新写实主义"和"个人化写作"一脉相承，两者分别写出贫穷与富裕对人的尊严的羞辱。

这些文学既是革命激情消退的结果，也是现代人之不幸处境的真实写照。礼仪和革命曾经有效地节制中国世俗化的程度并有效地为日常生活赋予神圣性，但一旦礼仪和革命不再成为强有力的节制力量、召唤力量，文学里的世俗化程度也就越来越高，相应地，写作者对世俗细节的迷恋程度就越来越高，迷恋的过程也是填充的过程——不断填充那些被古典趣味省略掉的细节。譬如《风景》（方方）里父亲与母亲的粗糙、十三平方米的"猪狗窝"，《烦恼人生》（池莉）里的鸡毛蒜皮，《一地鸡毛》（刘震云）里小林家的那斤馊掉了的豆腐。对细节的填充，恰好对应了平等的现代诉求，被古典趣味省略或压抑的细节，包括琐碎、猥琐、丑陋、低俗、罪恶等经验，通通被扶正。很难说这个变化究竟是好还是坏，但粗鄙化、恶俗化、琐碎化，将是现代人要面临的不幸命运。在"后革命时代"，革命跟日常生活究竟有什么隐秘的联系，为什么文学必须在藏污纳垢中歌颂生命力，这些问题值得文学思想史深究。可以明确说出的是，革命激情消退，世俗化程度加深，非阶级的个人神圣性悬而未决，正是"后革命时代"的文学思想新变及难题之一。

如果说"新写实小说"和"个人化写作"代表了80年代以来的某种文学思想新变，那么，薛忆沩的长篇小说《空巢》①就揭示了革命与日常生活之间的隐秘联系。前者既写到"革命"向"后革命"的转变，其创作本身也是"革命"向"后革命"转变的文学象征。薛忆沩则察觉出庸常生活中的革命生活，探究出"后革命"的真相——庸常生活与革命生活隐秘共生，"后革命"仍然带着"革命"的基因。比起忠实记录庸俗生活，发现日常生活的革命身影，更为困难。《空巢》的出现，从文学史的角度看，是偶然事件（对薛忆沩个人来讲，当然是顺理成章的写作事件），因为薛忆沩不属于任何一个文学流派，以代际的方式去给薛忆沩贴标签也不合适，历史必然性、历史连续性这类说法，不适合"归纳"薛忆沩，他就是当代文学的异类。在"革命"与"后革命"的问题上，《空巢》与文学史上的写作现象有了关联，这是观念史上的关联。偶然出现的《空巢》，充满了寓言色彩，作者基本上回答了前文所提到的历史与现实，找到了历史与现实的深层联系，也可以说，《空巢》对"革命"与"后革命"之间的关系，有令人惊叹的独到发现。《空巢》隐约点到中国未完成的现代性，并为个人之神圣性及精神出路存留了巨大的想象空间。

"空"为虚，"巢"为实，题目有多重的阐释空间：空巢老人是叙事的核心关联点，但并不是叙事的重心，重心是空巢的来龙去脉，空巢是虚无主义与现实主义的结合体，虚无主义与现实主义互

---

① 薛忆沩：《空巢》，华东师范大学出版社2014年版。

为成因。《空巢》的题材是国人生活中司空见惯的电话诈骗。在中国，凡用手机者，极少人幸免于此，即使是骗子自己的电话，也很难屏蔽诈骗来电。手机用户的数量，约等于被诈骗来电骚扰的数量，这样的表述已相当保守，很显然，手机用户收到的诈骗来电与短信，不可能只有一次。电话诈骗在中国之普遍，是不需要过多解释的事情。因为习以为常，所以见惯不怪。从生活常态来看，骗术有如蚊子、老鼠，都是世间生态链的一环，人类必须与之共生死。电话诈骗涉及的是财产关系，这不知道是作者的有意为之还是无意为之。它看上去与历史、与现实有千丝万缕的联系。薛忆沩选择了绝妙的现实视角，它每一处都可成为历史与现实的隐喻。"以阶级斗争为纲"，废除私有制，改革开放，"以经济建设为中心"，"革命"与"后革命"都尝试以经济手段达到目标。电话诈骗是不是"经济手段"下的附生物？"以阶级斗争为纲"的年代，虽说革命没有办法完全杜绝诈骗，但世俗层面可用法律定罪的诈骗案，"后革命时代"似乎远甚于"革命时代"[①]，但又不能说"革命时代"没有诈骗案存在。这是无法深究的话题，但从叙事及观念来看，这一选择无疑是大手笔。它来自真实的现实，但它同时又是绝妙的隐喻。写司空见惯之题材，难度很大，譬如许多小说家写现实题材，一不小心就写成新闻题材后面的"报告文学"，眼见为实的写作观局限了作家的视野。不同的作家，看到的"真相"不一样，说到底是见识的差异。《空巢》从现实中看透历史，从历史与现实中提炼出寓言式的隐喻。《空巢》的意义不亚于加缪的《鼠疫》。小说分为四部分——"大恐慌""大疑惑""大懊悔""大解放"，标题似乎正是对"革命时代"向"后革命时代"过渡特征的把握，但看上去也是"革命"及"后革命"时代个人际遇的写照。叙事，

---

① 这一判断，缺乏数据支持，只能以常识及制度性因素去判断。1949年之后的"革命时代"，从户籍制度与人身依附关系看，"革命时代"还没有完全摆脱熟人社会的状态，熟人社会里的犯罪成本比陌生人社会的犯罪成本更高，这可能是"革命时代"的诈骗案低于"后革命时代"的诈骗案之重要原因。

永远不会止于事,叙事与思考的力度,不相伯仲,这是薛忆沩小说的特点。叙事与观念、具象与抽象、形而上与形而下,浑然一体,不可分割,也天衣无缝①,不是每一个作家都兼具叙事与思想之长,但薛忆沩能做到。

按照小说的线索,姑且用"相信""革命者""寓言"三个词来细读这篇小说,看薛忆沩究竟如何揭示革命与日常生活的隐秘联系。

小说的重点不在电话诈骗,重点在"那一天的羞辱摧毁了他们(空巢老人)一生的虚荣"(《空巢》题记)。"虚荣"是"革命"赋予的,"羞辱"发生在"后革命时代"。让人匪夷所思的是"相信",无论多拙劣的骗局,总有人中招。革命时代的"相信",类同于信仰,如托克维尔论法国大革命时所言,"大革命本身已成为一种新宗教"②,革命的仪式不同于宗教的仪式,但革命有着宗教式的执着与激情。为什么会"相信"?前文已做了合理的解释——既有现代化的崇高目标,又有超出世俗生活的精神追求。革命类同于宗教,为世俗生活提供了精神出路,净化了日常生活中的庸俗成分,同时,革命最大限度地发掘了苦难与仇恨,这些让"相信"更坚定执着,让"牺牲"更无所畏惧。那么,"后革命时代"为什么会"相信"?让人喜闻乐见的通俗解释办法是,贪欲使人受骗。但显然,电话诈骗利用的是人们普遍不安的情绪,而不全是人的贪欲所致。对于人们为什么"相信",《空巢》给出了不一样的解释。"相信",是因为"大恐慌"而相信。害怕失去,害怕失去财产与清白,失去任何一样,都足以毁掉一个人立世的根基。如果一定要二选一,《空巢》中的母亲,宁愿失去财产来保清白,这恰好是"后革命时代"的革命式反应,"相信"是革命式反应,

---

① 拙文《薛忆沩小说:灵魂的叙事,精神的审美》论及这一特点,载《东吴学术》2014 年第 6 期。
② [法]托克维尔著:《旧制度与大革命》,冯棠译,商务印书馆 1997 年版,第 53 页。

革命式反应再次激发了个人的神圣感。面对陌生人的电话或短信，"后革命"时代的"正常"反应是，这肯定是个骗子。这一方面是出于要保卫自己的钱财，另一方面是出于"后革命"时代的理性，尽管人心离散，但常识却在缝隙里生长，世俗理性重新发挥作用。后革命式的"相信"，主流是相信世俗生活，但这种"相信"又与"革命"有莫大的关系，换言之，这种"相信"正是"革命"的结果。母亲之所以会受骗上当，是因为她一直在"相信"，正是"相信"才让母亲受骗上当。"大恐慌"是"革命"与"后革命"的重要联结点，这个关联点把历史与现实串联起来，并形成饶有趣味的对照，这反映作者有惊人的洞察力。母亲接到了"公安局"顾"警官"的来电，母亲由此经历了一生中最惊心动魄的内心冲突，最后终于完成了由"革命时代"到"后革命时代"的过渡。顾"警官"的策略是恐吓、信任、安抚、提供保护等，最后的目的是让母亲彻底服从，他差一点就让母亲彻底服从，但"历史"的重演，反而让母亲获得了"大解放"。薛忆沩找到"相信"这个话题，因为"相信"，人们牺牲了自己的世俗生活，也因为"相信"，人们几乎丧失了来自世俗智慧的辨别能力。所以无论骗术再怎么拙劣，总有人上当受骗，更不用说面对那些更高明的、充满激情的骗术，有多少人能保持清醒。

母亲是一位革命者（尽管具体身份是教师，但本质上是一位革命者），幸存的革命者，只有极少数的革命者才能幸存。"是的，我的一生一事无成，但是谁都不要想在这一事无成的一生中找到任何的污点……我一想到这一点就会感觉特别骄傲。"（《空巢》第4页）这一安排，显然有薛忆沩个人的小趣味，那就是对自己母亲的尊重。母亲是被革命净化的象征式人物，母亲是最合适的神圣象征，母亲是世俗中国的"耶稣"，她既是世俗的神，也是承担罪的象征。薛忆沩选择"母亲"来观照"革命时代"向"后革命时代"的转变，虽有"私心"，但机缘巧合，《空巢》成大作。在保证尊重母亲的前提下，薛忆沩采取了另外的方式去深究历史：写疾病（便秘、糖尿病、阵发性房颤等），疾病当然是隐喻，尤其是小说中的便秘，不妨把它看成是藏污纳垢甚至是罪恶的象征；与父母划清界限，"而我（母亲）四十三岁那年，'文化大革命'终于结束了，这为我与我父母之间的和解创造了历史条件"（《空巢》第52页），这既是对历史的回顾，也是对人性的理解。凡为人子女的，要真正"认识"父母，多数都要到40岁以后。社会的主流道德常常提醒人们要孝顺但不要溺爱孩子，可见后者是天性，前者需要教化。母亲出生于1933年，她是"革命时代"向"后革命时代"过渡的亲历者、见证者。她一生的精神出路就是"相信"，相信革命，陷入电话诈骗的骗局，归根到底也是因为相信革命。顾"警官"恐吓她"卷入了犯罪集团的活动"，先让她恐惧，然后制造"出大事了"的紧张气氛，让母亲配合公安机关行动，这让母亲紧张又兴奋，因为她又可以投入"革命"了，"我一生从来没有与犯罪分子展开过直接和正面的交锋。这是最严峻的考验"（《空巢》第27页）。但又是什么让母亲生疑并懊悔呢？现实的什么因素让她对自己80年来的生活〔"我觉得根本就没有自己的生活……我觉得自己的一生一事无成"（《空巢》第75页）〕产生了根本性的怀疑？疑惑的"启蒙"还是发生在"革命时代"，母亲一直不明白小时候听她母亲讲过的故事，"一个充满革命激情的左翼文艺青年怎么会写出'最颓废的诗歌'"（《空巢》第110页）。革命时代有一个关于明天的承诺。到了"后革命时代"，"明天"是否该兑现了。母亲没有等来顾"警官"，配合公安机关的行动没有了下文。远在异国的女儿和儿子在电话里察觉出母亲的反常，决定让母亲"明天"做出确切的回答，"明天，又是明天"（《空巢》第138页）。革命者总是要面对一个关于"明天"的回答。下一代是非常奇怪的存在，像审判长、陪审团："革命时代"，下一代与父母亲划清界限；"后革命时代"，下一代逼迫母亲回答关于"明天"的承诺。没有牧师，没有医生，下一代充当了令人厌倦、令人恐惧的质疑者。也正是下一代的逼问，母亲开始"懊悔"自己的人生,"我懊悔自己的出生,懊悔解放的激情播撒在我灵魂深处的信仰"(《空巢》第175页),"除了杀声震天的第一次之外,我们整个的性生活都极为平淡"(《空巢》第156页),这形而下的唯一激情,似乎也是革命激情所附加的。电话诈骗摧毁了一个直到"后革命时代"还"相信"的革命者,"你们骗走的不仅是我们的钱,你们知道吗?你们还骗走了我们对这个国家的信仰,骗走了我们对这个时代的信仰,骗走了我们对人的信任,甚至骗走了我们对我们自己的信任,对我们自己整个一生的信任"(《空巢》第205页)。母亲疑惑并懊悔的,是"相信"。这是"革命时代"向"后革命时代"过渡后的最重大的精神困惑。"后革命时代"的陌生电话重新唤起了母亲既紧张又兴奋的革命斗志,革命激情赋予个人的神圣感奇迹般复活,但一旦骗局被揭穿,所有的一切都变成了空巢,个人的神圣感化为乌有。《空巢》的过人之处在于,小说的每一句话,都是意味深长的双关语:小说明暗结合,你想看到现实,那就是现实;你想看到历史,那就是历史,是虚构,也是真实。真假之间、虚实之间,严丝密合,没有漏洞,这不仅需要强大的叙事能力,也需要惊人的洞察力。

  小说里的电话诈骗,其实是一个寓言,有如伊甸园里的蛇。电话诈骗既摧毁了人,又重建了人。相信蛇的话,就意味着失去的同时是得到。蛇是一个原生性的寓言,在人之前就诞生了,没有办法更改,任何时代都逃避不了蛇的寓言,"革命时代"不行,"后革命时代"也避不了。平衡世界的力量,往往由恶而非善来承担。世俗情感难以接受这一悖论,但这就是世间的重要真相。"电话诈骗"这条"蛇",让母亲失去了什么?同时有没有得到什么?《空巢》的最后一部分是"大解放",一语双关的"大解放",生与死在这个地方会合。母亲彻底明白电话诈骗这一事实后,她的便秘奇迹般地自我治愈,"拉吧拉吧拉吧,把这一生的恐慌和屈辱都拉出来吧"(《空巢》第272页),电话诈骗让母亲失去了一生的"清白","他们用一个电话就改变了我的一生。他们用他们的'假'

让我看到了生活的'真'"，一身恶臭污垢的"我"，"不仅没有任何不良和不安的感觉，我还清晰地感觉到了喜悦、骄傲和尊严"（《空巢》第273页）。小说中的智者老范说，"其实污点才是一个人生命中的亮点"（《空巢》第273页）。"革命时代"向"后革命时代"转变的精神困境，到这里，作者已经给出了答案。小说如果到此为止，结局就平庸了。这样的话，《空巢》就只是一部勇敢的小说，而不是一部充满智性的小说。控诉与颠覆，远远不是薛忆沩小说的格局。薛忆沩继续往下写——蓬头垢面的疯子出现了、母亲的母亲出现了，"这最特殊的一天还在继续"（《空巢》第275页）。小说的结局，是虚无主义与现实主义的交锋与妥协。虚无主义这里有智慧，它知道拯救的无能为力。现实主义这里有温情，追求积极的拯救。虚无主义是对现实主义的抗衡，虚无主义并不是要取消一切否定一切。无为而治是统治术的重要组成部分，虚无主义是世俗社会的重要平衡力量。薛忆沩设下了二选一的疑案，但事实上，他并不打算让任何一方取胜。薛忆沩把智者都放到了虚无主义这一边。老范，清醒而有智慧，时而迸出惊人之句，唯一能打倒老范的是寂寞，这是一个典型的世俗型智者。疯子称"这是一个不值得来的世界"（《空巢》第276页）。到底是现实逼疯了他，还是他有意疯癫，是个疑案；什么力量让疯子害怕，也是个疑案。母亲的母亲，跨了阴阳两界，她（死亡）才是"什么都知道"的"人"，她比老范、疯子更是"什么都知道"，她知道虚无主义对现实的穿透力，也知道现实主义的不可或缺。在解放与绝望的边缘，母亲的母亲"复活"了，她温情地看着"我"。"'我想跟你走。'我说，'我想离开这个充满骗局的世界。'我母亲对我招了招手。'你过来，孩子。'她说，'我带你走。'"（《空巢》第280页）母亲的母亲，她的"复活"，究竟是为了证明有神迹的出现，还是为了见证"这个充满骗局的世界"？这个小说收梢暧昧而极具冲击力。小说中的母亲到底是走向死亡，还是走向活着？按我的猜想，薛忆沩想要两者兼而有之，他的"野心"是既走向活着，又走向死亡,"救救老人"的呼声,使死与生都成为疑案。一个是牺牲的象征,一个是回归母亲子宫的象征。但无论是走向死亡,还是回归子宫,薛忆沩都使母亲获得了尊严,获得了作为一个人的尊严。《空巢》遥遥呼应了《遗弃》①的绝望主题,现实主义与虚无主义在薛忆沩不同的作品里,常常隔空对话,他的灵魂冲突无所不在,即使灵魂几乎被掏空,他也能逼问出肉身的痛苦。这真是大手笔的写法。

但《空巢》的以"母亲"(多少有自我的代入)为中心,在异常逼仄的叙事空间内,追求历史与现实的真,也能让人看到个体的无力。《空巢》很难设置更多的对话者,"母亲"可以直接对话的人物,自始至终只有自己、母亲的母亲(实际上也是自己,她母亲是以精神幻影的形式出现)。《空巢》是在与自我的对话中揭示历史真相的,个人主义的虚空在《空巢》里,得到了极大程度的体现。薛忆沩的《空巢》暗写革命时代,帕斯捷尔纳克的《日瓦戈医生》直面革命的现场,从惨烈程度看,后者更悲壮,从反抗精神绝望的孤独来看,《空巢》的背负更沉重。"日瓦戈医生"可以交流的人物很多,他们是牧师、医生、战士、家庭成员……革命没有抽空他们的世俗身份,他们共同理解并承担了时代的精神痛苦。《空巢》里也有"他们",但他们不是丈夫不是妻子不是女儿不是儿子,不是世俗生活中的任何一个身份,他们是革命者。事实上,薛忆沩本人也陷入了革命般的悖论,文学与创作成为他的新宗教、朝圣之地,这一"新宗教"几乎抽空了他的世俗身份,可见"革命"不会终止于"以阶级斗争为纲"的"停止",也不会限于"以阶级斗争为纲"。《空巢》对精神痛苦的承担,很大程度上是由虚无主义来承担的,甚至是由语言的修辞来承担的——华夏文明的

---

① 薛忆沩的长篇小说《遗弃》,初版于1989年3月。薛忆沩称,随后的八年内,它的读者数量"即使以二进制也不会超过四位数"(注:二进制里最大的四位数相当于十进制的"十五")。《遗弃》于2012年由上海文艺出版社再版。

语言本身，就是布满修辞的隐喻。修辞是这个文明的主要话语方式，它使"揣摩"之术成为人际关系中的重要思考方式，这似乎决定了《空巢》必须要借助人与人之间的互相猜测而不是互相信任去完成彼此之间的"对话"。这一点对于理解个人的神圣性——未完成的现代性至关重要。非阶级的个人神圣性一直悬而未决。在中国语境里，个人所承担的精神孤独之重，个人力量的微不足道，是否也是历史和现实原因之一？

新文化运动期间，浪漫的个人主义得到了壮大。道、天、地、人，这四"大"，前三"大"一直凌驾于"人"之上，民国前十年，凭借怀疑和批评精神，"人"在观念层面得到了空前的壮大。在很短的转折时期内，个人的神圣性事实上被"启蒙"，不得不说，这确实是平等所召唤出来的社会变化。反映在文学层面，那就是出现大量不把道、天、地以及父母放在眼里的"我"，郭沫若要"吞下全宇宙"（《天狗》），便是极端的一例。虽然个人主义借助浪漫主义的激情成为革命的先锋，但个人的神圣性仍然活在前文所提到的种族主义、民族主义和国家主义的阴影下。历史偶然性与必然性的共同作用，知识精英的精神追求，由怀疑走到了"相信"，"革命时代"到来，进化论"进化"为"以阶级斗争为纲"、无神论、唯物主义。"后革命时代"转向"以经济建设为中心"，其核心理想仍然是完成这个文明的现代化，随之释放出来的物质主义和消费主义，在客观上为个性提供了解放的空间。但与此同时，人身对消费主义的依附关系却加强了，革命与日常生活的隐秘联系被更深地遮蔽。

完成个人的神圣性，是现代化不可回避的任务，也是中国文学世界里未完成的现代性。这个未完成的现代性，很大程度是与现代化核心诉求之一，即平等紧密相连的。"但是搬开这些残渣碎片，你就会发现一个庞大的中央政权，它将从前分散在大量从属权力机构、等级、阶级、职业、家庭、个人，亦即散布于整个社会中的一切零散权力和影响,全部吸引过来,吞没在它的统一体中。"① 在"平等"的诉求下,个体的力量变得更脆弱更零散,现实建构个人神圣性的可能性被压缩,这是现代人的悲剧之一。文学从来不是对现实的简单复制,但 80 年代以来的文学给出的答案,普遍都是最符合主流价值观的"活着""生生不息"等,"苦难哲学"被"生命力"等语词提炼出神圣意味,但不难看出,那些"最低限度地活着"实际上是对个人神圣性的消解,也正因为此,文学同样面临"未完成的现代性",从这个角度看,文学就与现实产生了不可切割的联系。

80 年代以来,有的文学看到了革命激情消退之后的庸常生活,有的文学试图以身体去反抗宏大叙事,有的文学察觉到革命与日常生活之间的隐秘联系。那些在藏污纳垢的庸常生活中去保全个人尊严的文学努力,都值得敬重。但未完成的现代性,仍然是文学的思想难题,与其说这是一个"80 年代"的话题②,倒不如说它是一个由古典社会迈向现代社会的中国话题。

---

① [法]托克维尔著:《旧制度与大革命》,冯棠译,商务印书馆 1997 年版,第 49 页。
② 刘再复在 80 年代论及的主体性,实际上是对民国前十年之启蒙思想的呼应,核心是"人"。这一话题并非单纯的后革命话题。

后　记

"中国语境中的现代性有对西方现代价值的模仿和承袭，同时也融贯了不可剥夺的本土经验与思维"，华夏文明的现代变迁，是一个兼具诱惑力与挑战性的研究领域，才力及功力所限，只能做仰视远观，不到之处，敬请方家匡正。

本书获中山大学中文系"中国语言文学文库"出版资助，特此感谢。同时，感谢为本书费力劳心的中山大学出版社诸位老师，感谢帮助校对的朱小丫、倪昌兴同学。

胡传吉
2018 年 5 月 11 日